⑨ 倪匡珍藏限量紀念版

衛斯理傳奇之

透明光

（含：透明光．真空密室之謎）

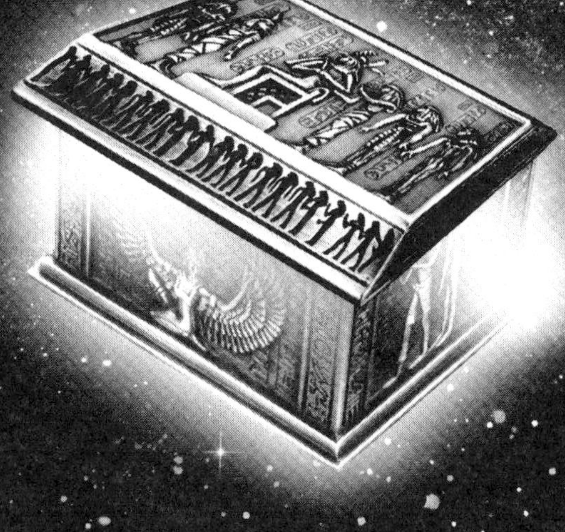

倪匡 著

無窮的宇宙，
無盡的時空，
無限的可能，
與無常的人生之間的永恆矛盾，
從倪匡這顆腦袋中編織出來。

——金庸

目錄

透明光

目錄

透明光

序言

寫「透明光」的時候，正熱衷於養熱帶魚，小說的靈感來自一種俗稱「玻璃貓」的透明魚，這種魚身體部分透明度極高，可以清楚的看到牠的骨骼。

自然，「隱形」，也一直是幻想小說的好題材，古今中外，很多人寫過。一般都以為隱形人神通廣大，但事實上，如果真有人能隱形，設想起來，這個人一定不會十分愉快，原因就像是「透明光」中所寫的那樣。

「透明光」還是有早期作品的特徵——寫的太長，所以又只好分成兩部分。同樣的題材，如果現在來寫，大約故事會簡單得多，而懸疑曲折，卻會更迂迴，不會開始不到幾千字，就看到王彥的手指骨了。

二十多年，寫作的風格，也在不知不覺的變，細校舊作，可以很明顯的感覺出來。

倪匡

第一部：一隻黃銅箱字

在從某國太空基地回來之後，足足有兩個月的時間，我在家中過的，幾乎是足不出戶的生活。沒有人知道我在家中，都只當我還在外地。我除了幾個最親近的人之外，也不和任何人發生聯絡，所以能夠過著沒有人打擾的生活。

但是這樣的日子，究竟是不能長期維持下去的，它因爲一個朋友遠自埃及寄來的一隻箱子而打破了。

我的那位朋友姓王，是一位有著極高深造詣的水利工程師。他是應埃及政府之聘，從荷蘭到那裏，參加一項極其宏偉的水利建設工程的。

這項工程，據他形容，可以稱的上是世界上最大的水利工程之一，有一座古廟，甚至要整個地遷移。

而他就是在遷移那座古廟的時候，發現那隻箱子，而將之交給我的。

這是一隻十分神秘的箱子，我有必要先將它的外形，形容一番。

它大約有一公尺長，半公尺寬，全部是黃銅鑄成的。箱蓋和箱子的合縫處，剛好是整個箱子高度的一半，而要打開這隻箱子，卻絕不是容易的事。

因爲那箱子的鎖，是屬於十分精巧而且奧妙的一種古鎖。我敢斷言，如今雖然科學昌明，但是要造出那樣的鎖來，卻不容易。

那鎖的情形是這樣的：在箱子面上，共分出一百格小格子，而有九十九塊小銅片，被嵌在那一百格小格子中，可以自由推動。當然，推動的時候，只有一個空格，可以作爲轉圜的餘地。

而在那九十九個銅片上，都浮雕著一些圖案，當然，如果小銅片是按著準確的次序排列起來，那麼這些看來極其淩亂的圖案，是可以成爲一整幅圖畫的。

我的那位朋友，他相信，如果有耐心地推動那些銅片使它們得到原來的次序，那麼，整幅圖畫重現，那箱子也就可以被打開來了。

他知道我喜歡稀奇古怪的東西，所以不遠萬里，將這隻箱子寄到了我的手中。

當這隻沈重的銅箱子，到達我手中的時候，我的確大感興趣，在這箱子上沈緬了幾天，但是我隨即放棄了，因爲我發覺那幾乎是不可能的。

第一，原來的整幅浮雕，究竟是什麼，我根本不知道，使我在拼湊之際，絕無依據。

第二，那九十九塊銅片，並不是可以自由取出來，而是只能利用那唯一的空格，作爲轉圜的餘地，所以，要使其中的一片，和另一片拼湊在一起，便要經過極其繁複的手續。

而銅片一共有九十九片之多，我有什麼法子使它們一一回到原來的位置上去？我在放棄拼湊那些銅片之後，對這隻銅箱子，曾作過細心的觀察。

在那隻銅箱子的其他五面，都有著浮雕，人像、獸像都有，線條渾厚拙樸，但是卻都不是屬於古埃及的藝術範疇的，而是另具風格的一種，看來有些像是印地安人的藝術作品。

在兩側，有兩隻銅環。銅環上還鑄著一些文字，那些文字，更不是埃及古代的文字。

我打了一封長長的電報，給那位朋友，告訴他我對這隻箱子，感到極大的興趣，但是我卻沒有法子將之打開來，是否可以用機械的力量，將之打開，以看一看這隻不應該屬於埃及，但是卻在埃及的古廟之中所發現的銅箱之中，究竟有些什麼，我並且請他敘述那隻箱子發現的經過。

我的電報是上午打出的，傍晚，我就收到了他的回電，他的回電如此道：

「衛，我反對將箱子用機械的力量打開，這隻箱子，可能造成已經有幾千年了，難道我們的智力還不及古人？你可以將這隻箱子給我的弟弟，他是學數學的，或許他算得出我們可以打開這隻箱子的或然率是多少。他的電話是……。至於這隻箱子發現的經過，那是一個太過於曲折的故事了，容後再敘。王俊。」

王俊就是我這位朋友的名字，他是出名慢性子的人，我給他那封電報的最後一句話，弄得心中癢癢的，因為連他都說是一個「十分曲折的故事」，那麼這件事的經過，一定十分動人了。

而事情又是發生在古國埃及，這就使人更覺得它的神秘了。

我急於想知道他是如何得到那隻箱子的願望，竟超過了打開那隻箱子的興趣。我立即又請他將事情的始末告訴我，並且告訴他，我正悶得發慌，希望他的故事，能使我解悶。

同時，我和王俊的弟弟王彥，通了一個電話，王彥是在一間高等學校中工作的，他接到了我的電話之後，答應有空就來。

晚上九點鐘，我正在查閱埃及古代鑄銅藝術成就的資料，發覺我的料斷不錯，那銅箱上的浮雕，和埃及藝術絕無共通之點的時候，接著，老蔡帶著王彥進來了。

王彥大約二十六七歲年紀，面色很白，但身體還是健康的，他年紀雖然還輕，但是卻有著科學家的風度，他和我是初次見面，十分客氣，而且顯得有些拘謹。

我將那隻銅箱子的事情和他說了，他謙虛地笑了一笑，道：「我只怕也打不開。」

我拍了拍他的肩頭，道：「打不開也不要緊，你只當是業餘的消遣好了。」

王彥和我兩人，將這隻銅箱子抬上了他的車子，他和我揮手告別而去。

以後的七八天中，王彥也沒有和我通電話，我因爲等不到王俊的來信，漸漸地也將這件事情淡忘了。

那一天晚上，大約是在王彥將箱子取走之後的第十天，那是一個回南天，空氣濕得反常，使人覺得十分不舒服。

中午，我正在假寐，床頭的電話，突然響了起來。

說起來十分奇怪，電話的鈴響聲，次次都是一樣的。但是有時候，人會直覺地覺出，電話鈴響得十分急，像是在預告有要緊的事情一樣。

我立即拿起了話筒。

從電話中傳來的，是王彥的聲音。

他的呼吸有點急促，道：「是衛斯理先生？我……我是王彥。」

我道：「是的，有什麼事，不妨慢慢地說。」

我聽得出他長長地吸了一口氣，道：「我……已經將那箱子面上的九十九塊銅片，排列成了一幅浮雕畫了，」我從床上跳了起來：「你成功了！那你已經打開箱子了？」

王彥道：「還沒有打開，但是我忽然有一種奇妙的預感，覺得打開箱子，會對我不利。」

我「哈哈」大笑了起來，道：「你大概受了埃及古代咒語會靈驗的影響，我可以告訴你，這箱子雖然在埃及古廟中被發現，但是絕不是埃及的東西。」

王彥又問道：「其他古民族，難道就沒有咒語麼？」

我又笑了起來，道：「我以爲學數學的人，多是枯燥乏味的，但是你卻有著豐富的想像力！」

王彥在那邊不好意思地笑了笑，道：「好，我打開箱子之後，再和你通電話。」

我放下了話筒，將枕頭拉高些，墊住了背部，舒服地躺了下來。我想，大約等上十分鐘。就可以得到王彥的電話了。

可是，我抽了七八支煙，已經過去了將近一個小時了，王彥仍然沒有打電話來。

我忍不住撥了他的電話號碼，可是那邊卻沒有人接聽。

我覺出事情有些不妙，但是我卻絕不相信王彥會遭到什麼意外，因爲他只不過是打開一隻古代的銅箱子而已！

但是，時間一點一點地過去，我早已從床上跳了起來，在室中來回地踱著步，王彥爲什麼隔了那麼久時間，仍然不打電話來通知我箱子之中究竟有些什麼東西呢？如果他打不開那隻箱子的話，也可以給我一個電話的，在我的印象之中。王彥絕不是做事有頭無尾的人！

然而，當我第十幾次地又忍不住再打電話給他，而他那方面，仍然沒有人接聽電話之際，已經是黃昏時分了。

從王彥打電話通知我，說他已成功地拼湊起了那銅箱子面上的圖畫起，到如今已有將近五個小時了！這五個小時之中，音訊全無，王彥究竟是發生了什麼事情呢？雖然我想來想去，王彥沒有遭到什麼意外的可能，但是我卻不能不爲他耽心。

他的哥哥是給了我他的電話號碼，而上次王彥來的時候，他也未曾告訴我他的地址，所以，當我等得實在不耐煩時，我又拿起了電話，請我一個當私家偵探的朋友幫忙。

那位朋友和他的助手，曾經以極長的時間，自己編了一本電話簿，是從電話號碼來查那個電話的地址的。不到五分鐘，我已經得到了我所要的地址，王彥住在碧仙道三號四樓。

我知道碧仙道是高尚的住宅，正適合王彥的身份，我放下了話筒，已準備按址去找他。

但是，我剛到門口，電話鈴聲，遽然大作。我連忙跳到了電話之旁，一把拿起了話筒。一拿起話筒來，我便聽到了王彥濃重的喘息聲。

我更加覺得事情十分不尋常，我連忙問：「什麼事情？發生了什麼事？」王彥的喘氣聲，越來越是濃重，像是他的身上，正負著千斤重壓一樣。我一連問了七八聲，才聽得他的講話聲音，道，「我……我遭到了一些麻煩，我可以來看你嗎？立即來！」

我聽出王彥雖然還在說「遭到了一些麻煩」，但實質上，他卻一定遭受到了極大的困擾！他給我的印象，是十分鎮定和有條理的人，但這時從電話中聽來，他的鎮定和有條理，似乎都破壞無遺了。

我不加考慮，道：「好，你立即就來。」

王彥並沒有多說什麼。「拍」地一聲，便掛斷了電話，我手拿著聽筒，呆了一會，才放了下去，我感到，一個十分巨大的變故正在王彥的身上發生，那種變故是因什麼而起的呢？

難道就是因爲那隻不應該屬於埃及，但是卻在埃及古廟中發現的箱子麼？

碧仙道離我的住處，並不十分遠，在我算來，至多有十分鐘，王彥便可以來了，但是我卻足足等了二十分鐘，才聽到門鈴聲。

一聽到門鈴聲，我立即奔下樓去，同時也聽得老蔡在粗聲粗氣地問道：「什麼人？你找誰？」

我連忙道：「老蔡，他就是上次來過的王先生，你快開門讓他進來。」老蔡的眼睛，一直湊在大門上的望人鏡上，聽得我這樣說法，他轉過頭來，面上現出奇怪的神色，道：「他就是上次來過的王先生麼？」

老蔡平時絕不是這樣囉嗦的人，我不禁不耐煩起來，道：「你快開門吧。」

老蔡不敢多出聲，將門打了開來，一個人自門外向內跨了一步，我抬頭看去，也不禁一呆！

這是王彥麼？

難怪老蔡剛才向我望來之際，面上充滿著猶豫的神色了，因爲連我也不敢肯定，這時出現在我家門口的人，是不是王彥！

那人的身材和王彥相同，但是由於他穿著大衣，又將大衣領高高地豎起，手上戴著手套，頭上戴著帽子，將一條圍巾，裹住了他整個臉，而且，還戴上一副很大的黑眼鏡！

他這身打扮，即使到愛斯基摩人家中去作客，也不必害怕凍死了，更何況今天還是一個回南天，天氣燠濕，我只不過穿著一件襯衫而已！

我呆了一呆間，已聽得王彥的聲音，透過了包在他臉上的圍巾中而傳了出來，聲音雖然顯得不清楚，但是我仍然可以肯定，那正是王彥的聲音。也就是說，站在我面前的人，正是王彥。

王彥的聲音很急促，道：「你……等了我很久了麼？」

我向前連跨了幾步，道：「你可是不舒服麼？」王彥發出了一聲苦笑，道：「不舒服？不，不，我很好。」

他顯然是在說謊，絕對不會有一個「很好」的人作出這種打扮來的。我望著他，道：「剛才你在電話中說你有麻煩，那是什麼？」

王彥打橫走開了幾步，他像是有意要離得我遠一些一樣，在一張沙發上坐了下來，卻並不出聲。

我越來越覺得事情十分怪異，向他走近了幾步，追問道：「什麼事使你心中不安？你是怕冷麼？爲什麼不將帽子、眼鏡除下來？」

王彥立即站了起來，顫聲道：「除下來？不！不！」他一面說，一面亂搖手。

我和王彥，並不能算是很熟的朋友，所以他不肯除下帽子、眼鏡以及一切他遮掩臉面身子的東西，我也不便過份勉強他。我只是道：「你來找我，當然是想得到我的幫助了？」

王彥道：「是的，我想問你一些事情。」

我作了個無可奈何的手勢：「好，那你就說吧！」王彥的呼吸，又急促了起來，道：「那隻……那隻黃銅箱子……是怎麼得來的麼？」

事情果然和那隻箱子有關——我心中迅速地想著，而同時，我也立即回答王彥：「那是你哥哥從埃及寄來給我的。」

王彥神經質地揮著手：「不！不！我的意思是問，我哥哥是從什麼地方，怎樣得到這隻箱子的，那箱子的來歷，究竟怎樣麼？」

我雖然沒有法子看到王彥的臉面，也無從知道他面上的神色如何？但是從他的行動、言語之中，我卻可以看出他的神經，是處在極度緊張、近乎失常的狀態之中，我顧不得答他的問題，只是追問道：「那隻箱子怎麼樣麼？你不是打開了它麼？它給了你什麼困擾麼？」

王彥並不回答我，他只是尖聲地，帶著哭音地叫道：「告訴我，告訴我那隻箱子的來源！」

我嘆了一口氣，道：「我沒有法子告訴你，你哥哥只說，他得到那隻箱子，有一個十分曲折的故事，我打了兩封長途電報去詢問，但是他卻並沒有回答給我！」

王彥剛才，在急切地向我詢問之際，身子前俯，半站半坐，這時，聽到了我給他這樣的回答，他又頹然地坐倒在沙發之上，喃喃地道：「那麼……我……我……」

他一面在喃喃自語，一面身子竟在激烈地發著顫。我連忙道：「王彥，你身子一定不舒服，你可要我召喚醫生麼？」

王彥霍地站了起來，道：「不，不用了。我……我該告辭了。」

他一面說，一面面對著我，向門口退去，我自然不肯就這樣讓他離去，因爲我心中的疑團，不但沒有得到任何解釋，而且還因王彥的怪舉動而更甚了。

我向他迎了上去，王彥雙手亂搖，道：「你……你不必送了，我自己會走的。」

他雙手戴著厚厚的手套，在那樣暖和的天氣，他爲什麼要戴手套呢？

我一面想著，一面道：「你到我這裏來，不見得就是為了要問我這樣幾句話吧。」

王彥道：「不是……不是……是的……就是問這幾句話。」他顯然已到了語無倫次的程度，我更不能就這樣放他離去！

王彥仍在不斷地後退，在他將要退到門口之際，我猛地一躍，向前躍出了三四步，到了他的身前，一伸手，已經握住了他右手的手套：「這麼熱的天，你為什麼將自己裝在『套子』裏？」

王彥這時的裝袋束，和契訶夫筆下的那個「裝在套子裏的人」十分相似，所以我才這樣說法的。由此可見，我在那樣說法之際，雖然覺得事情十分費疑猜，但卻還不以為事情是十分嚴重的，要不然我也不會那樣輕鬆了。

我的行動，顯然是完全出於王彥的意料之外的，我一握住他右手手套，立即一拉，將他右手的手套拉脫，而王彥在那時候，雙手仍在亂搖。要阻止我接近他。

然而，在不到十分之一秒的時間內，我和王彥兩人，都僵住了不動。

在剎那間，我如同遭受雷殛一樣！

我看到王彥的雙手，仍然在擺出擋駕的姿勢，他的左手，還戴著手套，但是右手的手套，已被我除了下來，他的右手，在被我除下了手套之後……唉，我該怎麼說才好呢？

我看到的，並不是一隻手——當然那是一隻手，但是卻是沒有血，沒有肉的，只不過是五根指骨頭，完完整整的，還會伸屈動作的手指骨！

第二部：駭人的變異

我所看到的，是一副手骨！

一副手骨在一個活人的身上，還能搖動著來阻止我接近它的主人，噢，我只覺得一陣昏眩，幾乎站不穩我的身子！

我和王彥兩人，同時發呆僵住了不動，只不過是極短的時間，在我覺得天旋地轉、難以站穩身子之間，王彥突然發出了一聲怪叫，一個轉身，用他那隻剩下指骨的右手，旋開了門把，奪門而出！

在那片刻間，我像是身浸在冰水之中，看一套恐怖絕倫的電影一樣，又像是陷入了一場不會醒的惡夢之中，我甚至沒有力量向門外追去。

直到門外傳來了汽車發動聲，我才一步跨到了門口，只見到王彥的車子，像是一匹瘋馬也似的向前闖了過去，車子竟能不撞在轉角上，也可以說是一個奇蹟。

我又呆了一呆，眼花了，那一定是我眼花了——我心中暗忖。

正當我在那樣想法之際，我的身後突然傳來了「咕咚」一聲，我回頭看去，老蔡雙眼發直，已經坐倒在地上。

我吃了一驚：「老蔡，你什麼事？」

老蔡牙齒打震，得得有聲，道：「我……見……鬼了，我……見鬼了。」我連忙道：「什麼鬼？」老蔡抖的更是厲害：「剛才……那人……他……他是骷髏精，他……手……他的手……」

老蔡講到這裡，過度的恐懼使得他再也講不下去，我也不必他再向下講去，已經可以明白他剛才看到些什麼了。

那決不是我眼花，老蔡和我一樣，也看到王彥的右手只是白骨。但那白骨卻並不落下，而且還會活動，我吸了一口氣，道：「別胡說，你眼花了。」

老蔡抬起頭來，道：「我……眼花了麼？」

我沒有時間和他多說，立即奔出了門外，出了門，我才知道外面正在下著毛毛細雨。當然我不及再去取雨具，我奔出了幾步，到了我車子的旁邊，以最快的速度，鑽進車子，「滋」地一聲，使得車子一個急轉彎，轉出了馬路，向前疾衝而出。

我實在將車子駛得太急驟了，所以令得許多途人對我駐足而觀。我並不去理會途人對我的觀感如何，我只是要再見王彥一面。

直到我駕著車子，迅速地向碧仙道的方向駛去之際，我心中仍然不相信我剛才所看到的事實，雖然老蔡也看到了和我見到的同樣恐怖的情形。

如果王彥是一個化學家，那麼他手上的肌肉，可能會因爲實驗時的不小心而腐蝕了，但是，他卻是一個數學家！

而且，就算他手上的肌肉全被蝕了，他又怎能使得手指骨不斷跌下來，而且還運用自如麼？

車子在因爲細雨而發光的路面之上，迅速地滑過，我的腦中也混亂到了極點，我甚至想起了「吸血殭屍」、「科學怪人」這一類恐怖片來。

車子在王彥住所之前，停了下來，在附近我沒有發現王彥的車子，我在大門口略停了一停，直衝上了樓梯，王彥所住的並不是大廈，而只是四層高的舊房子，我衝到了門口，只見大門閉著，我按電鈴，一下又一下，卻沒有人應門。

我取出了百合鑰匙來，他的門鎖只是很普通的那種，所以我很輕易地便打開了門，走了進去。

屋中並沒有著燈，但是街燈卻可以照進屋中來，我第一眼的印象便是凌亂！客廳中凌亂到了極點，我著了燈，又衝進了其他的兩間房內，一間是書室，一間是臥室，兩間房間中，都亂到了極點。

而王彥顯然不在這間屋子中。

在他的書房內，我發現了那隻黃銅箱子，正打開著蓋子，王彥不在這裏，我當然要到別的地方去找他。因此，我只是在那隻已空了的箱子之旁經過，順手將箱蓋重重地關上。

王彥的確將那九十九塊銅片，拼成了一幅圖畫，那是一幅浮雕畫，線條十分古拙，是一幅藝術精品，但是畫的內容，卻十分怪異。

一大群人，和許多動物，圍住了一個似火堆不像火堆、發出光芒的物事，而所有的人、獸，卻全是骨骼，令我驚異的是，人獸的骨骼，竟十分傳神，這隻黃銅箱子，至少有一二千年的歷史了。一二千年以前的藝術家，對於人體骨骼和獸類骨骼的結構，便有如此精密的瞭解，這的確是使人驚異的。

而在地上，有著許多飾物。

本來，我不能肯定這隻箱子是屬於什麼民族的。

但這時，我一看到了那隻箱子蓋上浮雕畫中所出現的那些飾物，我便可以肯定，那是印地安民族的藝術精品！

而且，我也毫無疑問地可以肯定，這隻黃銅箱子，是使歷代史學家頭痛，突然而神秘地消失的印加帝國的遺物，因爲印地安民族，只有在印加帝國時期，才能產生這樣的藝術品！

在那片刻間，我心中只想到了一點：爲什麼古印加帝國的藝術品，會在埃及的古廟之中的呢？

在歷史學家有關古印加帝國的探索中，從來也沒有提到過印加帝國和埃及之間有什麼關係，當然，這時我在那樣的情形之下，無法深思，我只是略呆了一呆，第二點我所想到的，便是王彥的遭遇，和這隻箱子一定有直接的關係。

我重又打開箱子蓋，箱子裏面是空的，什麼也沒有，我想弄清楚箱子之中原來放的是什麼，但是我化了約莫兩分鐘的時間，卻得不到任何結果，因爲箱子內部十分乾淨，絕沒有什麼線索留下來。

我知道目前的當務之急，便是再找到王彥，因爲只有他自己，才知道他究竟遭遇到了什麼樣可怖的事情。

我熄了書房中的燈，退到客廳中。正當我熄去了客廳中的電燈之際，我聽得樓梯上，有一陣腳步聲，傳了上來。那像是一個女子的腳步聲——因爲高跟鞋的後跟，走在路上，會發出一種特殊的聲音來的，這是每個對腳步聲稍有研究的人，都可以分辨出來的。

本來，我已經立即要推門走出去了，但是由於這陣腳步聲，我在門旁，停了下來。

我當然不能肯定來的女子，是來找王彥的，但是我卻不想和人在梯間相遇，因爲目前的事情，看來正是一個極大的神秘的開始，我也不知道我將在這件事情之中，扮演什麼角色。

所以，在那樣情形之中，我將盡量不與外人接觸，以減少事情的麻煩，基於這個原因，所以我才在門旁停下來的。

可是，出乎我意料之外的事情來了，腳步聲竟在門口停了下來，接著，便是門鈴聲，驟然地響了起來。

我不禁大是躊躇起來！

王彥不在，卻有人來找他，我是不是應該開門延客呢？我遲疑了片刻，還未曾決定是不是應該開門，門鈴聲便已停止了，而鎖匙孔中，卻傳來了「克勒」一聲響。原來來人竟是有鑰匙的！

我連忙身子一退，退到了大門之後，我恰好在門背後的位置。

我才退後，門便打了開來，開門的人因爲裏面一片黑暗，推門的動作，停了一停，接著，便聽得一個女子的聲音道：「彥，你剛才還亮著燈，爲什麼忽然之間，全都熄了？」

來的女子，顯然是王彥的熟人，十分可能是他的密友，因爲她不但有王彥住所的門匙，而且以那樣親密的稱呼來叫王彥。

我一聲不出，打橫跨出了兩步，躲在一隻沙發的背後，我剛一躲起，「拍」地一聲，電燈便亮了。我從沙發之後，向前看去，我看到了一張雖然在驚惶之中，也十分美麗的臉龐。

那是一個二十三四歲的女郎，穿著束腰的淨色雨衣，十分矯捷、英挺，有著合乎她年紀的一股特殊的朝氣，她眼中的神色雖然驚惶，但是她緊緊地抿著的雙唇，卻說明她並未被眼前混亂的情形嚇倒。

那女郎呆了一呆，又叫道：「彥，彥，什麼事情，什麼事情？」

她一面叫，一面向王彥的書房中奔去。

我不等她奔到書房的門口，便從沙發背後站了起來，道，「小姐，你以爲可能發生什麼事情麼？」

那女郎陡地一停，迅速地轉過身來。

她的反應是如此迅速和如此堅定，倒是大大地出乎我的意料之外，她轉過身來之後，既不尖叫，也不張皇，只是望著我。

我繞過了沙發，向前走去，又道：「你以爲他可能發生了什麼事？」我一直走到了她的面前，又一次出乎我意料之外，她突然伸手，握住了我的左臂，將我的身子一抖一帶，我在絕無防備的情形之下，整個身於「呼」地一聲，從她的頭上，飛了過去！

那女郎原來是學過柔道的，我竟一下子給她摔了起來，這不能不說是「陰溝裏翻船」了。我的身子，飛過了她的頭頂，到了她的背後。

如果我只是尋常的一條大漢，那麼這一下子，一定可以摔得我七昏八暈，半晌起不了身。但是我卻也不是尋常的人！

當我的身子還在半空之際，我已經有了應付的辦法，我雙腿一屈，身子迅速地向下沈去，接著，整個人又彈了起來，彈出之後，又躲到了一張沙發後面。

那女郎十分自信，她在將我摔出之後，並沒有立即轉過身來，只是手岔著腰，顯然，她是在等著我落地時的「蓬」一聲。

然而，她卻等不到這一下聲響，她連忙又轉過身來，在這一耽擱間，我早已悄沒聲地又躲到沙發後面去了，在沙發的後面，我見到了一個由十分美麗的臉所作出的最驚愕的表情，她呆住了一動也不動！

我「哈哈」一笑，又站了起來，道：「小姐，我在這裏！」

那女郎一步向前跨來，我連忙搖手道：「小姐，我們不必捉迷藏了，如果你是王彥的朋友，那麼我也是！」那女郎以懷疑的眼光望著我，道：「我不知道他有你這樣的一個朋友。」

我立即道：「你現在知道還不遲，你是偶然來到的，還是他叫你來的？」

那女郎對我的懷疑，顯然未曾消除，但是她卻開始回答我的問題了，她道：「王彥在傍晚時分，和我通了一個電話，說他遭到了一些困擾，但是我沒有空，直到現在，才趕了來的。」

我點了點頭，道：「不錯，他的確是遇到了一些不平凡的事。」

那女郎急忙道：「什麼事？究竟是什麼事？」

我苦笑了一下，道：「如今，我也難以斷定那是什麼事，但是我相信，一切事情，可能都是由那隻神秘的黃銅箱子而起的。」

那女郎失聲道：「那隻黃銅箱子——」

她講了半句，便向我望來。

接著，我看到她面上懷疑的神色消失，很大方地向我走了過來，伸出了手：「那麼，你就是衛斯理先生了？我姓燕，燕芬，王彥的朋友。」

我和她握了握手，道：「燕小姐，你的柔道很高明啊！」

燕芬一笑，道：「如果我早知道你是什麼人的話，那我是絕不敢出手的——」她的笑容斂去，面上又回復了焦急的神色：「王彥他因爲那隻印加帝國遺下的黃銅箱子而出了什麼麻煩麼？」

我一聽得燕芬這樣說法，不禁直跳了起來，道：「印加帝國？你也肯定這隻箱子是古印加帝國的遺物？」

燕芬點了點頭，道：「是啊，這並不稀奇，雖然印加帝國這個有著高度文明的民族，在南美平原上神秘失蹤，但是這古國的遺物，卻是十分多的，不但在南美洲有發現，甚至在墨西哥也有。」

這時，輪到我以懷疑的目光，來望著這位美麗的小姐了，我懷疑這樣的一位小姐，何以對古印加帝國知道得這樣熟？

燕芬也望著我，道：「你可以不必多猜，我是學歷史的，在漢堡大學中，P教授和W教授，都是研究印加帝國的專家。」

我感到十分興奮，因爲我對於這個神秘的古國，所知本就不多，更何況，誰也沒有對一個消失了數千年的國家加以注意的必要，但是如今王彥身上所發生的事，看來卻又和數千年前的古國，發生直接的關係！有燕芬在，當然是好得多了。

我立即道：「王彥已經打開了那隻箱子，你可有什麼意見麼？」

燕芬道：「箱子中是什麼？」

我和她一起走進了書房，打開箱蓋，道：「你看，等我趕到時，箱子已經空了。」

燕芬俯身，仔細地看著箱面上那幅由小銅片拼成的圖畫，面上現出了不可解的神色。

過了約莫三分鐘，她指著畫上放在地上的一隻頭盔，道：「這是印加帝國君主的頭盔，其餘的飾物，也顯示這裏的幾個人，全是印加帝國中的首腦，但是他們爲什麼只是骨骼呢？他們是因爲什麼而死的呢？」

我一聽到燕芬講出了「他們因爲什麼而死」那一句話之際，便插言道：「你以爲這幅浮雕上的那些，全是死人麼？」

我這樣一問，自然是有道理的。因爲那幅浮雕畫上的人獸，雖然全是骨骼，但是卻十分生動，有的揚臂，有的昂首，絕沒有「死」的感覺，造這幅浮雕的藝術家，顯然在生氣方面，下了極大的功夫，所以才能有這樣的成就。

燕芬呆了一呆：「我不以爲人的肌肉全消失了，還能活著。」

我咳嗽了一聲：「至少王彥的右手是如此。」

燕芬張大了眼睛，道：「這是什麼意思？」

我道，「王彥在大約半小時之前來看過我，他全身都在衣服之中，我無意中脫去了他的一隻手套，他的右手……」我指了指那箱子上面的浮雕，道：「就像這畫上的人一樣，只是骨骼。」

燕芬的眼睛睜得更大，仍是不出聲。

我嘆了一口氣：「我知道，這種事情如果不是親眼看到，是很難對人說得明白的。」

燕芬苦笑著，道：「衛先生，你的神經，是不是曾過度緊張麼？」

我搖頭道：「當然不！」

燕芬道：「你的意思是說，王彥的指骨，竟能克服地心吸力，而不跌下來麼？」

我又嘆了一口氣，道：「非但不跌下來，而且我還親眼看到他的指骨打開了我的門，衝了出去！」

燕芬一聽得我那樣說法，忽然向後退出了兩步。

我大聲道：「小姐，我的神經十分正常，你不必以爲我是一個瘋子而避開我的！」燕芬的呼吸急促了起來：「如果你所說的是實話，那麼發生在王彥身上的，究竟是什麼事呢？」

我攤了攤手：「必須找到他，才能知道！」

燕芬的面上開始失色：「他……他上哪裏去了？」我道：「我不知道，他離開了我家後，可能回來過，可能根本未曾回來過，你是他的好朋友，你可知道他可能到什麼地方去？」

燕芬呆了片刻，道：「他是個交遊極少的人，除了我之外，他和羅蒙諾教授最熟，因爲羅蒙諾是他研究工作的指導者。」

我是曾經聽過羅蒙諾教授這個名字的，羅教授是一個傑出的科學家，在有世界聲譽的科學家的圈子中，他也有著極其崇高的地位。

我連忙又問道：「燕小姐，你想，王彥如果遭遇了極度的困惑，他會不會去找羅教授——甚至在未曾和你商量之前，便去找他？」

燕芬面上微微一紅，道：「王彥和我的感情很好，今年秋天，我們本來便準備結婚的了，我想，如果他遭到了什麼極其危急的事情，是應該先告訴我的。」

我道：「可是事實上，他卻先找到了我——這或者可能是因爲那隻黃銅箱子，是從我這裏取去的，或者是事情太令人震驚了，他心中所受的打擊太大……」

我話還沒有說完，燕芬已尖聲叫道：「那麼他怎麼樣？就躲起來不再和我見面？」

我嘆了一口氣，道：「燕小姐，你先別激動，我們不妨一齊去看看羅教授。」

燕芬點了點頭。她是個做事極有頭腦和極有條理的人，這從以下兩點中可以看出來！她先打電話到她自己的家裏去，得知王彥沒有去過，然後，又在當眼的地方留下了字條，告訴王彥我們的去蹤，並且要王彥，無論如何留在家中，因爲我們會再來找他的。

我和燕芬一齊離開了王彥的住所，雨仍在下著，而且更密，我的手心之中卻在冒著冷汗，我要先將手心的冷汗抹去之後，才敢握上駕駛盤。

羅蒙諾教授是住在山上的，下著雨，斜路格外難以駕駛，尤其是當你心急，而將車子駛得飛快的時候，驚心動魄的情形，隨時可以出現，車子也隨時可以翻到山下的深谷中去的！

我並沒有減低速度的意思，我身邊的燕芬，顯然也將她的全副心神，放到王彥的身上，以致根本沒有察覺到有幾次，我們已經離死神很近了。

燕芬是曾和王彥一齊拜訪過羅蒙諾教授的，她指點著路，車子終於在一幢巨大的花園洋房面前，停了下來。

這時，已將近深夜了，而洋房的一角，居然還有燈點著，我和燕芬跳出了車子，燕芬的聲音有些發抖，那或者是因爲春寒，或者是因爲激動，她道：「你看，有燈，王彥可能在裏面。」

我點了點頭，道：「可能。」

我一面說，一面按著門鈴，我的手停在門鈴的按鈕之上不放，使刺耳的鈴聲不斷地響著，那樣可以使得屋內的人意識到來訪者是有著緊急事情，而會立即來開門的。

燕芬站在我的身旁，踮起腳向內看看，她一面向內張望，一面道：「羅蒙諾，獨身主義者，我真不明白他一個人為什麼要住那麼大的一幢洋房，噢，他還有一個管家，那管家是一個怪人……」

燕芬在這時候，向我介紹起羅蒙諾來，那顯然並不是她想說及羅蒙諾的一切，而是她在等待之中，焦急的心情得不到排遣，而要不斷地說話，藉此來使時間過得更快些！

我看到有人從屋中奔了出來，奔出來的人，竟然沒有雨具，那人的身形高瘦，很快地奔到了大門之前，以一種十分兇狠的目光望著我們。

燕芬輕輕地碰了碰我，道：「那管家。」

我連忙道：「對不起得很，我們要見羅教授！」

那管家的聲音，比他那難看的臉容更使人難受。他用音調不十分純正的英語怒叫道：「在這種時候？」燕芬忙道：「學校中的王先生可曾來過？」

那男管家的目光，突然轉到了燕芬的臉上，使得燕芬的身子，不由自主，縮了一縮。

這是難怪燕芬的，因爲那管家的目光，根本就是一隻餓極了的兀鷹在尋找死屍時的目光，我真不明白羅教授這樣的科學家，怎麼會用這樣的一個管家！

第三部：峭壁墜車

那管家狠狠地道：「沒有！」

我仍然堅持著：「我們想見一見教授，可以麼？」

那管家還未回答，屋門口已響起了一個洪亮的聲音：「拉利，請來訪者進來。」

門口的燈光驟亮，我看到屋門口站著一個身形高大，面色紅潤的老人，拉利——那管家——悻悻然地打開鐵門，讓我們進去，我們到了屋門口，羅教授側身相讓，我與他握手，道：「在這樣的深夜，來打擾你，實在抱歉。」羅教授卻爽朗地笑了笑：「你當然是有急事才來的。」

我立即道，「你的助手王彥，可曾來找你麼？」

羅蒙諾教授兩道濃得出奇的眉毛，向上翻了一翻：「你們是警方人員嗎？」

我呆了一呆，爲什麼他立即會想到警方呢？我以此相詢，羅教授道：「我怕他有什麼麻煩了，他在傍晚時分，曾打電話給我，是拉利——我的管家接聽的，說他立即就要來拜訪我，據拉利說，他的語氣十分焦急，拉利，是不是？」

這時，那個面目陰森可怖的管家，正站在我們的身邊，道：「是，教授。」

羅教授攤了攤手：「可是他卻一直沒有來，我等了一個小時之後，便要拉利不斷地打電話到他家中去，可是他並不在家裏，是嗎，拉利？」

拉利又道：「是，教授。」

我一聽到拉利這一聲機械的回答，心中立即起了強烈的反感，而立即斷定：拉利是在說謊。

因爲，如果是在傍晚過後的一小時之後，有什麼人打電話給王彥的話，我一定是會知道的。那時候我正在王彥的家中！而事實上，當我在王彥家中的時候，根本沒有任何人打電話來過。

但當時，我卻沒有說穿這一點，因爲我只當那是微不足道的事情：一個懶惰的管家，未遵守他主人的吩咐，這又算得什麼大不了的事呢？

羅教授道：「如今已將近午夜了，所以我想他一定是出了什麼意外了。」

我向燕芬望了一眼，燕芬的神情十分沮喪，低下了頭去，我和她一齊告辭，退了出去，管家拉利亦步亦趨地跟著我們，直到我們出了鐵門。

我和燕芬進了車子，才嘆了一口氣，道：「我們再上什麼地方去找王彥？」燕芬黯然地搖頭：「我不知他還有什麼地方可去了。」

我道：「那麼，我們只有報警了。」

燕芬忙道：「不！你忘了王彥他的手——」

一提起王彥的手，我便有毛髮直豎之感，燕芬頓了一頓，道：「我想他一定不願意人家知道的，暫時還是不要勞動警方的好。」

我點著頭，將車子掉轉頭，駛下山去。

我們又回到了王彥的住所，希望王彥能夠回來，希望因此我們便能明白他究竟遭遇到了一些什麼怪事。但是，在焦急的期待中，一夜很快就過去了，王彥卻並沒有回來。

我敢斷定燕芬是一個性格十分堅強的女子，因爲她在那一晚焦急的等待中，只是坐立不安，竟沒有哭出來！天亮了，燕芬美麗的臉龐顯得十分憔悴，我們兩人，相互望了一眼，我搓了搓手：「燕小姐，我們通知警方好不好？」

燕芬無言地點了點頭，我拿起了電話。

可是，我只撥了兩個「九」字，門鈴陡然響了起來，我放下了電話，衝向門口，以最快的手法將門拉了開來，同時準備伸手出去，將門外的王彥拉住，因為我怕王彥一見到我在這裏，又會逃走。

但是，我手伸出去，立即僵在半空，站在門口的，並不是王彥！

我起先一呆，繼而不禁苦笑，站在門口的，當然不應該是王彥，王彥回到自己的家中來，為什麼要按門鈴呢？因為我和燕芬兩人心中太希望王彥回來了，所以一聽到門鈴聲，便以為是他。我縮回手來，定睛看去，只見門外共有三個人，一個是警官，兩個是便衣人員。

我回頭向燕芬笑了一下，道：「警方人員已經找上門來了。」

燕芬的鎮定，正在慢慢地崩潰，她面色變了白，道：「三位來作什麼？」

那警官踏前一步，道：「王彥，是住在這裏的嗎？」

燕芬道：「他出了什麼事？」

那警官又問道：「小姐，你是他的什麼人？」

燕芬吸了一口氣，挺了挺胸，道，「我是他的未婚妻，這位衛先生，是我們的好朋友，我們在這裏等了他一夜，他沒有回來。」

那警員的聲音，變得十分低沈：「燕小姐，你要勇敢一些，鼓起勇氣來面對現實。」

燕芬的聲音在發顫：「他……他怎麼了？」

那警官攤了攤手，道：「清晨，在上山頂的公路之下，一個峭壁之上，我們發現了他車子的殘骸。」

燕芬的身子開始搖擺起來，我連忙過去將她扶住，燕芬的勇敢，使我也驚奇，她沈聲道：「那麼他人怎樣，還有希望麼？」那警官道：「他的車子碰巧擱在一塊大石上，已經毀得成了廢鐵，小姐，照我的經驗，在車子毀壞到這樣的情形下，駕駛人是絕不能生存的。」

我聽出那警官的話中有蹊蹺，忙道：「你的話是什麼意思，可是沒有發現他的屍體麼？」

警官嘆了一口氣，道：「峭壁下面是大海，車子滑了下去，撞在石上，一定是先將門震開，先生，請相信我，在那樣的一震之下，任何人都會立即昏迷過去，車子擱在大石上，他則跌下了海中。」

我和燕芬兩人一聲不出，燕芬雙手掩面，終於哭了起來。

我想說什麼，但是我的喉間，像是被什麼東西哽住了一樣，一句話也講不出來。

那警官除下了帽子：「他死得可以說是毫無痛苦的，願他入天堂。」

燕芬突然抬頭起來，道：「他的屍體——」

那警官道：「警方正在設法尋找，但是怕希望不大，難以如願了！」

我連忙道：「他有沒有逃生的可能？」

警官嘆了一口氣，望著我，道：「衛先生，我不以爲他會有，即使是你的話，在那樣情形之下，也是難以逃生的。」

我呆了一呆，其實我早應該想到，高級警官認識我的，比我認識他們還多。

我苦笑了一下，沒有勇氣望向坐在沙發上，正在啜泣的燕芬。當然，如果王彥的汽車翻跌下了峭壁，他自然是難以逃生的，因爲他只是一個數學家，而不是過慣冒險生活、身手矯捷的人。

那警官伸手在我的肩頭上拍了一拍：「衛先生，勸慰燕小姐的責任，落在你的身上了。」

我還未出聲，已聽得燕芬道：「我不用任何人勸慰！」她的聲音，雖然還十分乾澀，但是一聽便可以聽出，這種聲音是發自一個勇敢的心靈的。

我向她望去，只見她已站了起來，她眼中還含著淚，但已不再泣啜了。

燕芬吸了一口氣，續道：「警官，你可以帶我到現場去看一看麼？」

那警官猶豫了一下，道：「可以的——」他頓了一頓，才道：「勇敢的小姐。」

我連忙道：「我們一起去。」

燕芬默默地點著頭，我們一起出了門，下了樓梯，警官的車子正等在門口，我們一齊坐了上去，車子向前疾馳而出。

那一天的天色，十分陰沈，仍在下著濛濛細雨，天氣陰寒，車子中的人多，車窗上很快便蒙上了一層水氣，看不清外面的景物。

但是即使如此，我也立即發現，如今這輛車子所行走的道路，正是昨天晚上，我和燕芬兩人到羅蒙諾教授處所經過的，我向那高級警官道：「他是在這條路上失事的？」

那警官點了點頭，道：「在將近山頂的地方。」

我尖聲道：「那麼，他一定是去看羅蒙諾教授，路滑天雨，所以才失事的。」

燕芬低著頭，不出聲，那警官反問我道：「王彥和羅教授是相識的？」

我道：「王彥是羅教授的助手，學生。」那警官搖了搖頭，嘆了一口氣，道：「失事的地點，離羅教授的住宅，只不過三十公尺，我們發現車子的殘骸後，曾經拜訪過羅教授，他和他的管家都說曾經聽到過像是車子墜崖的聲音，但他們萬想不到，墜車的人，竟是他們的朋友。」

我的心中，又覺得奇怪，道：「羅教授可曾說起他聽到像是墜車的聲音，是什麼時間的事？」

那警官道：「大約是在淩晨兩點。」

淩晨兩點。我和燕芬兩人，昨天離開羅蒙諾教授的住宅之際，已經是午夜了，如果我們能在路上等著，是不是可以防阻這個意外呢？

我心頭十分沈重，一時之間，車中沒有人再說話，直到車子停了下來。

我第一個下車，看到有幾個警察站在峭壁邊上，向下指點著。我連忙趕了過去，向下看時，看到了王彥車子的殘骸。

車子的殘骸離我們所站的地方，約有五十公尺，是一塊凸出來的山頭，下面便是陰沈的海水。他的車子有一半在大石之外，另一扇車門恰好勾住了石角，所以車子才能不跌入海中。

我看了沒有多久，身旁的警官，便遞了一個望遠鏡給我，從望遠鏡中，可以將車子的殘骸看得更清楚，車牌還完整，警方當然是從這車牌上，才知道了車主人是什麼人的。

通過望遠鏡看來，車子的毀壞程度，更是看得清楚，那簡直已不是一輛車子，而只是一堆廢鐵。我看到了這樣的情形之後，對於那警官所說王彥絕難生還這一點，我不得不表示同意了。

我看了一會，又將望遠鏡遞給了身邊的燕芬，但是燕芬卻並不接過來，只是道：「什麼時候將車子吊上來？」那警官道：「這輛車子已沒有吊上來的必要了，在你們看過之後，準備將它推到海中去。」

燕芬默然無語，我突然想到了一點：王彥的身子，縱使已跌到海中去了，但是他是不是會遺下什麼物件在車中呢？車子並沒有起火燃燒過，如果有什麼東西遺下的話，應該是可以找得到的。

可是，因為車窗玻璃全部震得裂紋縱橫，我不可能看清車廂之中還有些什麼。

我又拿開了望遠鏡，向陡峭的峭壁看了一眼，道：「我要下去看看王彥可有什麼東西留下。」

那警官道：「我看沒有這個必要了，山壁很滑，除非有人用繩子將你吊下去，否則太不安全了。」我笑了笑，道：「不要緊，我會安全下去的，」

那警官不再出聲，我抓住了石角、樹枝以及一切可抓的東西，身子慢慢地向下，縋了下去，約莫十分鐘，我已經到了那輛車子的殘骸之旁，這時，我身上也全是污泥了。

我打破了一塊滿是裂痕的玻璃，將頭探了進去，只見駕駛盤已經扭曲折斷，我費了好多時間，才打開了車頭板上的小抽屜，但是除了一些零星的東西之外，卻沒有什麼其他的物事。

我感到非常失望，因為王彥的遭遇、王彥的手，對我來說，仍然是一個謎。我縮回頭來，突然之間，我的眼光停住在已經斷折的駕駛盤上。駕駛盤，和車頭的木板上，都十分乾淨，一點血跡也沒有。

我心中立即自己問自己：王彥在車子毀壞到如此程度的情形之下，難道他的身子，就立即震出車門，直跌落海中，而事先一點也未曾受傷麼？

如果他事先曾受傷的話，爲什麼車子中竟一點血跡也沒有呢？

我一想到了這一點，心中的疑惑更甚。在車旁又站了一會。事情只有兩個可能：其一是王彥並沒有受傷便被震出了車子。其二則是王彥根本不在車子中，跌下來的，是一輛空車！

如果真是第二個情形的話，那其中就大有文章！

我又攀上了峭壁，我並不向那警官說什麼，只是拉著燕芬，向外走了開去，燕芬看出了我的面色十分沈重，她低聲問我：「你發現了些什麼？」

我回頭看了看，懸崖邊上的警方人員，正在商量著如何將那輛車子的殘骸推下海去，當然，在警方的檔案之中，這將是一件毫無疑問的交通意外了。

但是我卻不以爲那樣。我吸了一口氣：「車子內部一點血跡也沒有，可能當車子墜下懸崖的時候，王彥根本不在車中。」

燕芬震動了一下，停了下來。

她還未曾表示什麼意見，一輛車子駛到了我們的面前，我拉著燕芬，向後避了一避，我看到駕車的正是羅蒙諾教授。

我連忙揚手叫道：「教授！教授！」

羅蒙諾教授是應該聽到我的叫喚的，我只不過想告訴他，王彥已在他家的附近遇難而已。但是羅教授卻並不停車，車子的去勢更快。

而正在那時候，我忽然看到車子後窗上，露出了半個人面，向我和燕芬望來，雖然那半個人面，只是略露了一露，立即便縮了回去，但是我卻可以肯定，坐在車子後面，在車子駛過我們之後，從車後窗向我們張望的人，正是羅教授那個面目陰森可憎的管家！

羅教授開車，他的管家坐在車後，那已是十分令人可疑的事情。

而且，剛才當車子在我身邊駛過的時候，我並沒有看到車子的後座有人，那管家當然是伏著的。他為什麼要伏著？是不想讓人發現他麼？他又為什麼不希望我們發現他呢？

羅教授的車子早已遠去，但是我腦子中的問題，卻是越來越多。

直到燕芬開口，我才猛地驚醒。燕芬問道：，「衛先生，你說王彥並沒有因此羅難？」

我想了一想，道：「事情很難說——燕小姐，你說羅蒙諾教授的家中，只有他和他的管家倆人？」

燕芬顯然不知我爲什麼在如今這樣的情形下，忽然問起這個問題來，她怔了一怔，然後才點了點頭。我道：「剛才，他的管家在車子後窗中窺視我們，你可曾看到？」

燕芬驚訝道：「是麼？」

我低聲道：「燕小姐，我要去做一件事，我相信是對王彥的神秘遭遇有利的，你能幫助我麼？」燕芬抹乾了淚痕，道：「能的。」

我走向那警官，告訴他，我爲了要勸慰燕芬，我們要步行到山頂去，叫他們自顧自的辦事，根本不必等著送我們下山去，那警官答應了我的要求，我和燕芬慢慢地向山上走著，不一會，便已經繞過了羅教授的屋子，到了他屋後的山崗上。

那時，我們已經看不到那些在峭壁旁工作的警方人員了，我停了下來，道：「燕小姐，你在這裏等我。」燕芬睜大了眼睛，問道：「你上哪裏去？」

我向前指了指，道：「我潛進羅教授的屋子看一看。」燕芬失聲道：「這是作什麼？警察就在他屋子前，你竟要作犯法的勾當。」

我苦笑了一下：「進人家的屋子去看一看，也算是犯法？要知道，或許這一看，可以有許多發現。」燕芬追問：「你想發現些什麼？」

我踢著山坡上的小石子：「很難說，我如今只不過有一個模糊的概念，但是卻還不切實際，需要有新發現來支持。」

燕芬卻不肯就此放過，道：「你心中的概念是什麼？」我道：「王彥是來找羅教授的，警方認為他是未到羅教授的家中，便失事跌落了海中。根據羅教授的証明，隆車的時間是在淩晨兩點。」

燕芬點了點頭，道：「正是那樣。」

我道：「我卻擬了另一個可能：王彥是見到了羅教授的，他的車子卻不知怎地，跌下了峭壁，當車子跌下去的時候，他根本不在車中。」

燕芬表情嚴肅地望著我：「你根據什麼？」

我道：「我根據的，就是車子的殘骸之中，一點血跡也沒有這一點。」

第四部：冷血的殺人狂

燕芬又問道：「那你懷疑羅教授什麼？」

我攤了攤手，道：「那就很難說了。」

燕芬呆了片刻，道：「好，你可是要我『望風』麼？」我對於燕芬居然知道「望風」這一個名詞，表示驚訝，燕芬已在一塊石上坐了下來，我則攀下了山崗，到了羅教授住宅的後面。

在羅教授住宅的後面，有一間小小的石屋，大約是儲物室，門上有鎖鎖著，但是我只是輕輕一扭，便已將鎖扭了開來，推門進去。裏面十分昏暗，果然是堆放雜物的地方，我穿過了許多雜物，走到了另一扇門前，打開那扇門來，發現那是廚房。

我一步跨進了廚房，可是我卻立即縮回了腳來。

同時，我又以最輕巧最迅速的手法，將門掩上。

雖然我是抱著對羅教授懷疑的態度而潛進這間屋子來的，但是我總相信燕芬所說的話：這屋子只有羅教授和他的管家兩個人，而他們兩人剛才既已離去，這裏自然是沒有人的了。

然而，剛才我一踏進了廚房，卻看到煤氣灶上，一隻咖啡壺正在骨嘟嘟地冒著熱氣！

廚房中有咖啡壺在冒著熱氣，那即使是白癡，也可以知道：這屋子中是有人的，不是空的。

我立即縮了回來，已經覺得事情十分不平常，我連忙俯身，將右眼湊在鑰匙孔中，向前看去，我的視線，恰好可以看到煤氣灶的附近。

不一會，我聽到皮鞋聲傳進了廚房，有一個人，走到了煤氣灶附近。

那個人當然是來取煮好了的咖啡的，我握住了門把，已經準備突然衝出去，先將那人制服再說的，但是在剎那之間，我卻呆住了！

當那個走入廚房的人，走到煤氣灶旁的時候，我從鑰匙孔中看進去，並不能看到他的全身，只能看到他的腰部。我只看出那人的身形十分粗壯，一定是一個彪形大漢。

就在我準備推門而入的時候，那人已經轉過身來，他一轉身，我就看到了他的腹部，我看到那人是用一條白色的鱷魚皮帶的，而皮帶的白金扣子上，鑲滿了一粒一粒的小紅寶石。

紅寶石排列成爲一個「B」字，在那人身子轉動之間，我的感覺中，那一個「B」字，像是由一滴一滴的血珠排列而成的一樣。

在那片刻之間，我真正地呆住了，不要說我顧不得推門進去，我甚至僵住了不能直起身子來。

我以前未曾看見過這樣的白鱷魚皮帶，也未曾見過那樣的一個豪華奢侈的皮帶扣。但是，我卻曾不止一次地聽人講起過這樣的一條白鱷魚皮帶，這樣的一個皮帶扣，和它們的主人。

它們的主人是一個國籍不明來歷不明，在任何國家的警察當局、特務部門，對他都沒有任何可資稽查檔案的一個神秘人物，而他是一個真正的殺人狂，只要有他所索取的代價，他可能會毫不猶豫地謀殺他的親生兒子！他殺人的方法是如此眾多，殺人的手法，是如此乾淨俐落，以致許多件明目張膽的暗殺，明明是他所幹的，卻也因爲拿不到任何証據而無可奈何。

他的「服務」範圍，也廣到了極點，從爲私情而要除去妻子，爲了爭奪權利而要除去政敵，他都可以「代勞」，他不認識任何人，只認識錢！他不但有著冷酷如石的心腸，而且有著驚人的聰明，尤其在各種機械方面，往往有著驚人的發明。年前，轟動國際，某國元首遭暗殺一事，誰都知道「兇手」又被人槍殺，可是又有多少人知道，冷血的勃拉克——這是殺人狂的外號——當時正駕駛著單人飛機在上空盤旋呢？當然，那個國家的保安人員，事後曾經傳訊冷血的勃拉克，可是，世界上最優秀的軍火專家，也無法証明勃拉克是有罪的。

因爲當時勃拉克的飛機在極高的高空，似乎還沒有什麼槍械可以由那麼高的高空致人於死，於是，他又在沒有証據的情形下獲得了釋放。

只是，那個國家的保安人員和國際警察部隊都知道一點：當時既然有勃拉克在場，那麼不論他在天上，還是在海底，事情總是和他有關的，勃拉克可以窮三五年的時光，去研究一件世人所難以想像的殺人武器，而只使用一次，絕不再用，使得世人對他的謀殺，捉摸不到任何線索！

這是全世界四十億人中，最最瘋狂，最最恐怖的人，許多幹練的警方人員，寧願面對魔鬼，也不願面對冷血的勃拉克！

而如今，這樣第一號危險的人物，居然就在我視線可及的地方！在那不到一分鐘的時間之內，事情的變化，實在太大了！

本來，我只是對羅教授和他的管家起疑，懷疑王彥可能到過這裏，所以才潛進來看一看的。

但如今，我竟在這裏看到了那麼危險的人物！換句話說，這裏也是一個極度危險的地方了，天哪，我竟叫燕芬在外面「望風」！

我身上感到一陣一陣發涼，只盼勃拉克快快走出廚房，好讓我立即退了出去，和燕芬一齊離開，再想辦法。

但是，勃拉克站在那裏，卻像是沒有意思離開，他的皮帶扣閃耀著紅光，使我幾乎難以忍受下去。過了約莫有一世紀那麼久，我才看到勃拉克慢慢地轉過身，出了廚房。

我連忙後退。

唉，平時我絕不是遇事慌張的人，而且，我所經歷的冒險生活，也絕不自今日始，但是一切有關冷血的勃拉克的記錄，實在是太駭人聽聞了，而且，我又想及，若是燕芬給勃拉克發現的話，那後果更是不堪設想，所以我行動竟慌張起來，在向後退之際，腳後跟竟踢在一隻空了的鐵桶上！

那一下，發出了似乎是震耳欲聾的「澎」地一聲！

在那時候，我知道我絕不能再慌張下去了，若是我再慌張下去的話，我可能成爲勃拉克手下的第八百號犧牲品！

在那「澎」地一聲還未曾散盡之際，我身子一躍，已躍到了那扇通向廚房的門的旁邊。

也就在這時，「砰」地一聲響，廚房門被打了開來，廚房門一開，我的身子便恰好在門後，我並沒有看清楚勃拉克其人，在那不到十秒鐘的時間，我只聽得一連串「嗤嗤嗤嗤」的聲音，和無數縱橫交錯的火光，像是有人在廚房的門口，放了一個大煙花一樣。

但是，那當然不是煙花，煙花是不會令得鐵罐發出巨響，飛上半空的，也不會令堆放著的雜物，受到那麼徹底可怕的毀壞！

每一道閃光，都是一顆子彈，而它的聲音是如此低微，速度又是那樣地快。照我的估計，在那十秒鐘之中，至少有五十發子彈發射了出來。

老實說，我從來也未曾聽到過有什麼槍械，能在那麼短的時間內，發射那麼多槍彈的，這當然又是勃拉克的創作了。

在那十秒鐘內，即使儲藏室中原來有一連人的話，這時一定也盡數死亡了！但是我卻僥倖地還活著，因爲剛才，我一踢到那鐵罐，我便立即躍到了門旁，勃拉克所發射的子彈，及到了儲藏室的每一個角落，就是門旁的「死角」，是子彈所及不到的！

勃拉克究竟是什麼樣的人，我仍然未曾看清楚，我的身上，已出了一身冷汗。在剎那間，我耽心燕芬，多過耽心我自己！

因爲儲藏室中發出的聲響不小，而燕芬則在離儲藏室極近的山坡上，如果她聽到了聲音而來查問的話，那實是不堪設想！

我屏住了氣息，一聲也不出，儲藏室中，突然又靜了下來，接著，又是「拍」地一聲，從上面高處，跌下了一隻死貓來。

那死貓的身上，已中了四五槍之多！

我聽到門口，傳來了「哼」地一聲，那是冷酷低沈到了極點的聲音，接著，「砰」地一聲，儲藏室的門又被關上。

我鬆了一口氣，那隻死貓，解了我的大圍。如果不是那隻死貓的話，勃拉克一定仍會進來查看的。他手中有著那麼厲害的武器，吃虧的毫無疑問是我。但如今，因爲有了那隻死貓，他便以爲剛才發生「澎」地一聲的，是那隻貓兒了。

而且，在經過他那樣的掃射之後，除了我藏身的那一處地方之外，其他地方，有人而能不死，那是沒有可能的事情！

而能在兩秒鐘之內，立即找到一個安全的地方躲避這樣掃射的人是不多的，難怪勃拉克肯放心離去了。

我連忙又俯身向鑰匙孔內看去，只看到勃拉克的左右雙手，都提著一柄樣子十分奇特的槍。一看那槍的形狀，便知道那絕非大規模兵工廠的出品，因爲它十分粗糙，只求實用，絕不求外表的好看，乍一看來，除了兩根槍管以外，其餘的部份，簡直就是一個小型的機器，零件組成之複雜，我在那一瞥間的印象，只能以「嘆爲觀止，無以復加」來形容它。

我看到勃拉克將這兩柄槍放進了他的上衣，又拿起了咖啡壺，走了出去。

由於我自始至終，只是在鑰匙孔中張望的關係，所以我也始終未曾看到這大名鼎鼎的殺人狂，冷血的勃拉克究竟是怎樣的一個人。

當我再度後退的時候，我已有再世爲人的感覺。我曾經和不少兇徒打過交道，曾經在七八柄手提機槍的指嚇之下而面不改色。當然，我並不是自誇自己的勇敢，而是在以往的事情中，我知道，指嚇我的槍口，即使離得我的胸口再近，離開發射，總有一個間隙的，在那個間隙之中，便使人轉敗爲勝。

可是，冷血的勃拉克，卻是絕對不肯給人以這樣的機會的。殺人，絕對不問情由，不問目的地殺人，他殺人，就像我們呼吸一樣地普通，對著這樣的人，怎能不使人心驚肉跳？

我輕輕地向後退著，這一回，當然沒有再弄出任何聲音來。

當我退出了那間儲藏室的時候，天色仍是十分陰沈，但是我卻覺得，即使是十分陰霾的天色，也可愛得緊，因爲我剛才幾乎與之永別了。

我俯伏著身子，揀草深的地方爬行著。

我來的時候並不知道屋內有著這樣一個可怖人物在，所以大模大樣，絕無懼色。但這時，勃拉克卻可以在屋後任何一個窗子口看到我，我不能不小心萬分！

我好不容易爬上了山坡，燕芬還坐在那塊大石上，我不由分說，一拉她，便伏了下來。燕芬被我一拉，跌倒在我的身上。

她自然不知道我的行動是什麼意思，立即翻身躍起。

我低聲道：「快伏下來！」

我的面色顯然難看之極，所以燕芬雖未弄清是怎麼一回事，身子也蹲了下來：「你在那屋中發現了什麼？」

在那片刻之間，我心中已想到了不少事情。

我知道，世界知名的冷血的勃拉克，會在這裏出現，那絕不是簡單的事情，勃拉克就像是散布瘟疫的瘟神一樣，他到什麼地方，什麼地方便一定會有禍事發生的。

老實說，如果事情和我完全沒有關係的話，那麼即使由於偶然的機會，發現了勃拉克的話，我也絕不會去招惹他的。

我不想做大英雄大俠客，我也根本不是那樣的人，這樣的事，留給警方去做好了。但這時，事情和我有關，我卻也沒有退縮的打算。

事情當然不是和我有直接的關係，但是我以為和王彥有關。

在王彥究竟遭遇到了什麼可怕的事情還未曾弄清楚之前，和王彥有關的事，自然也和我有關，因為使王彥平靜的生活起波瀾的那隻銅箱，是我交給他的，而他的哥哥王俊，又是我的朋友！

但是，無論如何，我卻絕不想令得勃拉克這樣可怖的職業殺人狂，和燕芬那樣可愛的小姐聯繫在一起！

所以，當燕芬問我，在那屋中看到了一些什麼事，我便開始撒謊。

我搖了搖頭，道：「沒有什麼，那果然是一幢空屋子！」我自己以為我說謊說得十分高妙，是足可以瞞得過燕芬這樣的女孩子的。

然而，我卻料錯了，燕芬聽了我的話後，並不出聲，卻以一種十分奇異的神情望著我。那種神情，一看便知道，她是已經覺察了我在說謊，但是卻又不來拆穿我。

我感到十分窘，補充道：「燕小姐，的確……沒有什麼。」

燕芬笑了一笑，道：「好，既然沒有什麼，我們也應該離開這裏了。」

那正是我求之不得的話，我決定不向燕芬說實話，因爲讓燕芬那樣純潔的女郎，知道有冷血的勃拉克這種人的存在，便是大煞風景的事了！

我和燕芬兩人，一面向後退去，一面仍注意著那幢房子，那幢房子看來十分寧靜，若不是剛才曾經親眼目睹，我是絕想不到在表面上那麼寧靜的屋子中，竟會有如此危險的人在！

我們繞過了屋子，又回到了路上，不一會，便又到了王彥車子墜崖的地方，警官已經離去了，只有一個警員在留守著。

我看到了那個警員，心中便不禁猶豫起來，我是不是應該向警方報告，說我在羅蒙諾教授的住宅中，看到了殺人狂勃拉克呢？

我如果向警方報告了這一點，又有什麼用呢？勃拉克在這裏並沒有犯罪，警方也拿他無可奈何的。

我心中不斷地思索著這件事，以至在下山的路上，我一句話也講不出來。不一會，我們便來到了一個岔路上，那裏有一個街車站，有幾輛空車等著。我和燕芬兩人到了車前，燕芬自己打開了其中一輛的車門，道：「衛先生，你不必送我，我自己回去了。」

我呆了一呆，道：「你到哪裡去？」

燕芬轉過頭去，不看我：「我覺得十分疲倦了，我……要回家去休息一下。」

燕芬既然那樣說法，我自然不能硬要和她在一起，而且，我和她相識雖然不久，王彥的怪遭遇，雖然令她傷心，卻還不致於使她崩潰！

唉！當我在這樣想的時候，我以爲自己對燕芬的估計已經十分正確了。怎知卻大謬不然！不錯，燕芬是一個十分堅強的女孩子，但是，她個性之剛強，卻遠遠地在我對她的估計之上。

她是我從來也未曾遭遇到過的充滿自信的女子！

當時，我卻並不知道這一點，我送她上了車，眼看著車子駛了開去，我也上了另一輛的士，吩咐司機，駛到電報局去。

由於王俊是在一個龐大的工地上工作的，我無法和他通無線電話，我只是發了一份加急電報給他，電文也很簡單：「令弟因爲那隻神秘的銅箱子，而遭到了極其神秘的變故，我需要知道你是如何得到那箱予，以及那箱子的真正來歷，速回電。」

我發了那樣的一封電報之後，便回到了家中。

我躺在安樂椅上，思潮起伏不定。

我甚至不知道我應該如何著手去做才好！

如果王彥的車子翻下山崖的時候，他正在車中的話，那麼，他自然是死了，一切也就就此終結，就算王俊詳詳細細地告訴我得到那隻箱子的經過，我也不可能瞭解王彥究竟曾發生了一些什麼事了。

但是，根據我的判斷，當車子墜崖之時，王彥不在車中。

王彥究竟在那箱子中發現了些什麼？他何以會有那樣神秘的事？他如今在什麼地方？問題一層一層地推開去，可以發展到羅蒙諾教授究竟是什麼人？他和勃拉克的關係究竟如何，勃拉克在這裏，是爲了什麼？

我一層一層地想下去，心中的疑惑也越來越甚，我發覺我自己，完全是在一團黑暗之中摸索，根本一點頭緒也沒有。

我並沒有休息，因爲有那麼多的疑問困擾著我，我根本無法休息。我通過我認識的關係，查問羅蒙諾的真正身份，但是我所得到的答案卻是一樣的，羅蒙諾教授是一個國際知名的學者，從來也沒有什麼人對他的身份表示過懷疑。

有幾個朋友，甚至勸我不必要在這上面多費腦筋，因爲羅蒙諾教授是極其專心研究工作的數學家，我去懷疑他，簡直是白費心機。

當然，我在向這些朋友查問羅蒙諾教授的一切之際，我絕沒有說出，我曾經在他的家中，看到殺人狂勃拉克的這件事。

由於羅蒙諾教授的聲譽是如此之好，就算我說出我所見的事情來，都不會有人相信的。

我考慮了半晌，覺得要肯定王彥是生是死，還得從羅蒙諾教授處著眼，我放了一柄精緻的小手槍在袋中，又帶了一些必要的物事，然後，才睡了一覺。

等到我醒來時，已經是黃昏時分了。

我用冷水洗了一個臉，使自己的精神充沛，因爲我可能和勃拉克面對面地進行鬥爭，和那麼可怕的殺人狂打交道，若是頭腦稍失清醒，那麼，你就可能永遠在地球上消失了！

我在臨出門口的時候，才想起應該和燕芬通一個電話，因爲我此去，實是什麼意外都可以發生的，我必須告訴燕芬，如果我在一定的時間內不回來，那麼她應該向我的幾個朋友告急求救。

本來，這件事我可以交待我的老家人老蔡的，但是基於一種連我自己也說不出來的原因，我忽然要和燕芬聯絡一下，將這件事情交待給她。

這或許是一種潛意識，我也沒有法子將之解釋得出來。當我打通了燕芬家中電話的時候，接聽電話的是一個焦急異常的中年人的聲音。

我請他讓燕芬來聽電話。但是，那中年人卻以十分焦迫的聲音問我：「你是誰？找她有什麼事？」

我感到十分奇怪，因爲對方的口氣，不客氣得有些過了份。我道：「我是和她新結識的朋友，她在麼？請你叫她來聽電話！」

那中年人的聲音，「唉」地一聲，道：「她如果在，我會不叫她來麼？她從昨天晚上出去之後，直到如今還未曾回來，唉，真急死人了！」

我猛地吃了一驚，道：「什麼？她沒有回來過？今天早上，她沒有回來？」

那中年人忙道：「什麼！今天早上，你見過她？你是誰？」

我吸了一口氣，在那一剎間，我心緒翻騰，想起了許多事來。

我想起了燕芬那一副絕佳的柔道身手，想起燕芬堅強的性格，想起了我從羅蒙諾教授家中出來的時候，她面上那種對我的話顯然不信的神氣，而她至今，還未曾回到她的家中！

這還用說麼？她一定是自己到羅蒙諾的家中去了！

我的天！當我一想到這一點的時候，我整個人都爲之直跳起來！

如今已是黃昏了，她是早晨和我分手的，這……這麼長的時間中，她和冷血的勃拉克……

我簡直沒有勇氣再想下去！

電話那邊，那焦急的中年人聲音，仍不斷地在問：「你是誰，你見過她麼？」

這中年人可能是燕芬的父親，但是這時，我卻沒有法子去安慰他了，我驟然地收了線，衝出了門外。我也顧不得途人的詫異，以我所能達到的最快速度，奔到了我車子的前面。我是受過嚴格中國武術訓練的人，當我要以最快的速度奔出之際，那速度的確是驚世駭俗的。

如果不是事情緊急到了極點，我是絕不會用這樣的方法，來惹起人家的驚異的。

然而，如今事情已經太遲了，遲到我非但不能再浪費一分鐘，甚至不能浪費一秒鐘！

在我人尚未在車座上坐穩之際，車就已發動，車子的速度絕快，我不顧一切地闖過了三處紅燈，和發生了六七次幾乎撞車的事件。

在不到五分鐘的時間內，我相信我的車牌，至少已被五個以上的交通警員記下來了。但是如今我卻什麼也顧不得了。

我只知道：在早上，燕芬一離開了我之後，她並不是回家去，而是折到了羅蒙諾教授的家中，她一到羅教授的家中，必然與殺人狂勃拉克會面，而她直到如今，還未曾歸來。

車子在上山的斜路上，更如同一匹瘋馬一樣，如果不是我的駕駛技術還過得去的話，我早已掉下峭壁去了。有幾個駕車的人，在避開了我的車子之後，大聲叫罵我是瘋子！

我的確快瘋了，當我想及像燕芬那樣美麗純潔的女郎，可能和殺人狂勃拉克在一起，已幾乎一整天之際，我怎能不近乎瘋狂？

天色黑得極快，當我的車子，將要到達羅教授住宅附近之際，已經黑得不能看到四五碼開外的物事了，而且，山頂上的霧很濃，更加阻礙了視線。

但這卻有利於我的活動，我將車子遠遠地停了下來。

第五部：撲朔迷離的教授身分

當然，我是恨不得駕著車子，直衝進羅教授的住宅去的，但是我卻不能不小心些，因爲殺人狂勃拉克知道有人在晚上接近他，他會毫不猶豫地開槍射擊！

我停下車子之後，在濃霧之中，以最快的速度和最巧的步法，向前奔去。

不一會，我便看到濃霧之中，有著兩盞黃色的燈光，那是羅教授住宅的大鐵門上的燈光，我停了下來，傾耳細聽。

四周圍一片寂靜。

我又繼續向前走去，不一會，我已經到了鐵門之前，正當我準備繞過鐵門，越牆而躍進園子之際，突如其來地，忽然有一個人，出現在我的眼前！

由於當時，霧已經十分濃，那人是突如其來地在我的面前，由濃霧之中，冒出來的。如果不是我停步得快，我們已撞一個滿懷了！

在那樣的情形下，我實是沒有躲避的可能！

我陡地站住，那從濃霧中出來的人，也陡地站住，我們兩人鼻尖相距的距離，不會超過一掌！

我猛地一呆，立即向後退出了一步，抬頭向前看去。我首先看到一柄指住我的手槍，在那一瞬間，我身子內所有的精力，幾乎都要迸發爲一股使我的身子能夠跳躍而起的力量！事實上，我的身子，也已向上，疾彈了起來！

但就在我身子疾彈起來，希望有萬分之一的希望避開勃拉克的子彈之際，我卻聽到了羅蒙諾教授的聲音：「年輕人，原來是你！」

我連忙落下了地來。

不錯，站在我面前的是羅蒙諾教授，並不是我想像中的勃拉克！

雖然羅蒙諾的手中，也持著手槍，但是那和勃拉克手中持著手槍相比，卻是大不相同了。誰會見到女傭拿著菜刀而吃驚呢？但誰又會見到了狂漢揮舞著菜刀而不吃驚呢？

我的神經鬆弛了下來，羅蒙諾教授以奇怪的眼色望著我，出乎我的意料之外，他竟立即收起了手槍，道：「年輕人，你來作什麼？」

在那樣的情形之下，我除了開門見山之外，實在也沒有別的法子了。

我直截了當地道：「我是來拜訪你的。」

羅教授搖了搖頭，不以爲然：「在這樣的天氣，用這樣的方式？」

他所說的「用這樣的方式」，分明是指我偷偷地接近他的住宅一事而言。我冷冷地道：「教授，當事情和一個可愛的女郎的性命有關時，即使天上下著刀子，我也要來見你呢？」

羅蒙諾教授面上現出了迷惑的神情。

他不但是一個傑出的數學家，而且是一個傑出的演員——我心中想。

羅教授更以迷惑的聲音道：「我可以給你什麼幫助呢？」我踏前一步，一手握住了他的手臂，同時，以極快的手法，自他的衣袋之中，取出了他的手槍！

我的動作極快，在我的想像之中，羅教授至少應該作抵抗才是。可是他卻一點也未作抵抗，面上的神色、更是不勝駭異之至，大聲道：「年輕人，你這是作什麼？」

我心中略感奇怪。

因爲羅蒙諾教授這時所表現的，純粹是一個受了驚的老人，而絕不是什麼負有特殊任務的人？

但是，日間我曾見到勃拉克的白鱷魚皮帶，紅寶石鑲成的皮帶扣；勃拉克的快槍，又幾乎在半分鐘之內，將我的身子射成蜂巢，這一切，給我的印象，實在是太深刻了！

所以，我立即以槍抵住了他的脅下：「沒有什麼其他的用意，只不過想在和你的談判中，略佔上風而已！」

羅教授以吃驚的聲音呼叫道：「談判？什麼談判？天，我碰到了一個瘋子！」

我冷笑了一聲：「別裝蒜了，我們快進去吧！」

羅蒙諾教授在我的威脅下，當然不敢不聽我的話，他打開了鐵門，我和他一齊走了進去，進了客廳，客廳的燈光亮著，我和他在一張長沙發上，坐了下來。

自始至終，我的手槍沒有離開過羅蒙諾。

因爲，我推想勃拉克和羅教授，可能有著十分不尋常的關係。

那麼，我挾制了羅教授，勃拉克就算出現，他也不至於驟然向我下毒手了。

我坐了下來，四面一看，似乎沒有人出現的跡象，我立即道：「好了，我們談正經，燕小姐呢？她是死是生？」

羅教授卻並不回答我的問題，只是大叫道：「瘋了，你一定是瘋了！」

隨著他的叫嚷聲，有一扇門，發出了「砰」地一聲，打了開來，在那剎時間，我的神經又緊張到了極點，我連忙將羅教授的身子，拉了一拉，遮在我的面前。

在我的想像之中，那一定是勃拉克出現了，我已經決定了，毫不猶豫地將他射傷！

可是，門開處，幾乎是跌進來的，卻不是勃拉克，而是羅教授的管家。那管家只跨進了一步，便站著發呆。羅教授則高叫道：「叫警察，快叫警察。」

我則冷冷地喝道：「叫警察？只怕對你們的朋友，不大方便吧！」

羅教授氣得臉都紅了，道，「什麼朋友？」

我「嘿」地冷笑一聲，道，「冷血的勃拉克！」

我滿以爲這是我的殺手鐗，一說出來之後，羅教授一定會軟下來的。

可是，羅蒙諾卻只是呆了一呆，隨即以手加額：「天，你在講什麼？」

我沈聲道：「羅教授，你別再演戲了，殺人狂勃拉克在這裏，你真正的身分並不是什麼科學家，本來，你們所從事的骯髒勾當，我絕不會來干涉的，但是我要你將燕小姐和王彥兩人交出來，如果他們已死了，那我將會替他們報仇！」

羅教授的面色發青，道：「你……你是一個幻想小說作者麼？」

我被羅教授的態度，弄得暴怒起來，我猛地站起身來，以槍柄向羅教授的頭上擊去。但是，當我的手槍擊中羅教授之際，我突然聽到了電話號碼盤轉動的聲音。

我連忙回過頭去，只見那管家不知什麼時候，已到了電話機旁，他已經撥了兩個「九」字。

我連忙一揚手，喝道：「停止！」

那管家的動作，立時僵住不動。

我又喝道：「放下電話！」

那管家以一種十分陰森的目光，望了我一眼，依言放下了聽筒，當然他是不敢不聽的，因爲我有槍在手中！

那時候，客廳中的三個人，都僵立不動。

羅教授和他的管家，看來是被嚇呆了，而我之所以不動，是我想到：如果他們和勃拉克是有來往的話，他們敢驚動警方？

因為，儲藏室中累累的彈孔，可以輕易地証明這屋中有著一個極其危險的人物！

然而，剛才若不是我阻止得快的話，那管家已經連接了三個「九」字了！

難道羅教授和勃拉克是一點關係也沒有的？那簡直不堪設想，因為勃拉克進入廚房去取咖啡壺，他完全是住在這屋子中的。

我揚了揚槍道：「勃拉克先生呢？不妨請他出來會會面。」

那管家以十分陰沈的聲音道：「先生，我們不明白你在說些什麼？」

我冷笑了一聲，道：「你到儲物室中去看一看，大概就可以明白了！」

羅教授叫了起來，道：「儲物室？老天，我越來越糊塗了，你這瘋子究竟想在我們這裏，得到一些什麼？」

羅蒙諾竟賴得這樣乾淨！

我冷冷地笑道：「我們一起去看一看，就可以明白了，走！」我拉住了羅教授的手臂，又將槍抵住了他的脅下，同時向那管家喝道：「你也走！」

那管家的面上，露出了茫然的神色，道：「到儲物室去……先生，你不是想在那裏……將我們解決吧！」

我冷笑了一聲，道：「是我，差點在那裏，被你們的朋友所解決了！」

那管家和羅蒙諾教授對望了一眼，兩人都不出聲，我又喝道，「快走！」

那管家轉過身，向前走去，我和羅蒙諾教授跟在後面，我又吩咐那管家道：「你一路向前去，將所有的燈開著！」

老實說，如今我制住了羅教授，雖然說佔了絕對的上風，但是我對於勃拉克，卻還是有所忌憚，因爲在傳說中，他可以在昏暗的情形之下，連發七槍，都射中撲克牌紅心七的七點紅心，而那張撲克牌是在他三十公尺前面的。

對著一個槍法如此神奇的人，如果他在暗，你在明，那你便等於有一隻腳踏進棺材去了！

那管家依著我的吩咐，一面向前走，一面開著了所有的燈。

屋子之中，大放光明，我仍然不敢絲毫怠慢，我將羅教授的身子當著盾牌，擋在我的前面。

等到來到了廚房中，並沒有發生什麼意外時，我竟鬆了一口氣，像是走了一段長路程一樣！

廚房中的一切，和昨天我所看到的一樣，那隻曾爲勃拉克握過的咖啡壺也還在，我斷定冷血的勃拉克如今一定不在屋子中，否則，他早已出來了。

那管家在通向儲物室的門前站定，轉過頭來看我。

我已經決定，先要羅蒙諾承認勃拉克是在這裏，然後，再逼他說出王彥和燕芬的下落來，這一切，當然最好是在勃拉克回來之前辦好！

我揚了揚手，道：「將門拉開來。」

那管家將門推了開來，不等我吩咐，又著亮了儲物室的燈，我用力推了推羅教授，使得他踉蹌地向前，然後喝道：「你看——」

然而，我只講了兩個字，便立即踏前一步，將羅教授扶住，本來我那一推，是要將羅教授推跌在地面上的，然而這時我卻趕緊將他扶住，唯恐他跌倒。

剎時之間，靜到了極點，我們三個人，誰也不出聲，我只覺得心頭怦怦跳。在寂靜中，唯一的聲音，便是一隻貓在「咪咪」地叫著。

不錯，是一隻貓。

儲物室中有一隻貓，也不是什麼出奇的事，儲物室通常都雜亂無章，在許多雜物的空隙之中，正是貓最喜歡藏匿的地方，可是這隻貓，卻使我一見之下，就整個人怔住了，作聲不得！

那頭貓兒，有著黑白交雜的斑紋，我是見過的，那正是昨天身中幾槍，從雜物上跌下的死貓！至少十分相似，但如今這隻貓兒，正望著我們在叫著。

除此之外，我還看到了儲物室中的情形。

不錯，那是一間儲物室，其中堆滿了雜物，和所有的儲物室一樣。但是卻一點也沒有什麼暴力的痕跡，沒有槍洞，沒有被破壞的物事，沒有倒下來的東西，塵埃甚厚，顯見堆在其中的雜物，久未給移動了。

老天，這算什麼，我是在做夢麼？

我乍一見到儲物室中的那種情形，我的腦筋的確混亂到了極點。

但是，沒有多久，我立即鎮定下來。

我還不知道目前究竟發生了一些什麼事，只不過有一點可以肯定的是，我昨日的遭遇，絕不是幻覺，而我如今，也正是在同一間屋子中！

當然，事情已經過去近二十個小時了，有那麼長的時間，來佈置一間滿是埃塵的儲物室，將有彈孔的東西搬去，噴上塵埃，補好牆壁，另外找一隻相同的貓兒，並不是什麼難事。

但是，如果是這樣的話，羅教授的身分是什麼呢？他顯然是要掩飾勃拉克的存在，那麼，我如今的處境，可以說是危險到極點了。

我將羅教授的手臂握得更緊，我只想到一點：我必須立即離開這裏。早就有人疑心勃拉克表面上是單獨行動，但是在他的背後還是有著一個大組織的，現在我可以証明這一點了。而我一個人，是絕對沒有辦法和這樣的一個大組織作對的，我要立即離開這裏，並和警方秘密聯絡，這時，羅教授像是無可奈何的望著我，這老狐狸，他的表演功夫真好。

他道：「年輕人，你剛才提到儲物室，這裏就是了。」我道：「啊，我一定弄錯了，你們這裏很和平，是不是？」

羅教授道：「就是你來得太不和平了。」

我冷冷地道：「我退出的時候，也非用武力不可。」羅教授道：「那是完全沒有必要的！」我道：「我不想傷害任何人，但是我卻也不想被人傷害，我要你陪我出門口。」羅教授點頭道，「可以。」

我推著他，出了花園的鐵門，濃霧依然，這對我很有利，因爲當我放開羅教授之後，可能有許多人持著槍想殺我，但是在濃霧的遮蔽之下，他們將難以如願。

出了鐵門，我將羅教授一推，推出了幾步，而我自己，即立即向後倒躍了出去，沒入了濃霧之中，躲了起來。

濃霧像毛毛雨一樣，草叢之中，早已濕透，我躲了五分鐘，身上也濕了，我沒有聽到任何動靜，向前望去，依稀可以看到羅教授在門口站了一會，然後向門內走去。

他只走出一步，我便看不到他了。

但是，我卻聽到了一陣急驟的腳步聲，接著，便是那管家的聲音，道：「教授，要報警？」羅教授道：「不必了，年輕人不知受了什麼刺激，我想他是不會再來了，快將我的自衛手槍收好，你一直不贊成我槍中不放子彈，但今晚幸而沒有子彈，要不然，我一發現他的時候，只當他是小偷，幾乎要放槍了。」

羅教授的聲音，漸漸遠去，再接著，便傳來了關門的聲音。

我又呆了半晌。

事情仍然有兩個可能。其一：羅教授根本是無辜的，是我庸人自擾，找錯了目標，但是，冷血的勃拉克的出現，又怎麼解釋呢？其二，羅教授和管家，是明知我沒有離去，這些話是講給我聽的，如果是這樣的話，那麼這兩人也實在太深謀遠慮，是難以對付的敵人！

我又伏了三十分鐘左右，才輕輕地順著路，走了下去，走出了二十公尺，找到了我的車子，打開了車門，駛著車子下山去。

我十分心急和警方秘密工作室聯絡——這個工作室的存在，也是不公開的，它所擔負的，是最繁重和最難以應付的事情，例如勃拉克的出現之類——所以我下山時，車速仍然很高。

我的車子在潮濕的路面滑行著，在一條坡勢陡峭的路上，我突然發覺，車子下滑的速度，已不受控制，同時，我看到路面之上，閃起了一種奇異的反光，那是油而不是水！

在陡峭的路上，有人倒上了油！

這是何等卑劣的謀殺手法！

我心中不禁冷笑，因爲想害我的人，手法也未免太低了，憑我的駕駛技術，在路面上倒些油，就可以使我命喪了麼？

我踏了煞車掣，可是，煞車掣卻是鬆的！

我立即感到，我是太樂觀了，敵人十分高明，他們將我的煞車掣也破壞了，車子迅速地向下滑去，去勢越來越快，我已不及作其他的考慮，我打開了車門，身子向外，穿了出去。

幾乎我的身子才一著地，還在打滾間，在我前面六七公尺處，已經傳來了「轟」的一聲巨響，我的車子，不知撞在什麼地方了。接著，便是熊熊的火光，在濃霧之中，亮了起來，我伏在地上，一動也不敢動。這時，倒是路面上的汙油救了我。

因爲我曾在路上滾了幾滾，令得我的身上，也都沾滿了黑色的滑潤油，所以，盡管火光可以及到我伏身的地方，我伏在地上，卻也不容易爲人發現。

我之所以說汙油救了我的命，那是因爲我又看到了冷血的勃拉克！

我看不清那人的臉面，是因爲火光閃耀和濃霧的原故，但是我卻看到了那人腰際一團閃耀的紅光，那紅寶石的腰帶扣子。

同時，那種站立的姿勢，也是勃拉克所獨有的，他站在那裏，就表現出他那種冷酷、無情、嗜殺成性的可怕性格來。

破壞我的煞車掣，在路面上撒上滑油，使我車毀人亡，這對勃拉克來說，實在是小事一樁，因之他站著欣賞的時間並不長，便動身向外走了開去。我兩次見了勃拉克，但是我兩次都沒有見到他的本來面目。

勃拉克沒入了濃霧之中不久，我便聽到了有汽車發動的聲音。

我站起身來，我的車子仍在燃燒，但已只剩下一堆廢鐵了。

我並無意憑弔我的車子，我只是站在車旁，回想剛才那生死一線間的經歷，如果我遲躍出車子十秒鐘，那麼我……我如今已是一團焦炭了。

我在想：勃拉克一定是太自信了，這人是可怕的魔鬼，但是他的自信，則是他致命的弱點！他除非不失敗，要不然，他一定失敗在他的自信上。

而事實上，他已經失敗在他的自信上了。

昨天，他自信在他自製的特級快槍瘋狂掃射之後，便不會再有生存的物事。但是我卻恰好躲在門後避過了他。而如今，他以爲車毀之後，我一定燒死了，竟不詳細檢查一下，就離了開去，而事實上，我則早已躍出車子了！

我本來認爲和勃拉克作對，幾乎是難以想像的事情，但如今我的想法不同了。一來，是因爲勃拉克既然要將我置於死地，我必須與他周旋，這其中，絕對沒有轉圜的餘地。二來，我已發現了他的弱點！

只要發現了他一個弱點，便可以進而發現他更多的弱點，使他失敗！

我吸了一口氣，沿著路，向山下走去，經過了兩個的士站，我卻遠遠地避了開去，我身上滿是油污，接近人是會惹人注意的。我要先回家再說。

我當然不是放棄了追蹤王彥和燕芬兩人的下落，只不過我要採取另一個方式——並不是獨力進行的方式。我準備一回到家中，便立即和警方秘密工作室聯絡、

我化了將近一小時，才步行到家門口，我看到我家樓下大廳，燈火通明，這時已經是下半夜了，老蔡難道還沒有睡，正在等我？我快步來到了門口，取出鑰匙來，打開了門。

第六部：骷髏精又來了

我才一開門，便聽得老蔡的聲音，道：「主人回來了。」我呆了一呆，心想：原來有人在等我，那是什麼人呢？我跨了進去，只見老蔡已迎了上來，他以充滿了驚訝的眼光望著我。

的確，這時候，任何人見了我，都不免驚訝的，因爲我由頭到腳，全是可怕的油污！

我忙道：「有人來找我麼？」

老蔡向大廳角落上的一張沙發指了一指，道：「不錯，有一位小姐來找你……」老蔡在講這句話的時候，壓不住他心頭的恐懼。

我聽說有一位小姐來找我，心頭正在奇怪間，老蔡已壓低了聲音，道：「我……我怕。」

我呆了一呆：「你怕什麼？」老蔡的聲音更低：「那位小姐的打扮，就和上次的那個骷髏精……是一樣的。」

我叱道：「別胡說！」老蔡卻還拉住我的衣袖，道：「千萬要小心才好。」我一推，將他推開了一步，高聲道：「誰來找我？」

我已向老蔡剛才指的角落看去，也看到了有一位小姐坐在一張高背沙發上，但因爲沙發的背很高，幾乎將那位小姐的全身盡皆遮住，所以我只能看到那位小姐放在沙發扶手的手臂，並看不清她是什麼人。

我一面問，一面已向前走了過去。

我才走出了兩步，便聽得那位小姐開了口：「衛先生，請你別再向前來。」

我一聽那聲音，更是大奇，因爲那分明是燕芬的聲音！我爲了她一日未歸，而幾乎車翻人亡，原來她卻在這裏，她在弄什麼玄虛？

我當然未曾將她的話放在心上，我繼續向前走去，一面問道：「燕芬，是你麼？你可有和家人通過電話麼？你到哪裡——」

我才講到這裏，已來到了燕芬的近前，燕芬突然離開了沙發，向後連退了幾步，尖聲叫道：「別再走近來，別再走近來。」

我抬頭向燕芬看去，不禁呆住了。

燕芬穿著一條長褲，外面則穿著一件不很稱身的長大衣，帶著手套，頭上至少包著兩條深色的絲巾，將她的頭臉，完全裹住，而且，在午夜，在室內，她也戴著一副黑眼鏡。

老蔡說得不錯，燕芬這時的打扮，和王彥上次來的時候，幾乎一樣，將她的身子，完全遮蔽了起來。

突然之間，一股莫名的恐懼，像是突然襲到的電流也似，穿通了我的全身，我震了一震，指著燕芬：「你……你……這究竟是怎麼一回事？」

燕芬的聲音，聽來反倒比我還鎮定得多，她道：「衛先生，你不必問這些了。王彥的下落我已找到，事情都已經過去了。」

我踏前一步，燕芬後退一步，我沈聲道：「不，事情沒有過去，正在開始，王彥怎麼了？你怎麼了？你們必須對我說！」

燕芬尖聲說著，幾乎是在高叫：「我說事情已過去了，你不必多管閒事，就是幫了我們的大忙，你更不可以通知警方！」

我緊釘著道：「爲什麼？」

燕芬吸了一口氣道：「因爲事情已經過去了，何必再驚動什麼人？」我一聲冷笑：「事情過去了？燕小姐，你爲什麼作這樣的打扮？」

燕芬的身子向後縮了一縮：「我……我得了重傷風，所以才這樣的。」

我斬釘截鐵地道：「不！你遭到了和王彥相同的遭遇，是不是？你說啊？你怎麼不開口？你們究竟遭到了什麼事？」

我一面說，一面一步一步，向前逼了過去，燕芬則一步一步地向後退著，她終於到了退無可退的地步了，她背靠在牆上，急速地喘著氣，道：「你別近來！別近來！」我自然不聽她的話，手一伸，已向她的肩頭搭去，我看出燕芬的神經，正處在極度的恐懼和震驚之中，我要先按她的肩頭，令她鎮定下來。

在那一瞬間，我忘了燕芬在柔道上有著極高造詣這一件事了。

我的手，才一搭上她的肩頭，她猛地一側身，已經抓住了我的手腕，我只覺得身子猛地一轉，身不由主，「叭」地一聲，跌倒在地上。

然而，我在跌下之際，卻還來得及抓住燕芬的一隻衣袖，那隻衣袖，在我整個人的重量壓墜之下，「嗤」地一聲響，被我撕裂了下來。

燕芬發出了一聲驚呼，向外奔去。

我不明白她何以驚呼，她只不過被撕去了一隻衣袖而已，我仍然沒有發現什麼異狀，但是燕芬向外奔去，卻使我非截住她不可，我猛地撲出，燕芬慌亂地以她的手臂來擋格我，我又抓住了她的衣袖，她又猛烈地一掙，我又將她襯衫的袖子，拉了下來。

在她襯衣的袖子被我拉下來之際，我猛地一呆，我第一個感覺，是我在做噩夢，我第二個感覺，則是我並不是在做夢，但是我是在作什麼呢？我卻說不上來，我除了呆呆地站著之外，什麼也不能做。

在襯衣的袖子也被我拉了下來之後，燕芬的右臂自然裸露了。可是那是什麼樣的裸露？我看到一條完整的手臂骨，一端連在燕芬的肩上，另一端，則還戴著手套！

我就這樣，眼睜睜地看著燕芬，擺動著那條手臂骨，奔出了我的大門。

我呆呆地站著，直到又有「蓬」地一聲傳來，將我驚起。

那「蓬」地一聲，是老蔡站立不穩，而跌在地上所發出來的聲音，我向他望去，只見老蔡的面色，白得極其可怕。而我相信，我自己的面色，一定也好不了許多。

老蔡身子發著抖，站了起來，道：「我們……要搬家，這裏住……住不得了。」

我快步趕到了門前，道：「別胡說……」

我向外看去，門外黑沈沈地，早已沒有了燕芬的蹤跡了。我知道追出去也是沒有用的，因之只得頹然轉過身來，慢慢地向樓上走去。

一直到熱水由我頭上淋下來，我開始洗去我身上的油污之際，我的腦中，還只是亂轟轟地一片，嗡嗡作響，一點頭緒也整理不出來。

我先用熱水淋浴，再以冷水淋浴，企圖使我的頭腦清醒過來。

但是，當我重又穿好了衣服時，我的腦中，仍然亂成一片！我只知道，燕芬和王彥兩人，已遭到了相同的怪事，他們兩人，如今當然也可能在一起。

然而，我的天，那究竟是什麼事呢？他們……他們的肌肉，去了哪裡？為什麼他們一個的手，一個的手臂，只剩下了骨骼？還是他們全身，都已剩下了骨骼！——當我想到這一點時，我不由自主，尖聲笑了起來，我覺得我自己的想像力，太豐富些了，一副骨骼——人能在變成了一副骨骼之後，依然會說話，會思想，會走動，甚至會使柔道？

我只覺得自己的腦中，越來越是混亂，燕芬和王彥兩人的神秘性，比諸冷血的勃拉克，有過之無不及！我那時，根本已不及再去進一步設想，在勃拉克、羅蒙諾教授和王彥、燕芬之間有著什麼關係了。

我在我的書室中踱來踱去——其實，與其說是踱來踱去，不如說是跳來跳去好得多。我心緒煩亂到了極點，坐立不安。

我可以說，在以前，我從來也未曾遭遇到這樣的事情過。在「藍血人」一事中，我遇到了來自另一個星球的人，但這總還是可以接受的事情，因爲人類早已知道在其他星球中，也會有高級生物的。

但是如今，難道我當真相信老蔡的話，王彥和燕芬兩人，都是「骷髏精」麼？

我在書房中，一直折騰到天明，老蔡才來叩門，我打開了門，他交給了我一份電報，說是剛送來的，我拆開一看，電報是王俊打來的。

我精神不禁爲之一振，希望從他的來電中，得到一些什麼線索。

可是該死的王俊，他全然不知道究竟發生了什麼嚴重的事情！他的電報說王彥是一個性格孤僻的怪人，大可不必去理會他，又說他得到那隻黃銅箱子的經過太複雜，斷然不是書信來往所能夠講得明白的，最後他還說，如果我閒得無聊，何不到埃及去和他作伴，他看肚皮舞也看得厭了。

我匆匆地看完了這封電報，衝動得立即將之撕成了粉碎，王俊的口氣，竟然還如此輕鬆，去他媽的肚皮舞，你的弟弟，可能正在跳白骨舞了。

但是，我隨即冷靜了下來。

我可以絕對肯定，王彥和燕芬兩人所遭遇的怪事，一定和那隻古印加帝國的黃銅箱子有關。我如果能知道那隻黃銅箱子的來龍去脈，對於瞭解整個事件，一定可以有極大的幫助。

我為什麼不能真的上埃及去呢？

但是，難道我拋下王彥和燕芬兩人不管了麼？雖然從他們兩人的行動來看，他們似乎不要我的幫助，但我相信，那多半是由於他們以為我無能為力。

而我是不相信世上有什麼無能為力的事的，連土星人我都有辦法送他回土星去，難道王彥和燕芬兩人的奇怪遭遇，我會不能幫助他們麼？

我下樓去，草草地用完了早餐，在喝咖啡的時候，我已經決定，等上三天，如果王彥和燕芬兩人，再不出現的話，那我就趕去和王俊會面。

這時，我相信王彥、燕芬和勃拉克之間，並沒有什麼關係，因爲如果燕芬曾經到過羅教授宅的話，何以她還能夠脫身來到我這裏？

我以爲我自己的判斷是非常正確的，但是卻不知道在實際上，我這時，已犯下第三個錯誤了。我第一個錯誤是未曾留住王彥，第二個錯誤是未曾留住燕芬，第三個錯誤是：我竟以爲勃拉克、羅蒙諾和王彥、燕芬之間，並沒有什麼聯繫，而我之發現勃拉克在此，只不過是一種巧合。

我一面喝咖啡，一面和警方秘密工作室的負責人——傑克中校通了一個電話，我告訴他，國際知名的暗殺專家，冷血的勃拉克，正在本地。

傑克中校的聲音十分激動，但並不震驚，因爲他知道勃拉克在遠東，但是卻不知道他就在本地，我將發現勃拉克的經過說了一遍，我提到了羅蒙諾和他的管家，但卻沒有提到王彥和燕芬。

傑克中校和所有的優秀的秘密工作者一樣，並不喜歡多說話，他只是「唔唔」地聽著，然後說一句「多謝」，就收了線。

和傑克通過電話之後，我覺得鬆了一口氣，因爲我已經將勃拉克的事，交給了警方，我自己只要去弄清楚王彥和燕芬兩人的下落就行了。

要在一個大城市中找兩個人，自然不是容易的事情，但是，要找如王彥和燕芬那樣打扮的人，應該不會是什麼困難的事。

我又和我的幾個私家偵探的朋友，聯絡了一下，請他們派所有的手下，去追尋這樣兩個人的下落。然後我自己也出動去瞭解王彥和燕芬平時所交往的人，想通過我自己的努力，而發現他們。

但是，一天下來，我卻一點結果也沒有。

當天晚上，我覺得十分疲倦。那不是因爲昨天晚上我根本沒有睡，而且因爲一天下來，我根本一點進展也沒有！

王彥和燕芬，這兩個怪人——我可以這樣稱呼他們，仍然一點信息也沒有。

當晚，我雖然疲倦，但是卻睡得並不好，第二天一早，我便醒了過來，莫名其妙地到處踱著，直到老蔡遞了早報給我，我才無聊地坐下來看報，突然間，我的視線停在一則平時我絕不會注意的小新聞上。

那是屬於「時人行蹤」一類的無聊新聞，但這時卻給我意想不到的刺激，新聞標題如下：

國際知名數學教授羅蒙諾赴埃及考察

內文很簡單，大意是說羅蒙諾教授已於昨日晚上，搭飛機到埃及去了。數學家到埃及去，有什麼可以考察的，我實是弄不明白，而我一看到這則新聞，我卻覺得在一些事情當中，有一條線在連貫著。

這一條線，還隱隱約約，不能捉摸，但至少已有一個概念了。那隻黃銅箱子，是從埃及來的，王彥打開了箱子，便發生了意外，後來又和羅教授可能發生關係，如今，羅教授又到埃及去了。

這其中，不是有著一條無形的線在連貫著的麼？

雖然我想到了這一點，但是我對於整個事情，仍然是一片模糊。只不過我看到了這篇新聞，我便作出了一個決定：我也到埃及去。

我到埃及去，一則是爲了和王俊會晤，二則，也好監視羅教授的行動。當然。我不是立即就去，我至少要得到王彥和燕芬兩人的消息才走。

那一天，我又花了一天的功夫，茫無頭緒地四下找著，當然是沒有結果。我到了家中，我所委託的偵探朋友，紛紛打電話來，報告是一樣的，沒有結果。

沒有結果！我嘆了一口氣，什麼時候，才會有結果呢？我連晚飯也沒有吃，便倒在床上，呆呆地想著，突然之間，電話鈴響了起來。

我到這時，才看到時間，原來在沈思中，時間也過得那麼快，已經是晚上十一點了。我拿起了聽筒，只聽得那面傳來的，是一陣急速的喘息聲。

我疾聲問道：「誰？誰？」

那面的喘息聲停止了片刻，接著，竟傳來了王彥的聲音。如果能夠從聽筒中伸進手去，抓到對方的話，那我一定會不顧一切地伸進手去了，可惜不能，我只能聽到王彥的聲音。

他的聲音在發抖，道：「衛先生，求求你，別再理我們的事了，別再到處派人，打聽我們兩個人的下落了，好不？」

我知道絕不能操之過急，這時候，我只能捕捉到王彥的聲音，如果我一急，他一收了線，我便再也沒有法子去找他的下落了。我必須要和他盡量地多說話，好探明他在什麼地方！

所以，我裝著若無其事，「哈哈」笑了一下，道：「打聽你們的下落？王先生，那只怕是你的多疑吧！」

「還說是我多疑，我今天才和我們的熟人通電話，每一個人都問我們在什麼地方，都說有私家偵探來調查過我們，不是你是誰？」

王彥說「我們」，那足以証明我的推斷不錯，王彥和燕芬兩人，是在一起。

我笑了一笑：「那也不錯啊，你們兩人，在這幾天中，一定覺得十分有趣了？」

王彥的聲音變得十分粗暴，道：「有趣，嘿，有趣，我們是在逃避著所有的人，與荒山野嶺爲伍——」但講到這裏，像是發現再講下去，會洩露他的行蹤一樣，突然住了口。

我連忙道：「你究竟在哪裡，我急需與你會面。」

王彥怪笑著，聲音聽來，十分駭人，「不會的，我不會告訴你的，而且，我也不會再涉山過水來打電話給你了，你不必再費心機來找我們。」

我連「喂」了幾聲：「那麼，我怎向你的哥哥交待呢？他這幾天就要來了。」

這是一句謊話，但是這一句謊話，卻顯然發生了預料中的作用。

王彥不出聲，他沈默了許久，才道：「不，不，他不會來的。」

我誠懇地道：「你和燕芬兩人，或者是遭到了極度的困難，我們何不見面，再來慢慢商量，共同解決？」

儘管我的語音充滿了善意，但是王彥卻還是斷然地拒絕了我，道：「不，不，我哥哥如果來了，那你就告訴他，如果他還要回埃及去的話，再有機會發現那種黃銅箱子的話，千萬不要打開它！」

他話一講完，便傳來了「喀」地一聲，我一連「喂」了幾聲，王彥早已收線了。

我可以說什麼線索也沒有得到，但是，我卻也不是完全沒有收獲。

我從王彥的電話中，可以肯定他不是在市區。最大的可能，他是在一個沒有人到的離島上。因爲我早已查到王彥有一艘小型遊艇的，而日間，我曾到碼頭去看過，遊艇已不在了。

他和燕芬在一起，在一個荒島上。

到如今爲止，我所知就是那麼多了。我心中亂到了極點，我更加沒有睡意了，我踱到了書房，閉著眼睛，在書架上取下了一本書來。我決定不論那是什麼書，都要讀它，到我有了睡意，或是天明爲止。

書取下來，我向封面一看，不禁苦笑，原來那是一本日本人所出的「原色熱帶魚圖譜」。有一個時期，我對養熱帶魚，發生過狂熱的興趣，這本書也是在那時候買的，在如今那樣的情形下，我卻要強迫自己看這樣的一本書，這的確令我啼笑皆非。

我將這本書在手掌上拍了拍，正準備將之放回書架上之際，我的腦中，突然想起了一個念頭！

那念頭是突如其來的，而且，我心中以爲這念頭，幾乎是近乎瘋狂的，但是，我的手指還是迅速地翻動著這本書。

不到一分鐘，我已經注視著一幅圖片，那是一條魚，熱帶魚，正確地說，是一條透明的貓魚。

這條魚，大約有七公分長，半公分上下寬窄，所有的內臟集中在頭部，百分之九十的身子只是一條魚骨，排列得十分整齊的魚骨，因爲它的身子是透明的。

這種魚並不是什麼珍品，在任何水族館中，只要一元美金上下的代價，便可買到一對了。

第七部：兩個透明人

那書印刷精良，原來的相片也拍得好，看來，就像是一條魚骨在游水一樣！一條魚骨在游水！

我立即將之和「一條臂骨在揮動」，「一副手骨在開門」聯繫了起來。

我的雙眼，定在那幅透明魚的圖片上，我覺得整間屋子，像是在旋轉一樣。

透明魚，魚身的肌肉絕不阻礙光線的透射，所以它看來就像是一條魚骨在游水一樣，那麼，王彥和燕芬兩人，是不是也是這樣的呢？

是不是他們的肌肉，已經完全不能阻擋光線，因而，他們的肌肉雖然存在，但因爲光線能夠順利通過的原因，而不能被人類的眼睛看到，所以，他們兩人，實際上已變成透明人了呢？

噢，我一面感到自己這樣的想法實在是太狂妄太無稽了。

然而，我卻越來越覺得我的想法，已經捉摸到一些事實了。

絕對沒有一個人的手上肌肉、手臂上的肌肉完全消失了之後，仍然可以毫無痛苦地活動自如的。那一定只是他們的肌肉，在我的視線中消失而已，實際上，肌肉是還存在著的。

我的心怦怦地跳著，這是不可思議的事，這是駭人聽聞震撼人心的怪事。

我雖然自信已找到了答案，但是我卻無法知道他們兩人，何以會變成這樣子的！

我呆了好一會，才想起去看一看那透明魚的說明。那說明十分簡單，說這種透明魚，原產在南美洲的若干小溪之中，近年已在水族箱中繁殖成功。這種魚有著強烈的自我恐懼感，若是和其他的魚養在一起，它一定遠離其他的魚，即使因之餓死，它也不會接近其他魚類的。

這一段說明，有兩點是使我十分注意的。

第一，這種透明魚原產南美洲。而對歷史有研究的燕芬，則肯定那隻黃銅箱子是印加帝國時代的產物。印加帝國正是在南美洲建立了他們的高度文明之後，又神秘地消失了的。

第二，那種魚有著強烈的自我恐懼感，如今，王彥和燕芬兩人，不也是這樣？

實在，這也難怪王彥和燕芬兩人的，試想想，當你站在穿衣鏡前，當鏡中反映出來的你，並不是一個具有血有肉的人，而只是一具枯骨的話，你能不在心中產生出強烈的恐懼感麼？

當你只能觸到你自己身上的肌肉，而不能看到那與生俱來的肌肉時，你能不陷入極度的恐懼之中？

我相信，王彥和燕芬兩人，相繼來找我，都是因爲他們想來求助於我之故。

但是他們卻終於未曾開口，便奪門而出！

那自然是因爲他們一見到我，便產生了強烈的恐懼感之故！

我真懷疑，一個正常人，在這樣的變故之下，他的神經，能支持多久而不崩潰。

我驟然放下了那冊「原色熱帶魚圖譜」：我要找到他們兩人！

我已知道他們兩人在某一個離島上，當然我不能逐島逐島去找，但是我可以通過我和國際警方的關係，要求本地警方，派出直昇機助我去尋找。

通過直昇機的直接尋找，和周密的空中攝影，要發現他們，只不過是時間問題而已。我甚至可以不必向警方解釋，我在找尋什麼，對於我的請求，警方也一定不會干預我的行動的。

我立即和警方聯絡，直昇機是現成的，隨時可以出動，空中攝影機的裝置也只是極短的時間便可以完成的事。我只要一個幫手：駕駛員兼攝影師。本來我是可以自己駕駛的，但是我恐怕如果只有我一個人的話，當我發現了他們的蹤跡之後，必須將直昇機降落在島上，他們便會因爲極度的恐懼，而生出什麼不智的事來了。

當我到達直昇機機場的時候，天色已經微明了，我向機師傳達了我的命令。我命令他：不斷地在各離島上空盤旋，直到有所發現爲止。

我們攜帶著充足的燃料，在上空盤旋，又盤旋，我以長程望遠鏡，注視著每一個荒島。

到了下午，直昇機已經兩次飛返基地，補充燃料。我真懷疑王彥的遊艇，是不是能夠駛得那麼遠，但是我還是一個一個島找著，而且我還吩咐機師不要飛得太低，以免王彥和燕芬兩人，警覺我是在找他們。

暮色將臨，直昇機的燃料，也不容許我們繼續找下去了，我正準備放棄搜尋，回到家中去仔細研究空中攝影之際，突然，在一座孤零零的小島之旁，我看到了一艘中型遊艇。

在望遠鏡中，我可以清晰地看到艇尾的英文字：「Quaternion」，那是一個數學名詞，創自蘇格蘭數學家滿彌登，中譯好像是「四元化」。王彥是數學家，他正是以這個名詞來命名他的遊艇的。

我發現了王彥的遊艇，我的心情興奮得簡直難以形容。

我令機師飛開去，然後，直昇機接近海面，先放下了一艘打氣的橡皮艇，然後，我也從直昇機上跳了下來，落在橡皮艇上，直昇機昇空而去，留下我一個人在茫茫的海面之上。

暮色散佈得很快，當我在海面上，划到一半之際，已經很黑暗了。

幸而我還可以看到前面的那個小島，不致於失去了目標。

當我的橡皮艇，無聲地划近那個島之際，我繞著小島，划了半周，使我接近王彥的那艘遊艇。遊艇中顯然沒有人，他們兩人是在島上。

我將橡皮艇隱藏在兩塊岩石之間，然後爬上岸。

島上一片黑暗，也十分靜寂。當我在海面上向這座小島划來之際，我只覺得那小島十分小。

但當我上了島，卻又覺得要在嵯峨的岩洞中，在深深的灌木叢中找兩個人，也不是容易的事情。

我以最輕的步法，向前走著，天色十分黑，是對我有幫助的，因爲那使我不會被他們兩人發現。

我一面走，一面用心地傾聽著，當我來到了島中心的時候，我突然聞到了一陣焦味，那是屬於食物所發出來的焦味！

我立即停住，仔細地辨別那一陣肉焦味的方向，然後再慢慢地向前走去。不一會，雖然在濃黑之中，我也可以看到一個帳篷，立在一道小溪的旁邊。

我一見到帳篷，心中便不由得緊張起來。

因爲我再向前走幾步，就可以和世界上僅有的兩個透明人相會了。

我慢慢地掩近帳幕，到了我伸手可以碰到帳幕粗糙的帆布之際，我聽得帳幕之中，傳出了王彥的聲音，道：「芬，你——在想什麼？」

我連忙停住，惟恐驚動了他們。

我當然是要讓他們知道我已經找到了他們的。但是我卻得找一個最妥善的現身方法。如果這時，我突然出聲，甚至現身，那我想他們兩人，一定會因爲過度的震駭而發瘋的。

我伏著不動，只聽得燕芬的聲音，也從帳幕之中傳了出來，道：「彥，你或許不相信，我並不在想我們本身的事。」

王彥道：「那你在想著什麼？」

燕芬道：「我在想，我已經解決了歷史上的一個大謎，但是只怕公佈出去，沒有人會相信我，沒有一個歷史學家會相信我的結論。」

王彥嘆了一口氣：「芬，到如今，你還在想著歷史！」

燕芬苦笑了一下：「我不能不想，無論如何，我要設法使世人知道這個歷史上的謎已被我解開了。」

王彥的聲音，顯得十分無可奈何，道：「你解開了什麼歷史上的巨謎？」

燕芬的聲音，卻很興奮：「印加帝國，南美平原上的印加帝國，印地安人中的一族，組成了印加帝國，那是當時世上最具文明的古國，可是後來，這個古國的所有人，全不見了，只留下精緻的廢墟，給人憑弔，至今無人能夠研究出那是爲了什麼原因，是什麼原因使這個有著高度文明的古國消失的？」

王彥仍是苦笑著，道：「那你說是爲了什麼呢？」

燕芬道：「那還用說麼？當然是所有印加帝國的人民，都遭到和我們同一命運！」

王彥的聲音之中，充滿了驚駭：「芬，你說我們會死？」

燕芬道：「彥，你怎麼啦，人總是會死的。唉！」

王彥默然不出聲。

燕芬又嘆了一口氣：「彥，我們是現代人，神經自然比古代人健全些，但我們遇到了這樣的事，已經震駭到這種程度，你想一想，若是古代人，他們將會怎麼樣？」

王彥仍然不出聲。

燕芬的聲音，十分沈重，道：「自殺，古代人一定以爲那是世界末日來了，那一定是一場可怖之極的集體自殺，使得印加帝國的人完全死光，陡然之間，一個古國不見了！」

王彥仍然不出聲。

燕芬的聲音，聽來像是正站在歷史學家會議的講壇上，在發表她具有決定性的學術演講一樣：「但是，還有一些人，並不是立即就神經慌亂到自殺的，他們鑄成了那黃銅箱子，將那——」

燕芬講到那裏，王彥突然叫道：「不要提起那魔鬼的東西！」

燕芬頓了一頓，沒有說出那黃銅箱子中的究竟是什麼來。

她續道：「他們還在箱面上，鑄出了當時情形的浮雕畫，一切生物，都只剩下了骨骼！」

我聽到那裏，不由自主地震了一震。我的猜想，已被燕芬的這一句話証實了。果然，燕芬和王彥兩人的肌肉，已經消失了——在人們的視線之中消失了。

王彥尖聲叫道：「別說了！別再說了，我受不了了！」

他叫了幾聲，忽然又道：「芬，你點著燈看看，我們或許已經恢復原狀了。」

燕芬道：「不會的，你別妄想了。」

王彥卻堅持道：「我們會突然地變得那樣可怕，自然也可能突然恢復原狀，你點著燈，我們來看看！」

在王彥的聲音中，充滿了急切的希望。

我聽到了一陣摸索聲，接著，燈光一亮，我連忙將眼湊在帳幕的一道縫上。

從那道縫中，我可以看到帳幕中的情形。

我的天，我不由自主，緊緊地握住了我可以握到的帳幕繩子，兩手心直冒著冷汗，我……我該說什麼好呢？我該如何說才好呢？

我所看到的，我所看到的，唉，那是不是真是我所看到的事實呢？

我看到，在一盞馬燈的燈光下，兩具完整的白骨，一具坐著，一具蹲著。

我可以毫無疑問地因爲盆骨的構造不同，而分出他們的性別來，坐在地上的那具是女的，那自然是燕芬了，而蹲著的那具，自然是王彥。

我看到王彥以他的手指骨，在離他臂骨寸許的地方，拼命地按著。

他的指骨並沒有法子碰到臂骨。

這是當然的事情，就像你和我，都不能以自己手指骨的尖端，碰到自己的手臂骨一樣，因爲手臂上有肌肉，只不過變成了水晶般的透明而已。

他的聲音之中，充滿了絕望，道：「看不到了，什麼都看不到，沒有肌肉，沒有神經，沒有血液，沒有毛髮！爲什麼不連骨頭也變成透明呢？那我們便是真正的隱身人了！」

燕芬也開口了——我看到上顎骨和下顎骨在迅速地開合：「可惜那東西不在了。」

「不要提起那東西！」王彥叫著。

這時，我看到了他們兩個人和枯骨唯一不同的地方，那便是，他們兩人的眼珠還在眼骨眶中，就是那麼孤零零，黑溜溜的兩顆眼珠，看來更是令人冷汗直淋。

當然，他們的眼珠我是一定可以看到的，那是因爲如果光線甚至能透過他們眼珠的話，那麼，他們本身，便什麼東西也看不到了。

王彥隔了片刻，才道：「……你又提起那東西來作什麼？」

燕芬「嘿」地苦笑了一下：「我是說，如果我們對著那神秘的光線的時間長一些，或者次數多一些，會不會連我們的骨骼，都變得看不見呢？」

王彥躺了下來，以他的一條臂骨，繞住了燕芬白森森的頸骨。

我可以看到他們兩人全身的骨骼，當然他們身上是什麼衣服也沒有穿著的。這是十分可以理解的。他們本來就是未婚夫婦，陡然之間，遭到了如此可怕的遭遇，他們不知道自己可以活到什麼時候，以及如何活下去，他們爲什麼不趁還活著的時候，盡量享受一下人生呢？

如果他們身上的肌肉我可以看得到的話，那麼此際帳篷之內，一定是春光旖旎，我一定會臉紅耳赤的了。但如今，卻只是兩具白骨，並排躺在一起。

忽然之間，我想到我們這些被一層看得見的肌肉包住了骨骼的人，如果全能夠來看看王彥和燕芬這時候的情形的話，那麼一定會徹悟的。

人生數十年，遲早會化爲白骨的，即使在未化爲白骨之前，也只不過是薄薄的一層肌肉，在裹著白骨活動而已，既然如此，又何必勾心鬥角，你爭我奪，又何必有那麼多的七情六欲？

只聽得王彥嘆了一口氣，道：「把燈吹熄了吧。」

燕芬彎身起來，我可以看到她脅骨的正面和反面，也就是說，我可以看穿她的身子，但只是見到骨骼，除此而外，什麼也看不到。

帳幕內的燈熄了，過了好一會，我才能有力量退出了幾步，坐在地上。

我已經發現了王彥和燕芬兩人了，但是我該怎麼辦呢？我現身去和他們相見麼？設身處地想一想，如果我成了這樣的怪模樣，那我會怎樣地躲避著他人呢？我當然不願與任何人見面的，與他們相會，那絕不是辦法！

那麼，我是留下一封信，然後躲在一邊，來看他們的反應麼？

那也不是辦法，因爲他們看到我留下來的信，和見到我的人一樣，都會受到極大的震驚。

我呆呆地坐了許久，仍是一點辦法也想不出來。

我暫擱下了這個念頭，又將他們兩人的遭遇，略爲歸納了一下。現在，我知道王彥在打開了那隻黃銅箱子之後，箱子之中乃是一種會發出神秘的光芒來的東西，王彥首先變成了透明人。

因爲那種神秘的光芒，先照射到他的身上。

然而，燕芬也有了同樣的遭遇。

燕芬是在什麼地方見到王彥，爲什麼她竟會有了同樣的遭遇，她和王彥又是怎樣來到這個小島上的，我完全不知道。

我所知道的只是：燕芬所發生的這一切，全是她在那天早上，和我分手之後，一天之內的事。

而且，我還知道，那會發出神秘光芒的物體，如今已不在他們處了。

我是如此急切地希望問他們，那究竟是什麼東西，和這東西如今在什麼地方啊！但是我卻不敢現身，怕驚動了他們。

我又悄悄地向帳幕走去。

我希望在他們兩人的交談中聽到多一些東西，因爲我知道他們兩人，是必然不會睡得著的。

果然，我在帳幕旁隱伏了沒有多久，便又聽到了王彥的聲音，王彥先嘆了一口氣，然後道，「你說的話，有些道理。」

燕芬道：「我說的什麼話？」

王彥道：「我們經那種光芒的照射幾次的話，可能全身都透明了，成爲隱身人，那麼我們的處境，就會比現在好些了。」

燕芬道：「是啊，可是那東西卻在羅教授家中，我們有什麼法子去到羅教授的家中？我實在不想再將身子全部包住，混在人中了。」

我心中暗踏吃驚，原來事情當真和羅教授有關的。看來我原來的推斷一點也不錯。王彥在離開了我的住所之後，便去找羅教授的，當他的車子墜崖之際，他並不在車中。

他那時在什麼地方呢，是不是在羅蒙諾教授的家中呢？

我只聽得王彥道：「我還要去試一次。」

燕芬則以十分驚懼的聲音道：「別去了，別去了，昨天晚上，你去市區打電話的時候，我一直發著抖，直到你回來爲止！我實是不敢想，如果人們發現了我們，會怎麼樣。」

王彥苦笑道：「事到如今，至少已有三個人知道我們的秘密了，一個是衛斯理，還有兩個，是羅教授和那個叫勃拉克的石頭一樣的古怪男子。」

燕芬嘆了一口氣：道：「不知道這三個人，會不會將我們的事傳出去？」

王彥道：「我想不會的。」

我偷聽到這裏，心中的驚駭程度也已經到了我所能忍受的頂點，如果再有什麼意外發生的話，我一定會因爲忍受不住而出聲尖叫起來的了。

原來王彥和勃拉克也見過面了！

他們和勃拉克見面的地點，當然是在羅蒙諾的住所，那麼，羅蒙諾和勃拉克之間，的確是有著關係的，只不過我去的時候，捉不到証據而已。

由此推論，羅教授忽然有埃及之行，也一定不是偶然的事情了！

燕芬又道：「如果肯定我們能變爲隱身人，那倒不妨冒一次險，但是如今，我們卻只有在這裏居住下去。」

燕芬續道：「昨晚你帶回來的食物，足可以供我們一個月的食用了，而我們在這裏，又不會有人發現的。」

王彥嘆了一口氣，道：「看來也只好這樣了。」

他們講到這裏，便靜了下來。

我等了一會，聽不到他們再講話，我便悄悄地向後退了開去。

在我退開去的時候，我已經有了決定，我的決定是，我絕不去驚動他們。反正他們有著足夠的糧食，在一個月之內是不會到其他地方去的，爲了確保他們不離去，我會在離開之際，對王彥的遊艇，作小小的破壞，使之無法行駛。

而在這一個月中，我要盡量爲他們設法，並將事情的來龍去脈弄得更清楚，也要知道羅教授到埃及去的原因。

如果一個月的努力，並沒有法子使他們的現狀得到改變的話，那麼我再和他們相見，共商對策，也還不算是太遲。

我退到了海邊上，將王彥的遊艇馬達上的電線，拉斷了兩根，我相信王彥是絕對不知道他的遊艇在什麼地方損壞，而致不能行駛的。

第八部：情報員之死

然後，我跨上了橡皮艇，慢慢地在海上划著。

當然我不是划回家去，這個小島離市區十分遠，我怎能划得回去？我只要在海上飄到天明。直昇機自然會來接我回去的。

第二天天明時分，我聽到了直昇機的聲音，我已經到了看不到那小島的地方，我放出了一枝信號槍，直昇機發現了我的所在，放下長繩，將我拉上了直昇機中。出乎我意料之外地，負責秘密工作的傑克中校，居然在直昇機中！

我和傑克中校見面的次數並不多，面對面所講的話，加起來大約也不會超過三句。那是因爲，我根本不喜歡傑克中校的爲人。

如果世界上有什麼人天生下來就是做特務、間諜的話，那麼傑克中校就是了。

他有著一副普通之極的面孔。奇怪的是，他是澳洲的地道英格蘭移民，但是他即使混在東方人中，你也不能認出他來。他的相貌，幾乎可以混在任何人中間而不被人認出來。而如果不是你先開口的話，他也永遠不會出聲，只是毫無表情地望著你！

這時候，在直昇機中，他便是這樣毫無表情地望著我，像電車中的陌生人一樣。

我坐了下來，聳了聳肩，道：「中校，我不認爲我們的相會是偶然的巧合。」

「當然不是。」他的面上，仍然毫無表情。我的心中忽然想起了一個奇怪的念頭，我覺得，傑克中校和勃拉克，其實是同一類型的人。燕芬和王彥不是以「和石頭一樣的古怪男子」，來形容勃拉克麼？

在傑克中校和勃拉克之間，所不同的只是一個做著非法的殺人勾當；而一個是做著合法的殺人勾當而已！

我又追問道：「不是偶然，那自然是有意的了？」

傑克中校沈聲道：「不錯，我知道你將會在這裏附近的海面登上直昇機，所以特地來向你道謝的。」

我不禁覺得十分奇怪：「向我道謝？」

傑克中校點了點頭，道：「不錯，因爲你向我們提供了有關勃拉克的情報。」

我吃了一驚，道：「中校，你以爲這是在任何場合都可以公開討論的事？」

我已經說過，我不喜歡和勃拉克這樣的一個冷血動物周旋（當然，說「不喜歡」實則是我心中對勃拉克的一種害怕），所以，我才將這個情報通知警方秘密工作組的。

這種告密，傑克中校當然應該為我嚴守秘密，絕不應該胡言亂語的。如今，雖然是在直昇機上，但是至少還有駕駛員在，我實在想不通一個老練的情報工作者，竟會這樣不檢點。

傑克中校斜眼看著我：「衛斯理，你在害怕麼？」

我不禁從心底昇起了一股怒火！

我不是容易發怒的人，但這時卻遏制不住自己的怒氣。一般來說，一個人發怒，或是由於對方蠻不講理，或是由於自己的弱點被對方一語道中。

如今，傑克中校既不講理，又一語道中了我的弱點，我如何能不怒？

傑克顯然在我的面色上，看出了我的怒意，他冷冷地向駕駛員一指，道：「在他的面前，我們用不著保守什麼秘密。」

我向那駕駛員望去，這才發現，今天的駕駛員，已換了一個。那是一個一望便知是倔強得過了份的年輕人，這時正緊抿著嘴，一聲不出。

傑克中校繼續說道：「他是我們工作組中最優秀的情報員之一。而且，他的哥哥，昨天因為調查勃拉克的行蹤，而從一間大廈的天臺上，失足墜下！」

傑克中校在講到「失足墜下」之際，特別加重了語氣。那位情報員當然不是真的「失足墜下」，而是遭到了勃拉克的暗算。

我的心中，感到了一絲寒意。我沈默了片刻之後，我已有點明白傑克中校趕來和我相見的原因了。

我不等他開口，便搖了搖頭，道：「不，你不必希望我會參加你們的工作，我自己有自己的事，而且，特務情報工作，是一國政府的事，我是平民。」傑克中校慢慢地道：「我們秘密工作組，不是特務機構，只不過是隸屬於警方的一個工作組而已！」

我大搖其頭：「不，我自己有十分重要的事，可能立即要遠行，我們的談話到此為止可好？」

傑克中校不再出聲。

這時，我突然感到，有一股淩厲的目光，向我射了過來，我轉過頭去，以那種目光在望著我，正是那個年輕的情報員。

看那年輕人的神情，我自然可以知道他心中在想些什麼和準備說什麼。

我比他先開口：「看前面的儀表，不要看我的臉，否則，不等勃拉克來找你，你就要沒命了，年輕人！」

那年輕人給我堵住了口，不再言語，轉過頭去。

我的斷然拒絕，顯然使他們兩人，十分失望。

但是我也有拒絕的理由的。王彥和燕芬兩人，亟需我的幫忙，我要設法使他們復原，或是索性使他們徹底地成爲隱身人。

這需要極其努力的工作，我又怎能去兼顧殺人狂勃拉克呢？

直昇機翼的軋軋聲，有規律地響著，機艙中沒有人再說話。

不一會，直昇機已緩緩地降落了，當我和傑克，先後跨出機艙時，我立即準備離去，但傑克中校卻將我叫住：「衛斯理，你不和我握手道別？」

我轉過身來，和他的大手相握。

他直視著我，道：「你不想知道勃拉克為什麼到東方來麼？」

我搖了搖頭道：「我是一個普通的平民，這不關我的事。」

傑克冷冷地道：「你不是平民，你是持有國際警方的特種証件的，你是一頭卑劣的老鼠！」

我面上變色，道：「你膽敢罵我？」

傑克中校鬆開了我的手，「呸」地一聲，轉過身去。我實是忍無可忍，一個箭步，竄了上前，對準了傑克的屁股，便是一腳！

這兜屁股的一腳，我是以腳背踢出的，當然不會踢傷他，但是卻令得他向上騰起了兩三尺，然後又重重地跌在地上。

這個直昇機場是本地警方專用的。這時在機場上，已經有著不少人員在，不少是高級警官，更多的是普通警員。

傑克中校在警界的地位之高，是人人皆知的，這時，我在眾目睽睽之下，一腳將他踢倒在地上，一時之間，所有的人都停止了動作，向我望來。

而不等傑克爬起身來，已經有三個身形高大的武裝警員，向我衝了過來。我身形微微一矮，準備大鬧一場，但是傑克中校卻已站了起來，喝止了那三個警員，向我冷笑了一下，道：「衛斯理，我會記得你這一腳的。」

我狠狠地回答他：「我也會記得你剛才那句話的。」

我話一講完，便轉身向外走去，有幾個警官，顯然表示不服，還想攔路，但是在傑克中校的阻止之下，他們都沒有什麼動作。

我慜了一肚子氣，出了直昇機場，又走了一段路，才喚到了一輛的士，回到家中，倒頭便睡。

一覺睡醒，已是下午時分了。

我這才開始思索，那黃銅箱子中的神秘物體，究竟給王彥放到什麼地方去了。照我的料想，當晚，王彥一定只帶著那物體去找羅蒙諾教授的。

那麼，這神秘的，能使人體的肌肉組織變爲透明的物體，極有可能是在羅教授的住宅之中了。

羅教授已經到埃及去了，勃拉克已經爲警方注意，那麼，這神秘物體有沒有變換了地方呢？我想了片刻，覺得還是應該再到羅蒙諾教授的住處，去看一個究竟，才能有所定論。

我準備好了應用的一切，正待跨出書房之際，電話突然響了起來。

我一拿起話筒，便聽到一個悅耳的女性聲音，道：「請你準備接聽來自巴黎的長途電話。」

我呆了一呆，巴黎來的長途電話！自從納爾遜先生死了之後，我在巴黎並沒有什麼特別的熟人，會打越洋電話給我的。

我拿著聽筒，呆了一會，那面傳來了一個十分沈著的聲音，先報了一個姓名。我一聽得那個名字，便吃了一驚，道：「原來是閣下。」

那是一個十分烜赫的姓名，在國際警察部隊中，他的地位，猶在我已故的朋友納爾遜先生之上。

「聽說你拒絕了傑克中校的邀請。」那位先生的聲音很穩、很沈，他講出了這句話，使我確信他的身分。

我心中在暗罵傑克這頭老狐狸，居然討救兵討到巴黎去了。

我沒好氣地道：「傑克並沒有邀請我做什麼，他只是罵我是一頭卑劣的大老鼠。」

「不，他說你是一頭卑劣的老鼠，並沒有說是大老鼠。」

「那有什麼分別？」

「於是你便重重地踢了他一腳？」

「是的，他也向你說了麼，我也有更正，這一腳，踢得並不重。」

「好了，這不値得再討論。」那面忽然嘆了一口氣：「我只是在想，如果納爾遜在世上的話，你會作怎樣的決定？」

我默然不出聲，我在悼念我的好友，心情變得十分沈重。

「沒有什麼了，祝你快樂。」那面竟準備就此結束談話。

我連忙道：「慢，你打長途電話來，就是爲了祝我快樂？」

「我希望你快樂。」

「你還希望我作什麼？」我幾乎在吼叫。

「噢，如果你有興趣的話，我希望你再和傑克中校聯絡一下，向他問一問，他屬下的那位優秀情報員，是怎樣跌下高樓來的。」

我無可奈何地嘆了一口氣：「好，我會和他聯絡的，希望他不要再惹起我的怒火。」

「我想不會的了。」那面的聲音始終如一，絕不激動，也絕不再緩慢，說來總是帶有那麼一種令人不可抗拒的力量。

我放下電話，然後，撥著傑克中校的專用電話。

電話一通，我便不客氣地道：「是傑克麼？」

「是，衛斯理！」他早知道我會打電話給他的了。

我冷冷地道：「不必多說了，你們那寶貝情報員，是怎樣從大樓上跌下來的？」

我聽得出傑克的聲音在忍受著極大的怒意，道：「你能來總部聽取詳細的報告？」

我道：「不能，在電話中說！」

傑克中校道：「那位情報員墜地之後，並沒有立即死去，而講了幾句話，那幾句話，在我們聽來，是不可思議的。」

我一口回絕了他，道：「既然你們那麼多聰明的頭腦，都認爲是不可思議，我也一定認為是這樣，不必再說了。」

傑克中校怒道：「你是一頭——」

我不等他講完，便道：「卑劣的老鼠！」

他還心有不甘，補充道：「大老鼠！」

「砰」地一聲，我們兩人幾乎是同時摔下了電話筒的。我鬆了一口氣，因為我又回絕了他。激怒他是最好的辦法，因為我絕不想接受他的邀請，去和勃拉克交手。

我轉過身來，然而，我一轉過身來，我不禁呆住了。

我看到我書房的門柄，正慢慢地在旋轉著。有人要進來了。

那是什麼人？老蔡絕不會不出聲便自己開門的，如果說有什麼人在進行著非法活動的話，剛才我在打電話，聲音如此之大，難道那人竟是聾子，聽不到我的聲音，還是有恃無恐，公然來與我作對？

我在不到一秒鐘的時間之內，已經作出了決定，先躲了起來再說！

我身子一閃，閃到了門旁。

那是一個十分有利的地位，當日我能夠在那儲物室中，躲開勃拉克所發射的近五十發子彈，便是佔據了這個有利地位之故。

只要門一開，我的身子，便會被門遮住，踏進門來的人，也不可能立即看到我。

而且，在我的書房之中，這個地位更是有利。因爲就在門旁，有一道暗門，那道暗門可以通到我的臥室，而且，暗門上還有一個十分巧妙的裝置，使我可以清楚地看到書房中的一切，而在書房裏看來，我的藏身之處，只不過是一道牆壁而已。

我一背靠牆站定，便已輕輕地按了打開暗門的按鈕，以便必要時，立即可以了無聲息地進入那道暗門。

當我作好了準備之後，門已被人扭了開來。

直到這時，我還想不出那推門而進的究竟是什麼人來。因爲那是情理所無的事情，有什麼人會那麼大膽呢？我側著頭，那樣，我就不必等那人現身，只要門一打開，我就可以從門縫中向外望出去，看到站在門外的是什麼人了。

在門鎖被扭開之後兩秒鐘，門便被漸漸地推了開來，門已被推開了尺許，我所站的地方，側頭看去，門縫也已有半指寬窄了。

門外面沒有人！

我疑心自己是眼花了，連忙揉了揉眼睛。

這時，門已被推開了一大半了，我從門縫中向外望去，外面的一切，全可以看得清楚。

然而，門外面的確是沒有人！

在那一剎間，我完全糊塗了。是風？什麼風的力道可以扭開門柄呢？我絕不知道目前所發生的究竟是什麼事，但至少我卻可以知道，如今我所經歷的，是我一生之中從來也未曾遭遇到過的怪事。

我連忙向後退出了半步，以背脊頂開了暗門，不到一秒鐘，我已經置身於暗門之內了，但是我仍可以從一塊特殊的玻璃窗中望出去，看到書室內的情形，同時，也可以聽到書室中的聲音。

那玻璃是特製的，從一面看來，完全和普通的玻璃無異，但是從另一面看來，卻又和我書房中的牆紙，完全沒有分別。

我一躲了進去之後，便看到書房的門完全被打開了，但是仍然沒有人，我心中的疑惑，到了極點，正想從暗門之中，跨了出去。

然而，就在這時候，書房的門，突然以極快的速度，「砰」地合上，那情形就像有人用力地將門關上一樣，但是，沒有人，我絕看不到有什麼人！

我心中的寒意，越來越甚，那股寒意，迅即傳遍了我的全身，如果不是我極力克制著，說不定我上下兩排牙齒，已在得得發震了。

我絕不是膽小的人，這時我也不是害怕，而是那種詭異之極、神秘之極的氣氛，使我體內的每一根神經，都如同繃緊了弓弦一樣，緊張到了極點。

我屏住了氣息，在書房的門被關上之後，什麼動靜也沒有，我的心中，又不由自主地想：難道那真正的是一陣怪風？

但是我的想法，立即被我眼前所見的事實所推翻了，怪風能夠令得我寫字檯的椅子，發出「吱」地一聲，而坐墊當中，陷下去麼？沒有什麼「怪風」可以造成這樣的情形，然而我如今卻看到了這樣的情形！

第九部：看不見的敵人

有人坐在我的椅子上！但是我卻見不到任何人，我沒有盲，我可以看到書室中的一切，但就是看不到那個人！

一開始之際，我的腦中，混亂到了前所未有的程度，然而，我立即鎮定了下來。我已經知道目前發生的是什麼事了。

有一個人在我的書房中，我可以肯定他的存在，但是我卻看不到他，一點也看不到他，這個人是什麼人呢？透明人！隱形人！

在我的書房中，有著一個看不到的透明人，我忽然之際，又想到：究竟是一個還是兩個？老天，就算我的書房中，擠滿了人的話，我也是看不到他們的，只要他們全是透明人的話！

如今在我書房中的是王彥還是燕芬？還是他們兩個人都在？我又準備跨了出去，可是我還未曾起步，我又看到了我書桌上的一枝鋼筆，突然自己淩空而起，旋轉了起來。那當然是那個透明人在轉著那枝鋼筆，也就是因爲看到了這一點，我決定不出去了。

因爲，那鋼筆在轉動的情形，和一個槍手在轉動著他的左輪，是沒有什麼分別！我不相信王彥和燕芬兩人，會有這樣習慣性的小動作，也就是說，我知道：在我的書房中的透明人，不是王彥，也不是燕芬。

我當然不知道那是什麼人，因爲我根本看不到他，一個人身上有幾十億細胞，那個透明人的每一個細胞，都不反射光線，在我的眼前，根本什麼也沒有，但是卻有一個人在！

我不知該怎麼辦，我只得在暗門後等著。

那透明人在我的椅子上，坐了並沒有多久，便站了起來，他一站了起來之後，我便不知道他在什麼地方了。

接著，我看到通向陽台的門被打了開來，他到陽台上去了。

他在陽台上作些什麼，我看不到，過了七八分鐘，門又打開，他回來了，我看到一朵黃色的玫瑰花，在半空中緩緩地轉動著。

那朵玫瑰花當然是被那透明人摘下來的了，那種緩緩轉動花朵的動作，是普通人將花朵放在鼻端嗅花香時常有的。

如果這朵玫瑰花是在那透明人的鼻端的話。那麼這個透明人的身子可說是高得出奇了。

那是西方人才有的身材，這個透明人難道是西方人麼？

我看到我的椅子坐墊，又凹陷了下去，同時，一張紙自動移過，鋼筆豎起，在紙上簌簌地移動著，那一切，就像是在看著一部由極佳的特技所攝製成功的神秘電影一樣。

我看不清紙上寫的是什麼字句，但是我卻可以看到，紙上寫的是英文，接著，我的一柄西班牙劍仔形的拆信刀，飛了起來，「拍」地一聲，穿過信紙，插在桌上，劍柄在抖著。

那柄拆信刀絕不鋒利，但是這時，插入桌子很深。我又多知道了一點：那個透明人是一個腕力強得出奇的人。

我看到書房的門被打了開來，又「砰」地關上。

我連忙從暗門中出來，將門拉開一道縫，向外看去，不到兩分鐘，只見大門也打了開，又「砰」地關上，接著便是老蔡從廚房中出來，望著大門，滿面皆是不解的神色！

那透明人走了！

我連忙又到了通向陽台的門前，躲在窗簾之後，向下面的街道看去。

街道上的情形，和往日絕沒有不同，我當然完全看不到那個透明人了。我這才縮回身來，看著桌上那張紙。

紙上的字，令我觸目驚心：「你逃得過這一次，絕逃不過下一次了！」沒有稱呼，也沒有署名，那兩句話中，卻是充滿了殺氣！

我拔起了拆信刀，將紙摺好，放入袋中，我拿起電話，撥了傑克中校的電話號碼。

「傑克中校？我是衛斯理。」

「大老鼠，什麼事？」

「你準備有關勒拉克的資料，我立即來。」

「歡迎，歡迎！」傑克中校剛才的聲音還是冰一樣冷，但是一聽得我要去，聲音卻熱情得有點像夏威夷的少女。

「你不敢不歡迎的，老狐狸！」我收了線，從後門走出去。

我出去之後，吩咐老蔡立即離開我的住所，到我的朋友家中去暫住。

我不用自己的車子，而且，轉換了幾次交通工具，才到了秘密工作組的總部。

我不知道有沒有人在跟蹤我，而我也根本沒有法子去弄清楚這件事，極可能跟蹤我的是透明人，那我怎能發覺他呢？

由傑克主持的秘密工作組，絕不是在戒備森嚴的地方，而是在一座商業大廈的頂樓。門口的招牌是一家進出口公司，以前只到過這裏一次，這次是第二次來了。

我推開了玻璃門——那是世上最好的防彈玻璃，兩個人立即迎了上來，

他們一齊低聲說：「老闆在等你。」

「老闆」當然是傑克中校的代號了。我不多說什麼，跟在他們兩人的後面，到了一排文件櫃面前，其中一個人輕輕一推，便將文件櫃推了開來，現出了一道暗門，

他在一個按掣之上，輕按了三下，那扇暗門，便打了開來，我已看到傑克中校，在一張巨大的寫字檯後站了起來。那兩個男子退了開去，我走了進去，暗門已無聲地

關閉。

傑克張開了兩臂，作歡迎狀，道：「是什麼使你改變了主意？」

我聳了聳肩，自袋中取出那脹紙來，道：「你們這裏有冷血的勃拉克的筆跡麼？」

傑克點了點頭，道：「所有國家的警方，都有勃拉克的筆跡的影印本，那是幾封他寫給一個女子的情書，信不信由你，所有的人都叫他冷血的勃拉克，但是那幾封情書，卻是十分纏綿熱情。」

我打開了那張紙：「那麼，這兩句話是誰的筆跡？」

傑克叫道：「勃拉克！我一眼就可以看出來了。」

傑克中校是這方面的專家，我可以毫不猶豫地相信他的話，我的恐怖的想像被証實了，我坐在一張沙發上，托著額頭，一句話也講不出來。

那個闖入我書房的透明人，是殺人狂勃拉克！

勃拉克是危險之極的人物，而他變成了透明人之後，危險的程度，增加了豈止一萬倍？本來已是神出鬼沒的勃拉克，如今簡直已是神，已是鬼了！

傑克中校一聲不出地望著我，我額頭的汗珠滴了下來，弄得我眼睛也睜不開來。

傑克不以爲然地道：「我不知道你爲什麼這樣害怕，衛斯理，你以前不是這樣的人！」

我抬起頭來，道：「害怕？本來我並不害怕，只是不準備和勃拉克交手而已，但如今，不但我害怕，你也要害怕了。」

傑克慢條斯理地道：「請原諒，我要更正你的話，我是不會害怕的。」

我冷笑一聲，道：「那是你不知道勃拉克如今已怎樣了的緣故。」

傑克疾問道：「他怎樣了？」

我吸了一口氣：「先告訴我，你們那情報員是怎樣跌下來死的？」傑克中校伸手騷了騷頭，取出了一頁文件來，道：「你自己看，這是他從大廈頂樓跌下來時，還未斷氣時的話，完全是照原來他所說的一個字，記錄下來的。」

我取了過來，只見那記錄果然十分詳細，那位情報員，顯然是想用他最後一分精力，講出他的遭遇來，但如果是不明情由的人看來，卻仍然是一頭霧水，完全不能明白他的意思。

他道：「我覺得有人在跟著我……但是我卻看不到他……他離得我極近，我甚至可以感到他的氣息，他突然推我……我不知道和誰抵抗才好，我根本看不到對手，但是我卻被一股大力推了下來，告訴……傑克中校，我……沒有完成跟蹤勃拉克的任務……」

這人無異是一個極其優秀的特種工作人員，他到臨死，還念念不忘他的任務。

我看完之後，將文件還給了傑克中校，傑克中校急不及待地問我：「你看，這些話是什麼意思？」我攤了攤手，道：「他已經說得很明白了，推他下去的人，是一個隱身人。」

傑克手抵在額上，戲劇性地叫道：「噢，衛斯理，我不是要你供給我幻想小說的題材，我要——」

我不等他講完，便打斷了他的話頭，道：「我不是在供給你幻想小說的題材，我是在告訴你事實，而且，我知道那個透明人是誰，他就是冷血的勃拉克，如今是隱身的勃拉克了！」

傑克中校將眼睛睜得不能再大，望著我。

我也望著他，過了好一會，他才道：「衛斯理，他是完全透明的麼？」

我答道：「完全透明的，當他在我的書桌上留下這張字條之際，我只看到一枝筆在動，看不到任何東西。」

傑克中校道：「甚至沒有兩個黑點。」

我不明白，反問道：「兩個黑點？」

傑克中校道：「是的，他的一對眼珠，你可看得到？我肯定地道：「看不到，什麼都看不到。」傑克中校將背靠在椅背上：「我以爲我們在說的透明人，是實際上存在的一個人，只不過人類的視線看不到他而已，並不是存在於四度空間，不可思議的怪物，是不是？」

我點頭道：「我同意你的說法，到目前爲止，勃拉克還只是一個普通的透明人，至於他會不會成爲四度空間的怪物，使我們不但看不到他，而且碰不到他，那我卻不得而知了。」傑克中校道：「就算你所說的全是事實——」

我大聲地打斷他的話頭：「我所說的一切，全是事實。」傑克擺了擺手，道：「你大可不必那樣大聲，這裏只有我們兩個人——」

他講到這裏，忽然停了下來，四面看了一看，然後向我發出了一個苦笑。

我知道，傑克中校事實上，已經相信我的話了。他剛才的行動，意思十分明顯，那等於是在說：「如果有一個隱身人在我們的旁邊的話，我們又怎能知道？」

我也苦笑了一下，道：「你相信了？不然我為什麼要來找你？」

傑克的面色灰白，道：「但是，科學家已經証明，真正的隱身人是不可能有的，他的一雙眼珠一定要被他人看到，如光線能通過他的眼珠，那麼他也就看不到東西了。」

我搖了搖頭，道：「可是勃拉克卻是可以看到東西的。」我想起了燕芬和王彥，他們兩人的眼珠，我看得到。我又想起了勃拉克闖進我書室之後的行動，一切行動像是十分緩慢，但是他當然是可以看到東西的。或許他所看到的一切，十分模糊，所以才使他的行動，十分緩慢麼？

我腦中亂成一片，傑克中校也嘆了一口氣，道：「衛斯理，我們遇到真正的難題了。」我並不出聲，當然，那是不用傑克再加以說明的事，當然，那是前所未有的難題。傑克又呆了半晌：「他是怎麼會變成一個透明人的呢？」

我道：「關於這一點，我倒是知道一些的，但是因為與我的兩個朋友的秘密有關，所以我不能講給你聽，我可以告訴你的，只是一點，那就是他之所以變成隱身人，和現代科學並沒有關係，是因為一件數千年的古物之故，」

傑克自嘲地笑了起來：「什麼古物，是有咒語的指環麼？」

我大聲道：「不知道，我若是知道的話，可能我也成為隱身人了。」

我站起身來，準備告辭。傑克中校忙道：「你準備走了？」我聳了聳肩，道：「我不走又怎麼樣？」傑克中校道：「你還是和我們在一起安全。」

我搖頭道：「不怕，我可以改變我的面貌。」

我一面說，一面已從袋中取出了那製作的精巧之極的尼龍纖維面具來，一個轉身，將面具戴上，再轉過身來：「你還認識我？」

我那時，已經變成了一個面目黝黑，飽經憂患的中年人了。

傑克呆呆地站了一會：「衛，我忽然想到了一些頭緒。」

我也從他的面色上看出了他正想出了什麼，我忙問道：「你有什麼辦法可以對付勃拉克？」

傑克道：「如果勃拉克已成爲一個透明人的話，我不認爲他身上是穿著衣服的。」

我點頭道：「我也認爲。」

他將中指和拇指，用力一扭，發出了「得」地一聲：「如果我們用濃厚的顏色液汁，噴向他的身上，那麼他就原形畢露了。」

我忍不住笑了起來，笑得前仰後合。

傑克不以爲然地看著我。我道：「不錯，在地上鋪上沙，讓隱身人在沙上走過，根據足印判斷他在何處，然後給他一槍，於是隱身人倒地死去，是不是？但是這只是小說中的情節。」

傑克冷冷地道：「你認爲不可能麼？」

我道：「當然可能，但首先你要發現他，知道他的所在，其次，要他站著不動，更不用說他那在一秒之內可以發射十發子彈的快槍！」

傑克也站了起來，瞪著我：「那只是困難，不是不能！」我道：「是的，只是困難，你試試上天下地，去找一個根本看不到的人吧！」

傑克仍是望著我，過了好一會，他才道：「衛斯理，我未曾和你合作過，但是聽說你是一個天不怕地不怕的人，爲什麼這一次，你退縮得這樣厲害。」

我呆了半晌，道：「是的，我過去不曾怕過什麼，我甚至和土星人作過對，但是我可以看到土星人，如今，我看不到勃拉克，我根本看不到他！」

我一面說，一面激動地揮著手，忽然，「拍」地一聲，我的手碰到了一樣什麼東西，在我的感覺，那像是一個人的手臂。

然而，在我手臂可以碰到的範圍之內，根本沒有人，根本沒有任何東西！

我神經質地怪叫了一聲。立即向後退出了一步，傑克也聽到了那「拍」的一聲。他的面也青了，他呆了一呆，立即抓起一瓶藍墨水，向前拋了出去，「叭」地一聲。藍墨水瓶跌在地上，墨水灑了一地。

他連忙拔槍在手，我則舉起了一張椅子。

在那瞬間，我反倒鎮定了許多，因爲我知道，勃拉克在這間房子中，他當然是一直跟著我，所以才會來到這裏。

而我的神經，還能夠鎮定下來的原因，是因爲勃拉克顯然未曾帶著武器。

因爲他如果帶著武器的話，那我們便應該可以看到一柄槍在懸空遊蕩了。

而如果靠徒手肉搏的話，那我相信，勃拉克絕不是我的敵手，因爲我是受過嚴格中國武術訓練的人，我雙臂用力一振，將那張古老的木椅，拉成了兩半，向前拋了出去，同時叫道：「放槍！」

傑克顯然也給嚇慌了，他多年特種工作所養成的鎮定，也不知去了哪裡，他慌張地放著槍，看一槍，幾乎射向我這邊來。

而聽到槍聲，他的屬下推門進來時，更差一點成了槍下的冤魂。

門既然已被傑克的屬下打開，傑克也停止了放槍，我們倆人，互望了一眼，我道：「他已經中了亂槍麼？」

那個一進來便伏在地上的情報員，這時才站起身來，睜大了眼睛，道：「誰？誰走了？」

更多的人湧向門口，東克厲聲道：「快退出去，快退出去，將門關上。」

那些人面面相覷，不知道傑克和我兩個人是不是發了瘋，他們終於還是服從了命令，退了出去，將門閉上。

傑克在抽屜中取出另一柄槍，拋了給我，我接在手中，靠牆而立，可能勃拉克就在我的身邊，但是我靠牆而立，至少可以使他不在我的身後。

傑克也和我一樣，他開始講話，道：「勃拉克，你還在麼？」

沒有人回答。傑克道：「勃拉克，你不要以爲你一出聲，我就會開槍，我絕不想殺你，因爲你來遠東的任務，根本無法完成。」

仍是沒有人出聲。

傑克又道：「我不以爲你作爲透明人，會十分好過，想想看，到了冬天你怎麼辦？」

我幾乎笑了出來，那的確是十分滑稽的事，因爲那幾乎不像是事實上會發生的事，傑克的話就像是在夢囈一樣。

我吸了一口氣，道：「傑克，他不在了。」

傑克中校道：「不，我知道他在。」

我沈聲道：「爲什麼？」傑克道：「直覺，老友，我感到他在。」

我聳了聳肩，道：「如果他在的話，那麼我們的朋友，或者要我們放下手中的武器，才肯和我們交談了。」

傑克呆了一呆，在如今這樣的情形下，放下槍，那實在太危險了！因爲勃拉克隨時可以搶到武器向我們開火的。

我握著槍，竭力想看到勃拉克究竟在什麼地方，要看到他本人，自然是沒有可能的事，但是我卻想著他是不是在走動，或者他的視力，正如我和傑克所估計的那樣，不是十分好，那麼，他在行動之際，或者會碰跌什麼東西，我就可以發現他的所在了。

傑克也屏住了氣息，注視了五分鐘之久，還是一點結果也沒有，我先開了口，道：「傑克，他可能已趁剛才開門的時候走了，你要知道，勃拉克本人沒有什麼値得可怕的，厲害的是他自己發明、自己製造的那些武器，如今，他爲了使人家看不到他，當然不敢帶武器，那麼，他怎敢留在這裏？」

傑克又大聲道，「勃拉克，你在這裏也好，不在這裏也好，有幾句話，我必須向你說一說，人家雖然看不到你，但是，你的職業兇手生涯，也從此完了，因爲你不能穿衣服，你穿了衣服之後，就成了一個怪物，你也不能攜帶武器——」

傑克才講到這裏，我便大聲喝道：「小心！」

隨著那一聲斷喝，我向前「砰」地射出了一槍，我那一槍，射中了一隻文件櫃，而一隻水晶的鎮紙，則向傑克的頭部飛來。

傑克一揮手，以手中的槍柄，將那隻水晶玻璃的鎮紙擋了開去。

也就在這時，我們看到，房門陡地被打開。

打開房門的當然是勃拉克了，我和傑克兩人，立即舉槍向著房門，可是我們兩人，卻都沒有放槍，因爲房門一開，傑克屬下的許多情報員，全在我們倆人的手槍射程之內。

如果我和傑克兩人放槍，那麼很可能打不到勃拉克，反倒傷了自己人。

而就在我們這一猶豫之間，我們看到外面一間的門，又自動被打開。這時，傑克的屬下，都望著我們，所以並沒有發現那扇門自動打開的怪事。

我和傑克互望了一眼，都不由自主鬆了一口氣，道：「他走了。」

傑克連忙將門關上，面色十分凝重，他接連打了幾個電話，我不知他打給誰的，只聽得他向電話說的話，全是那幾句：「事情十分嚴重，絕不可以妄動，否則，對他的安全，我們不能負責。」

傑克打完了電話，坐了下來，抹了抹汗，抬起頭來，道：「衛，剛才我錯怪你了。」

我沈默了一下，道，「你也害怕，可是麼？」

傑克沈默了片刻，才道：「人類的一個大缺點，便是詞彙的不足，我不是害怕，我相信你也不是，而是那種莫名其妙，不知所以，像是身在夢境之中，絕無依靠，傳統的機智、勇敢、膽量全部失去了作用……」

他顯然仍難形容出我們兩人心中真實的感覺，因之他講到了一半，便搖了搖頭，不再向下講去。我也靜默了半晌，才道：「勃拉克東來的任務是什麼？」

傑克道：「是暗殺，東南亞一個新國家的元首，在他的出國訪問中，將要經過本地，勃拉克當然是準備將他在這裏暗殺。那個新國家有一個十分希望她國內發生混亂的鄰國！」

我點了點頭，道，「我明白了，勃拉克就是受那個鄰國所收買的？」

傑克道：「正是，那個國家的獨裁者，最近批准了一筆爲數甚大的外匯，那當然是用來付勃拉克之用了，我已經發出警告，勸那位元首還是在他自己的國家中不要妄動，可是——」

第十部：變透明的經過

傑克講到這裏，不禁嘆了一口氣。

我也嘆了一口氣，那是因爲我知道，傑克沒有講完的話是什麼。那是：可是，你怎能防止一個隱形的殺人兇手進行暗殺呢？

我又呆了半晌，道：「我要告辭了。」

傑克滿面憂容地望著我，道：「勃拉克可能等在外面，你怎能避過他的耳目？」

我伸手在面上一抓，抓下了那隻尼龍面具來，燃著了打火機，將之在傑克的煙灰缸中燒去，那隻面具已給勃拉克看到過了，還有什麼用？

然後，我又從袋中取出另外兩隻面具來，給了傑克一隻：「不要耽心我，耽心你自己，希望這個面具能幫助你。」

我戴上了另一個面具，開門走了出去，我走到了一個身材和我相仿的情報員面前，回頭望著傑克。

傑克已明白了我的意思，命令那位情報員道：「你和這位先生換一換衣服。」

那情報員眨著眼睛，顯然不知道他的上級如何會向他發出這一道怪異的命令來的。

他並沒有多說什麼，便將衣服脫了下來，我和他迅速地換好了衣服，這時我已經變成了另外一個人，我這才打開門，向外走去，我裝著十分輕鬆，哼著小曲，出了那座商業大廈。

那時，正是下班的時候，我盡量在人多的地方擠著，在人挨著人的情形下，即使是隱身的勃拉克，也不能追蹤我的。

我當然不敢回家去，我只是打電話通知了由我掛名作董事長的進出口行的經理，叫他爲我準備一艘遊艇和一切用具，停在我所指定的碼頭上。

我要去找王彥和燕芬兩人，問他們，究竟是什麼使他們，使勃拉克變成那樣子的。事情已經發展到如此嚴重的地步了，我不能再顧及王彥和燕芬兩人的「自我恐懼」心境了。

我要弄明白，何以勃拉克會變成透明人，如果必要的話，我也有設法使自己也成爲透明人，去對付這可怕的殺人狂！

爲了給我的經理以準備的時間，我走進了一家電影院，電影院中放映的恰好是一套科學幻想片，但是電影的情節，比起我的實際遭遇來，就像是講給孩子聽的童話一樣。

我在電影院中打了一個盹，散場時分，才走了出來，又曲曲折折地繞了許多路。直到我相信勃拉克，不可能跟在我的後面了，我才叫車，來到了碼頭上。

這時，天色已十分黑了，我看到了已準備好的遊艇，我取下了面具，向那艘遊艇走去，我的經理正在遊艇上焦急地等著我。

我只向他說了一句十分簡單的話：「別將我們之間的事講給任何人聽。」

他點了點頭，上岸走了。而我則駛著那艘雖小而速度十分快的遊艇，向海面駛去。

我還可以十分清楚地記得那個荒島的位置，靠著儀器的幫助，沒有多久，我便已來到了那個小島的附近，我熄了引擎，以船槳划向前去，將遊艇靜靜地泊在岩石之中。

王彥的那艘遊艇還在，我悄悄地上了岸，向他們兩人紮營的地方走去。那一夜，天色更是黑暗，我到了帳幕旁邊，便聽到了王彥的嘆息聲。

而燕芬則在道：「我想，那東西可能是來自外太空的，或許你會奇怪——」

王彥幾乎是在呻吟：「別說了！別說了！」

燕芬也嘆了一口氣，道：「勇敢些！」

我心中對燕芬的堅強，可以說佩服到了極點。我走到了帳幕的口子前，沈聲道：「燕小姐說得對，王彥，你要勇敢些！」

我的突然出現，突然出聲，使得王彥和燕芬兩人，陡地尖叫起來，帳幕的另一端，突然凸了出來，那自然是他們兩人，都縮到那裏去的原故。

但是他們是出不了帳幕的，因爲我守住了帳幕的出口。

我以盡可能快的語調，急急地道：「你們不必怕，我是衛斯理，我在昨天就發現你們了，如今我雖然看不到你們，但是你們的情形，我在昨天，已經完全知道了，你們不必害怕，我絕對是你們的朋友！」

王彥顫抖的聲音，傳了出來，道：「你準備將……我們怎麼樣？」

我道：「我當然不會將你們怎麼樣，我只不過是來請你們幫助我。」

王彥上下兩排牙齒，在「得得」相震，道：「幫助你？」我連忙道：「是的，我需要你們的幫助。」

燕芬的聲音，比王彥的鎮定很多，但是也一樣充滿著恐懼，她道：「衛先生，你既然已經知道我們的處境，我們如今的情形，我們還能給你什麼幫助？」

我道：「可以的，你們必須聽我詳細說，必須消除心中的疑慮，直到如今爲止，只有三個人知道你們的遭遇，一個是我，和你們在一起。」

王彥道：「還有兩個呢？」

我道：「一個是羅蒙諾教授，他已到埃及去了，當然不會再來害你，還有一個是勃拉克，就是那古怪的男子，他是國際間最冷血的兇手，他的職業便是謀殺。」

我聽得帳幕之中，傳來了王彥的一下抽噎聲，而燕芬卻沒有出聲。

女人在遇到非常變故的時候，遠較男性爲鎮定——這是一個著名的心理學家說的，現在，我相信那心理學家的話了。真正的女性，是遠比男性鎮定的，至於那些動不動就喜歡發出怪叫的女人，並不是不夠鎮定。只不過想表現她們的嬌小和柔弱而已，事實上，怪叫的女人，比牛還壯！

我繼續道：「而勃拉克的情形，比你們略好些，因爲他已成了一個全身透明的透明人，這是一個十分危險的事，據目前所知，至少已有一個東南亞國家元首的生命，是任何人所無法保護的了。」

燕芬道：「那……我們又能幫忙你什麼呢？」

我沈聲道：「我要知道你們的遭遇，你們所遇到的一切事。」

王彥和燕芬兩人，靜了一會。

王彥的聲音，已不像剛才那樣恐怖了，道：「那……又有什麼用？」

我嘆了一口氣：「那可以使我明白整個事情的來龍去脈，設法去對付勃拉克，或是設法使你們兩人回復原來的情形，你們一定要詳細和我說！」

兩人又靜了半晌，才聽得燕芬道：「彥，你先說吧，事情是先在你身上發生的。」

王彥道：「我……我……好，我先說，衛先生，你可別進來。」

我連忙道：「當然，我在帳幕外，是絕不會闖進來的，你安心好了。」

王彥又抽噎了幾下，才道：「我自從在你那裏，拿走了那隻箱子之後，每天化上幾小時去拼湊那幅由九十九塊碎片組成的圖畫，那天下午，我成功了。我不等打開箱子，便打電話給你。」

我點了點頭——當然王彥是看不到我在點頭的，道：「我記得，我問你，箱中有些什麼東西，你說不知道，要打開箱子看了之後，才告訴我。」

王彥又抽噎了幾下，不再出聲。

我又道：「可是，我等你第二個電話，卻等了許久，究竟發生了什麼？」

王彥不斷地吸著氣，道：「我和你通了電話之後，輕而易舉地便打開了那隻黃銅箱子，我……才一揭開箱蓋，眼前便閃耀著一陣光芒。」

王彥說到這裏，又略頓了一頓，才續道：「那是十分奇異的光芒，我在那剎時間的感覺，就像那些光網織成了一張網，將我的全身都罩住了一樣。」

王彥再頓了一頓：「而當我定睛去看時，我才看到箱子中所放的，是一塊拳頭大小的礦物，那種強烈的、奇異的光芒，就是從那塊礦物之上，放射出來的。」

我連忙道：「你看清楚了，是礦物？」

王彥道：「我看得十分清楚，那礦物從外表看來像是錫，我將之拿在手中，發現它十分輕，而它的光芒，是那樣地強烈和怪異，當時我的心中奇怪極了，因爲能放光的礦物不是沒有，但卻全是極其名貴的元素，例如鐳就是，而我手中的那麼大的一塊，難道竟是鐳麼？我又想到，鐳的放射性光，是會損害人體性組織的，所以我連忙將那東西放回箱子去——」

王彥講到這裏，聲音漸漸地發顫，呆了片刻，才文道：「就在我放回那礦物之際，我……我看到了我……自己的手……」

想是當時王彥的心中，恐懼之極，所以當他再次講起這事來之際，他仍不免呻吟了一聲。

「我的手……竟只剩下了骨頭……兩隻手都是……我的肉還在，我卻看不到它們，我想到了我的頭臉，我衝到了鏡子面前……我……昏了過去……」

我不禁輕輕地嘆了一口氣。

昨天晚上，我看到王彥和燕芬只剩下一副枯骨的時候，也幾乎昏了過去，何況是看到了自己的身子起了這樣可怕的變化。

「我……昏過去了兩個小時，才醒了過來，我撕破了所有的衣服，我身子的所有肌肉、毛髮、血液，完全看不到了，我……成了什麼呢？我……還是人麼？

「我費了許多時間，才能使自己靜下來想一想，無疑地，我之所以會變成那樣，完全是那礦物所發出的光芒照射的結果！

「我首先找了一隻金屬盒子，將那礦物裝了起來，然後我掩遮自己，我穿上衣服，戴上黑眼鏡、手套，將我的全身都遮了起來，這樣子我看來還像人，我和你通了電話，帶著那礦物，到了你那裏……

「本來，我是想請你代我設法的，但是……我……一見到了你，我卻感到莫名其妙的恐懼，我覺得你會將我捉住，當作怪物一樣地去展覽。我立即走了，但已被你拉脫了手套——

「從你那裏出來之後，我想起了羅蒙諾教授，他是我可以相信的人，我可以去找他。我到的時候，看到了一個十分古怪的男子，正和羅蒙諾教授在一起，那男子叫勃拉克。

「我見到了他們，就像見到了你一樣，心中又出了那股莫名的恐懼，我想轉身逃走，但是勃拉克卻跳前來，將我抓住，我掙扎著，在掙扎中，我帽子脫落，眼鏡也打得粉碎了。

「我只聽得勃拉克和羅教授兩人，高聲地怪叫起來，他們的聲音之中，充滿著駭異，接著，他們交談了起來，用的是我聽不懂的語言，勃拉克緊抓著我不放，我被逼得將我如今的情形，告訴羅教授，但我卻說那礦物已被我拋去了。

「勃拉克捉著我，將我禁閉在一間暗室之中，又逼我說出我將那礦物拋到了何處，我胡亂說了一個地點，勃拉克便離開了，我被囚禁在暗室中，也不知多久，直到燕芬來到。」

他又喘了幾口氣，道：「接下來的事情，要由燕芬來說了。」

我也亟於想知道以後的事情如何，忙道：「燕小姐，你又怎樣和王彥會面的？」

燕芬道：「說來十分簡單，我早已看出你面上的神色有異，知道你在羅教授的住宅中，一定遇到了什麼出奇的事，所以我和你一分手，就自己來了。」

我不禁柔聲道：「可是殺人狂勃拉克在啊！」

燕芬的聲音，卻並不怎麼驚惶，道：「不錯，我一進去，就被人在背後以槍抵住，他竟沒有立即開槍殺我，這是十分奇怪的事，或許因爲我是女子的緣故吧。他責問我，我說是來找王彥的，他說我來得正好，最好我能勸王彥說出那能放射出使人體肌肉透明光芒的礦物所在的正確地點來。」

燕芬講到這裏，頓了一下，道：「他在兇狠狠地講完了那幾句話之後，就用力推著我，他的氣力十分大，大到不能抗拒。」

我點頭，道：「不錯！」

燕芬道：「我那時並不知道他是什麼人物，我掙扎著，盡我可能轉過身來，他面上的神情硬得和石頭一樣，將我推進了那間囚禁王彥的暗室之中。

「在那間暗室之中，我看不到王彥的情形，我只是聽得他在恐怖地大聲喘息，我連連發問，他都不出聲，我撲了過去，他逃，我追，我很輕易地就追上了他，他還拚命掙扎，於是，放在他大衣袋中的那隻盒子，跌了出來。

「盒子跌到了地上，便打了開來，我眼前感到了一陣強光，我看到了他——」

燕芬雖然是一個極其堅強、勇敢、出色的女子，但是當她講到這裏時，她也不由自主地喘起氣來，我低聲道：「於是，你也——」

燕芬苦笑了一下，道：「是的，於是我也變得和他一樣了，我並不難過，如果不是他先是那樣，那我一定也要昏過去了，但當我想到王彥和我一樣，我們本來就相愛著，如今更能相依為命了，那不是比王彥一個人成為那樣好得多？」

我呆了半晌，道，「那麼，你們又是怎麼逃出來的呢？」

燕芬道：「說來你或許不信，我和王彥兩人，呆了片刻，在那種怪異而強烈的光芒之下，我們相互注視著，然後我們抱在一起，好一會，我們才漸漸地鎮定了下來，我走到門旁，向外傾聽，你可猜得出，我聽到了什麼聲音？」

我愕然道：「什麼聲音？」

燕芬道：「笑聲，勃拉克在笑，看來像石頭一樣堅硬的勃拉克，他的笑聲也像石頭互相撞擊一樣那麼難聽！」

不但燕芬奇怪，連我也奇怪，勃拉克這種人，原來也會笑麼？這個職業兇手，冷血的人，難道也知道什麼叫高興？

燕芬道：「我聽得他不但在笑，而且還在叫著羅蒙諾教授的名字，我大著膽子，握住了門柄，試著輕輕一推門把，那門居然沒有鎖上，我向王彥招了招手。我們兩人一齊到了門旁。」

燕芬講到這裏，興奮起來，聲音也嘹亮了許多，道：「我猛地拉開門，勃拉克顯然是被從房間中射出來的那種強烈的光芒弄糊塗了，他呆了一呆，像是要去伸手拿槍。但是我卻不給他這個機會——」

我笑了一笑，道：「你摔倒了他？」

燕芬道：「我將他摔進了屋子，拉著王彥，出了那暗室，將他反鎖在暗室之中；我們兩人，就這樣逃了出來，到了海邊，藉著王彥的遊艇，來到了這個荒島上。」

我完全相信燕芬的話，看來，像燕芬那樣的一個弱女郎，幾乎是不能和勃拉克比較的，但是我也曾被燕芬摔過一大跤的，燕芬的柔道造詣，十分高超，在出其不意之間，燕芬的確是能將勃拉克從門口摔進房間中去的。我呆了半晌，道：「在那間房間中，勃拉克當然不可避免地要被那神秘物體發出的光芒所照射，於是，他連骨骼也在人們的視線中消失，他變成了一個真的隱身人！」燕芬道：「那或許是他被那種光芒照射得時間長久些的關係。」

王彥一直沈默著，直到這時，他才開口，道：「衛先生，你既然已經知道了我們的一切，你……你不能爲我們設法，你不能想想辦法，令我們恢復原狀？」我嘆了一口氣，道：「正如你們昨天晚上所說，要使你們變得和勃拉克一樣，全身透明，那倒還容易。只要找得到那神秘物體就行了。」王彥怪聲叫了起來，道：「不……不……那滋味好受麼？只要你身穿一點衣服，只要你手上拿著一點東西，任何人都會立即尖叫起來了，就算人家看不見我們，我們赤身露體地對著人，那滋味也絕不會好受——」

我聽到這裏，忽然想大聲笑了！王彥這時在說的話，和傑克中校對勃克拉講的差不多，聽來都是十分滑稽的。勃拉克或者不在乎永遠赤身露體，但是他是神槍手，他的使人可怕之處，全在於他那百發百中的槍法，和他那天才創造的武器。可是如今，他怎樣使用那些武器呢？他甚至不能攜帶武器，你能想像，有一柄手槍懸空蕩著，蕩上飛機，會發生甚麼後果？

那麼，全身皆隱，對於勃拉克來說，不是甚麼好事，反倒是嚴重地妨礙他的殺人活動的事了！當然我相信以勃拉克的聰明，仍然是可以想出辦法來的，他可以戴上手套，穿上衣服，頭部則套上連假髮，連頭臉和頭頸部份的假面具，但是我總不相信當他對著鏡子自照時，發現鏡子中沒有什麼的時候，他的心中會感到高興。

我想了好一會，才道：「你們不要性急，我當然要盡量爲你們設法，你們在這裏只有我一個人知道，我也絕不告訴他人，我可以爲你們送必需品和食物來，你們不妨就暫時在這裏，讓人們當作你們已經神秘失蹤好了。」

王彥呻吟了一聲，道：「我們要等到幾時呢？」

我嘆了一口氣，因爲王彥的問題，是沒有辦法問答的問題。

我站了起來，走了幾步，忽然燕芬道：「衛先生，我倒有點頭緒了。」

我停了下來，道：「你有什麼頭緒？」

燕芬道：「黃銅箱子，和箱子內的神秘物體，都是印加帝國的遺物，那種神秘物體還解釋了印加帝國的人民忽然全部失蹤的謎，但是，爲甚麼這些東西，會在埃及被發現呢？」

我苦笑了一下，道：「我一點概念也沒有，因爲我根本不能想像這件事。」

燕芬道：「我想了很多時候，毫無疑問，那隻黃銅箱子，是在印加帝國的首腦監視之下鑄成的。歷史上並沒有印加帝國和埃及有往來的記載，但是當時，一定有人，帶來了那隻黃銅箱子，到處飄流，希望尋求解救的方法……」

我有些聽不明白，但燕芬的聲調，卻越來越是興奮，道：「當然，帶了黃銅箱子四處飄流的人，是奉命出發的，他的任務，便是尋求解救之法，來挽救印加帝國的全體人民，他……終於到了埃及。」

我不得不承認燕芬的推斷，極有理由，我鼓勵她繼續說下去。

燕芬繼續道：「我相信那人在埃及，已找到了解救的辦法！」

我不出聲，因爲燕芬的話，說得太肯定了。

但是，我立即想到羅蒙諾教授。羅教授不是到埃及去了？

他爲甚麼到埃及去了呢？是不是他也想到了燕芬所推斷的一切？所以到埃及去，尋找可以使勃拉克復原的方法？或是他要在埃及找到一個可以由心所欲，隱身現身的訣竅？

王彥直到這時，才插言道：「如果他找到了解救的辦法，那麼他爲甚麼不回去？」

燕芬道：「那是許多年之前的事了，那人能夠從南美洲到埃及，已經可以說是奇跡了，就算他想回去，也沒有可能，而且，他即使能夠回去，也沒有用，因爲印加帝國的所有人民，早已忍受不住發生在他們身上的事，而集體自殺了。」

我道：「那麼，你的意思是——」

燕芬接口道：「我的意思是，如果到發現那黃銅箱子的地方去，一定可以發現有關這一切的記載的！」

我幾乎跳了起來，道：「燕小姐，你說得不錯，我看我立即就要去了。第一，那黃銅箱子是在一間古廟中發現的，但是由於一項龐大的水利工程的緣故，那古廟將不復存在；第二，羅蒙諾教授已經到埃及去了，他當然是和我同一目的！」

王彥道：「你……要到埃及去？那麼，由誰來照顧我們呢？」我想了一想，道：「我們家有一個老人家，他是看著我長大的，姓蔡，我叫他老蔡，我托他來給你們送食物和必需品，好？」

王彥道：「這個……」

但燕芬已搶著道：「好，就委託他來好了。」

王彥和燕芬兩人的性格，本來就十分不同。但如果在平時，可能不容易覺察得出來。而如今，遭到了非常的變故，他們性格真正的一面，便顯得非常突出了，王彥是恐懼、多疑、軟弱。而燕芬的心中，雖然一樣不好過，卻表現得十分堅強。

我站了起來，道：「你們不必難過，在這裏等候我的好消息吧。」

燕芬道：「如果你有了發現，可得盡快回來。」

我停了一會，才答道：「當然。」

我停了片刻的原因，是因爲我絕無把握，我根本沒有法子肯定是我的埃及之行，是不是會有結果的。

我離開了他們，向海邊走去，到了海邊上，我又呆呆地站了半晌，望著漆也似黑的海面，心中一片茫然，只是在地球上，不可思議的事情便已經那麼多，而在整個宇宙之中，地球又是如此之渺小，作爲在地球上活動著的人類，卻以爲自己能夠征服宇宙，這實在是太可笑了。

好一會我才走到了停泊快艇的地方，上了快艇，離開了那個荒島。

等我回到了市區之後，我當然不敢回到自己的家中去，我在一家酒店中住了下來，以電話和老蔡聯絡，將接濟王彥和燕芬兩人的事交給了他。

然後，我又和我的經理通了電話，要他爲我準備一切証件，以便我遠赴埃及。

第二天，我一天沒有出門，我想再到羅蒙諾教授的住所中去，看看那塊神秘的發光體是不是還在，但是我終於打消了這個念頭。

我不去的原因，一則是為了怕被勃克拉發現，二則，如果我見到了那能發光的神秘礦物，那我也將和王彥與燕芬一樣了。

第三天一早，我便到機場去，我的經理已為我辦妥了一切，我在上機前五分鐘，才和傑克中校通了一個電話，我只是簡單地告訴他，我要出遠門，幾分鐘後就要登機了。不等他發問，我便收了線。

在飛機上，我舒服地閉上了眼睛，已有多少日子，我未曾得到好好的休息了，在旅途中，正好可以補充連日來的睡眠不足。

旅途中並沒有什麼值得記載的事，我在中途站中，打了一個電報通知王俊，叫他到開羅來接我，我在電報中還說明，我是為他弟弟的事而來的，希望他為我準備好一切有關那隻黃銅箱子的資料。

我盡情地休息著，使自己鬆弛，直到從高空望下去，可以看到那無垠的沙漠，和聳立在沙漠中的金字塔，我才完全清醒了過來，我必須保持極度的清醒，因為在到了埃及之後，我絕難想到，會有甚麼樣的事發生！

飛機降落，我步出了海關檢查處，便看到了王俊，他向我招著手，面上的神情十分高興，想是在異地寂寞，見到了好友，所以才那麼愉快的。

但是我卻完全沒有像他那樣的心情，因爲我知道事情極不尋常，已經發生的事已是如此嚴重，將會發生的事究竟如何，更是難以預料。

他衝前來和我握手的時候，我看到了在他的身後，站著一個身材十分矮小，面目黝黑，頭部的大小，和身子的比例，十分不相稱的人。

那人大約只有一五〇高下，頭髮眉毛，都是棕色的，他穿著一套顯然不稱身的衣服，兩手正在不斷地搓著手中的一頂帽子。

那人分明是和王俊一起來的。我心中不禁十分奇怪，問道：「他是誰？」

王俊拍了拍那人的肩頭：「他是我的朋友。」我奇道：「你帶他來一起接我，是爲了甚麼？」

王俊道：「你的電報中，不是要我告訴你關於那黃銅箱子的一切？他就是使得我得到那隻黃銅箱子的人。怎麼，那箱子是不是很有價値的古物？我爲了運出那隻箱子，費了不少心血啦！」

埃及政府對於古物的管制是十分嚴厲的，但是王俊卻有辦法將那隻箱子運出來，當然是「財可通神」的道理了。

我苦笑了一下：「說來話長了，我還是先聽聽你的故事好，你的朋友叫甚麼名字，他會何種語言？」

王俊道：「他的名字十分古怪，我也記不住。」他轉用英語，向那個身形矮小的人道：「你叫甚麼名字，向這位先生說一說。」

那矮小的人，本來站在那裏，體態十分拘謹，但是一聽得王俊問起他的名字來，他便挺了挺胸，現出了一副十分高貴的神氣來，道：「我叫索帕米契勃奧依格，是索帕族最後一代的酋長。」

第十一部：蘇拉神廟中的祭室

我聽了不禁皺眉，如果不是我的知識太膚淺，那他就是一個神經病患者。

我從來也沒有聽說過埃及有一個民族叫作「索帕族」，也未曾聽到過一個埃及人的名字，竟會有那麼長的發音。

我皺住了雙眉不出聲，王俊已經代他解釋，道：「他說他的名字，便是索帕族，米契勃奧峰上的雄鷹之意。」那矮小的人，頻頻點頭：「先生，你叫我依格好了，我當你們是朋友，才讓你們那樣稱呼我的。」

我們一路說話，一路向外走去，這時，已經上了王俊為我準備的汽車上，我才問道：「依格先生，你們的索帕族，是甚麼民族啊？」

依格的臉上，現出了一副十分悲哀的神情來，道：「這……我也不知道，當我出世的時候，我們的族中，已只剩下了七個人，而當我十六歲那年的時候，其餘的六個族人，相繼去世，整個索帕族，便只剩下我一個人了。」

我苦笑道：「於是，你便自封為索帕族的酋長了？」依格面上的神情，像是受了極大的侮辱一樣，我立即知道自己講錯話了。

他挺了挺胸，道：「先生，我是索帕族的酋長，傳到我，仍然是酋長，我們的家族，一直是索帕族的領袖！」

我連忙道：「請原諒我剛才的話。」

依格搖了搖頭：「我不會見怪，我們索帕族，曾經擁有無數的財產，廣闊的碧綠的平原，秀麗無匹的山峰，但如今，只剩下我一個人了。」

依格以十分蹩腳的英語講著，但是他的語調，卻是充滿了感情，使人不得不相信他講的是事實。

王俊輕輕地碰了碰我：「他說的全是他族中的傳說，你若是和他講下去，他可以告訴你他族中的許許多多的傳說，從這些傳說看來，他們索帕族的全盛時代，比羅馬帝國還要興盛！」

我望著矮小黝黑的依格，心頭十分懷疑，那倒不止是我未曾聽到過有「索帕族」這樣的一個民族，而是我在思忖：他和那隻黃銅箱子，究竟有什麼關係？

我心中的疑問，很快便有了答案，在我們到了酒店之後，在房間坐定了下來，依格才說道：「衛先生，王先生說，那隻箱子，你已經打開了？」

我遲疑了一下，道：「可以那麼說——你可知道，那箱子中放的是什麼？」

依格搖了搖頭，道：「不知道，根據我們族中的傳說——」

他才講到這裏，王俊以手加額：「老天，又是你們族中的傳說！」

依格的態度，十分認真，道：「我們族中的傳說，都是真的！」

王俊攤了攤手：「是真的又怎麼樣呢？你們的什麼族，只剩下你一個人了，而你又不肯和你們族外的女子成婚，你死了之後，你們的民族，還剩下些什麼呢？」

依格的面色發白，身子顫抖了起來。

我早已看出，依格有著極其強烈的自尊心，我對於我曾刺傷他的自尊心一事，表示相當的抱歉，我更不以王俊的態度爲然。

我連忙道：「就算依格死了，索帕族光榮的歷史，美麗的傳說，也一定還存在的。」

我的話才一出口，依格突然向我衝了過來，握住了我的手，眼中射出了感激的光輝來，道：「謝謝你，謝謝你！」

王俊無可奈何地聳了聳肩：「好，一個瘋子還不夠，現在有兩個瘋子了。」

我向王俊苦笑了一下：「瘋子？如果等我將全部事實真相告訴你，只怕你也要成爲瘋子了。」

王俊知道我素來不是愛開玩笑的人，他的面色不禁一變：「什麼事實真相？」

我搖頭道：「如今我也不和你說，我要先和依格解決一些事，你帶他來見我，可是由於那隻黃銅箱子，正是由他那裏來的麼？」

王俊道：「正是，依格實際上是一個神經不正常的人，我也看不出那黃銅箱子除了箱面上的鎖製作得十分精妙之外，還有什麼值得注意的地方。」

我向他揮了揮手，道：「你且別對依格下什麼結論，你將事情的經過，先和我簡略地說一遍。」

我們是以國語在交談，依格當然聽不懂，他只是睜大著眼睛望著我們。

王俊無可奈何地坐了下來，道：「好，我簡單地說一說，依格是什麼時候在工地上出現的，已經無可查攷了，但是自從他出現之後，他逢人便說，在蘇拉神廟中，有著他們索帕族專用的七間祭室，據說七間祭室，是索帕族之外的任何人都不准進去的。」

我靜靜地聽著。蘇拉神廟已經有近三千年的歷史，是埃及數一數二的古廟，也正是這次，妨礙那龐大水利工程進行的古廟。

爲了使水利工程能以順利進行，曾經討論過將這座神廟，完整地搬遷。

但是，這個方案如今已經被放棄了，因爲搬遷廟的費用，實在太驚人，使得連非常想保存這座古廟的埃及政府和聯合國文教組織，都爲之束手無策。所以那座古廟要被毀的命運，似乎已被注定的了。

王俊向我望了一眼，繼續道：「他聽說古廟將不能保存，便要求有人陪他進那七間祭室中，取出一件他們族中遺下的東西來。」

我點了點頭道：「於是你陪他去了？」

王俊道：「肯相信他的話的人，本來就不多，而敢通過那條滿是咒語的隧道的人，更是絕無僅有，還是我最有好奇心和最不怕古代咒語，所以我去了，我得到了那隻黃銅箱子。」

我伸手在王俊的肩頭上拍了拍：「好，我要在你這裏所知的已經夠了，你不妨回去工作，以後只是我和依格的事情了。」

王俊望著我，道：「你打開了那箱子，是不是？箱子中有什麼？是不是有著如依格所說，那是關著一個透明的魔鬼的寶箱——」

我猛地一震，失聲道：「透明的魔鬼？」

王俊向依格一指，道：「那是他說的，故事就和阿拉丁神燈差不多，據他說，盒子一打開，一個透明的怪魔，就會出來。」

我呆住了不出聲，向依格望了過去，依格雖然聽不懂王俊在說什麼，但是他顯然可以從王俊講話的語氣、神態之中，看出他究竟在講些什麼來。

所以，當我轉過頭向他望去的時候，他喃喃地道：「真的，這是真的。」

我走到了他的身邊，將手放在他的肩頭上，表示親熱，轉過頭來，對王俊道：「你可以不必理會我們了，你應該知道，任何民族的傳說，都是十分美麗的故事，你不應該嘲笑它們的。」

王俊「哈哈」地笑了起來，道：「你相信他是什麼索帕族的酋長麼？」

我點頭道：「我相信。我要和他一起到那古廟的秘密祭室中去。」王俊搖頭道：

「那是可怕得如同地獄也似的地方，我去過一次之後，第二次就不想再去了。」

我堅決地道：「但是我必須去，我要去解決一個極其神秘的問題。」

王俊道：「好吧，我也要回工地去，你和我一起用工程處的小飛機回去好了，那樣可以方便很多，用不著去受旅途的顛簸。」

我知道，所謂「工程處的小飛機」，一定是二次大戰初期的舊式飛機，駕駛員也幾乎千遍一律的歐洲或美國的冒險家，貪圖高薪，駕駛著這種舊式的飛機，不理會他們自己的生命和搭客的生命——因爲這種人和這種飛機，同樣地不可靠！

但這時我因爲急於到那古廟中去，所以我並不拒絕王俊的提議，我點了點頭，王俊立即拿起電話，和水利部的人員聯絡。

我則和依格兩人，走到了旅館的陽台上，望著街外來往的車輛，和形形式式的建築物、以及各種各樣的人。

開羅是世界上少數的最具神秘感的都市之一，即使你來這裏，全然沒有秘密的任務，也無可冒險之處，你仍然會感到有一股神秘的氣氛籠罩著你，只要你在開羅，你便不會不感到那股神秘的氣氛。

我看了一會，才低聲道：「依格，關於那透明的魔鬼，你們族中的傳說，可是由來已久的了？」

依格的眼中，閃耀著異樣的光芒：「你可相信？衛先生，你可相信麼？」

我無可奈何地點了點頭，道：「我相信。」

依格道：「衛先生，你，是我們族人之外，第一個相信這個傳說的人。王先生說那隻箱子在你這裏，你打開箱子了？」

我嘆了一口氣，道：「是，那透明的魔鬼也出來了。」依格一時之間，像是不明白我的話，但是接著，他連連向後退去，一直退到了陽台的扶手旁，他的面色變得如此之蒼白，我真怕他會從上面跌了下去，我連忙抓住了他的手臂，道：「你鎮定一些，我想問你，你爲什麼要將那黃銅箱子交給人？」

依格的面色，又從蒼白變成通紅，囁嚅了好一會，才道：「我聽說那古廟不能被保存了，那是族中的遺物，整個族只剩下了我一個人，你明白，我……沒有錢，所以我……」

「所以你以十分低廉的價錢，就將這黃銅箱子賣給人，結果只有王先生一人是買主？」我接著說。

依格低下了頭，道：「是的，他出了六十埃鎊，我可以生活很長的時間了。」

我嘆了一口氣，道：「依格，照這樣說來，你自己也不相信你們族中的傳說，是不是？如果你確信那箱子中有著透明的惡魔的話，你會肯將它們以六十埃鎊的價格賣出去麼？」

依格低著頭，不敢看我，他心中顯然正感到極度的慚愧，他喃喃地道：「我不是不信，我……只是沒有錢，這是我唯一可賣的東西了，祭室中還有許多壁畫，因爲那一條隧道十分可怖，也沒有遊客要看，而且，更糟糕的是……漸漸沒有人信我的話……根本沒有人信！」

依格的眼中，竟濕潤了起來！

我聽得他說在那七間神秘的祭室之中，還有許多壁畫，精神又不禁一振。這時我雖然還不能確定我此行是不是會有成績，但是我確信我已經掌握了一些來龍去脈。許多還是謎一樣的事，一到了那七間祭室中，就可以弄明白了。

這時，王俊來到了陽台門口，道：「快準備，二十分鐘之後，水利部有一架飛機飛到工地去，我已和他們說好了，我們三人一起乘機前去，現在就要出發了。」

我聳了聳肩：「一點休息也沒有！」

王俊道：「沒有了，要休息，便要休息兩天，兩天之後才再有飛機前往，你不想在開羅玩上兩天？」

我忙道：「不了，以後有機會再說不遲，我要解決一些事，立即回去。」

王俊也不問我詳細的情形，道：「我那書獃子弟弟可好？」

我幾乎忍不住告訴他，王彥現在是在一個什麼樣的處境之中！

但是我終於未曾說出口來，因爲我知道王俊的爲人，他知道了之後，一定大驚失色，慌張繚亂，說不定會向每一個埃及的巫醫求助，而結果是，不到三天，全世界都知道這個秘密了。

所以，我只是淡淡地道：「好得很，他和一個叫作燕芬的美貌姑娘，已快結婚了。」

王俊嘆了一口氣，道：「是麼，做弟弟的，反趕在哥哥的前面了，我真後悔，爲什麼當初要去學水利，如今連一個固定的住所都沒有！」

我並不去搭腔，王俊其實是十分熱愛他的工作的，他也喜歡過無拘無束的生活，他只不過故意如此說法而已。我們一起出了旅館，上了汽車，王俊以違法的高速，在十三分鐘的時間內，趕到了機場。

我們一下車，便匆匆地向一架漆成草綠色的雙引擎飛機走去，不出我所料，那是一架舊得在世界上幾乎已沒有人再使用的飛機。

我們到了飛機之旁，一個像是飛機師模樣的人，吊兒郎當地在飛機之旁，走來走去。

他一看到我們，便站定了身子，大聲叫道：「老王，你們遲到了。」

王俊也大聲道：「沒有遲到，剛好夠時候，飛機今天沒有問題？」那飛機師一面跳上了飛機，一面大聲叫道：「祈禱吧！」

王俊苦笑了一下，道：「你聽聽，但是我寧願祈禱上帝，也不願意去嘗試走第二條路，道路實在太壞了，你知道嗎？」

我不和他說什麼，踏著上機的梯架，向飛機廂中走去。

王俊第一個進了機廂，機廂中居然有座位，那已是十分不容易的事了。在我們之前，已有兩個人在，一個戴著埃及圓帽。那兩個人坐在前面，看不到他們的臉面。

我們一上機，便有人來關上了機門，那人看來像是副駕駛員，也是美國人，口中正不斷地嚼著口香糖，他向機廂中的五個人看了一眼，喃喃地道：「七個人。」

他一面說，一面向駕駛室走去，而這時候，飛機幾乎已經近乎顫抖地，在跑道之上，咆哮飛馳而出，幾乎是立即地，機翼輕輕地擺動著，飛機已經騰空而起。這個駕駛員無疑是第一流的。

王俊坐在我的身旁，向前面的兩個人指了一指，道：「那個戴埃及圓帽的人，是水利部專迎接招待貴賓的官員，在他旁邊的，一定是什麼重要人物了。」

我順口應道：「是麼？」

也許我的聲音大了一些，令得前面的兩個人，一起轉過頭來。

那個戴埃及圓帽的埃及人，立即轉回頭去，但是在他身邊的那人，卻仍然瞪著我。

而我，也瞪著那個人發呆。

王俊奇道：「咦，怎麼？這個人你認識的？」

我並不回答王俊的話，只是欠了欠身，以十分戒備的心情，沈聲道：「羅蒙諾教授，幸會，幸會！」

羅蒙諾教授在埃及，我是早已知道的。但是我卻未曾料到，會和他在這架殘舊的小飛機中相遇！而如果我早知道羅蒙諾教授也在機上的話，我一定不會也搭乘這架飛機的了！

因為，我如今已毫無疑問地可以肯定羅蒙諾教授和殺人狂勃拉克，有著十分特殊的關係。

而和殺人狂勃拉克有關係的人，那實是不必多加考慮，可以逕稱之為危險人物的。

有這樣的一個危險人物在機上，那無異是十分不利的事情，所以我一面說話，在想著如何才能使事情對我更有利些。

王俊在我的身旁，顯然還不知道事情的嚴重性，他只聽到我叫出了羅教授的名字，便歡喜萬分，站了起來，道：「原來是大名鼎鼎的羅蒙諾教授？能夠和你一起到工地去，真是太榮幸了，我在我弟弟的來信中，早已久聞大名了，我弟弟便是你的學生王彥，」

羅蒙諾教授面上的神情像是岩石一樣。

他望了望我，又望了望王俊，最後，將目光停留在依格的身上。依格十分拘謹地笑著，羅蒙諾挾著他巨大的公事包，離座向我們走來。

他逕自來到我們的面前，我的心神，不禁大是緊張，但羅蒙諾教授卻並不注意我，他只是向著依格，忽然以一種十分奇怪的語言，向依格說了幾句話。

依格的面上，立時迸躍出了欣喜萬狀的光彩來，立時也以那種古怪的語言，回答著羅蒙諾教授。我自詡對於世界各地的語言，都有相當研究，但這時，我卻無法聽出依格和羅蒙諾教授講的是什麼話來。

我的心中十分焦急。因爲我知道羅蒙諾到埃及來的日的，是和我相同的。

第十二部：死亡沙漠之旅

而我如果能得到依格的幫助，成功只是眼前的事。

但如今，依格是不是會幫我呢？他和羅蒙諾，會說那種古怪的語言，毫無疑問，他和羅蒙諾，一定感到更其親近。

在那樣的情形下，他是不是捨我而去，而不再幫我的忙呢？

我的心中十分焦急，但是卻沒有法子打斷依格和羅蒙諾之間的交談，因為我根本聽不懂他們的話。依格和羅蒙諾約莫說了五分鐘的話，依格忽然搖頭，一個字連說了好幾遍，看他的情形，好像是在說「不」字。羅蒙諾的面上，出現了怒容，他向我望來，改用英語，道：「衛斯理，這人說他曾經答應帶你到大廟的那七間秘密祭室去？」

羅蒙諾教授忽然轉而對付我，而且開門見山，絕不轉圜，態度異常強硬，這確令得我愕然，我欠了欠身子，道：「正是。」

羅蒙諾教授冷冷地道：「我是要你放棄對他的這個要求。」

我吸了一口氣，知道衝突是難免的了，但是羅蒙諾竟會採取這樣野蠻的方法，這卻又頗出於我的意料之外，難道他有什麼必勝的把握麼?我腦中迅速地轉著念，聳了聳肩：「我看不出為什麼要放棄。」

羅蒙諾大聲道：「因為我要，我要帶他到那七間祭室中去，而這頭驢子卻說他已經答應了你便不能再答應我了。」

我還沒有說話，依格已經抗議道：「先生，我不是驢子，我是索帕米契勃奧依格！」

我記得王俊向我解釋過，所謂「索帕米契勃奧依格」，便是索帕族，米契勃奧峰上的雄鷹之意。

依格對這個名字，顯然十分自負，他當然不願意被人稱為「驢子」的。羅蒙諾在侮辱他，而可以想像，侮辱他的人一定十分多，因為誰也不將他當作是一個民族的酋長。

而我卻將他當作朋友，這便是我有利的地方。

我伸手在依格的肩頭上，道：「依格，什麼人稱你為驢子的，他本身就是一頭野驢子！」依格以十分感激的眼光望著我，我望向羅蒙諾，道：「依格是一個十分有信用的人，他既然答應了我，自然不能再答應你。」

羅蒙諾冷笑道：「可以的，只要你不要他帶你去，我就可以使他帶我去了。」

我沈聲道：「我剛才已經說過．我並沒有放棄前往那七間祭室的打算。」

羅蒙諾教授的聲音，陰沈之極：「那麼，你可能會後悔的。」我還沒有出聲，王俊已然忍不住道：「先生，你真是羅蒙諾教授？」

羅蒙諾眼睛瞪了他一眼，又再次問我：「我再給你最後一個機會。你答應不？」

我準備站了起來，我的一個「不」字已經說出口，但是我的身子只彎了一下，並沒有站起來，便重又坐在椅子上了。我一坐下，只覺得王俊緊緊握住我的手，道：「怎麼一回事？」

我苦笑了一下，道：「你還不明白麼？」

王俊面上變色，一聲不出。

眼前的情形實在是再容易明白也沒有了，羅蒙諾已後退了一步，而在他的手中，有一柄巨大的德國製軍用手槍。

那種手槍有著極強的殺傷力，它可以使射中的目標，變成完全沒有目標！

而從羅蒙諾教授的握槍姿勢來看，他顯然是受過嚴格訓練的槍械專家，其熟練程度，是絕不在勃拉克之下的。我面上也不禁變色。我連忙向那個帶著圓帽的埃及官員看去，只見那官員微昂著頭，口角流涎，正睡得十分沈熟。當然他不是真的睡熟了，那一定是羅蒙諾在離座向我們走來的時候，明知一定要動武威脅我們的，所以先將那官員麻醉了過去而已。

而駕駛室的門是關著的，他在機廂中究竟做過什麼事情，也就不會有人知道了，他的數學權威的身分，仍不致被人拆穿！

我一想到這裏，心中不禁感到了一股寒意，因爲照如今這樣的情形來看，羅蒙諾是一定會殺死我和王俊兩個人的了！

王俊也已看出了不妙，他的身子在微微發抖，我伸手指了指那柄巨柄的手槍：「這會發出巨大的聲響，你不怕驚動飛機師？」

羅蒙諾十分陰險地笑了起來：「不錯，所以我將盡可能地不使用它，你站起來！」

我不知道羅蒙諾想要怎樣，但在他手中有著殺傷力如此強大的武器的情形之下，任何人都沒有法子不服從他的命令的。

所以我依言站了起來，羅蒙諾又後退了一步，道：「去將機門打開！」

我大吃了一驚，道：「你——」

羅蒙諾的聲音鐵硬，又重覆道：「將機門打開！」

我無可奈何，走到了機門之旁，將門打了開來。這時，飛機正在高空飛行，我一打開了機門，一股旋風，立即撲進機艙來，幾乎將我捲了出去，我連忙後退了幾步，抓住了椅背，方始穩住了身子。

我向王俊和依格兩人看去，只見兩人面無人色。羅蒙諾教授冷冷地道：「好，衛斯理，這是最後的程序了，你和你的朋友，跳下去！」

在打開機門的時候，我已經知道羅蒙諾一定會有這一手的了，所以我還可以保持相當鎮定，但是王俊卻已忍受不住，尖叫了起來，道：「跳下去？不！」

我喝道：「王俊，你住口。」王俊站了起來，張大了口，像是想講什麼，但是他終於又坐了下來。我轉過頭來，道：「羅教授，飛機在沙漠之上，我看不出我們如果跳下去，有任何生存的機會。」

羅蒙諾教授道：「對的，你說得不錯，我同意你的見解，而這也正是我所希望的。」

我沈聲道：「教授，你錯了，一樣是死，我寧願死在你的槍下了。」

羅蒙諾扣在槍機上的手指，緊了一緊，道：「你以為我不敢放槍麼？」我道：「當然敢，但是槍聲必然會驚動機師的，是不是？機師出來，看出了名聞世界的數學家如今這樣的情形，那不是你所歡迎的吧！」

羅蒙諾的面色，十分陰沈，顯然我的話，道中了他的心事。

我立即又道：「我可以和我的朋友一起跳下去。」王俊叫道：「衛斯理，你瘋了？」我又道：「但是你卻要允許我們使用降落傘！」

在機廂中，有著七具降落傘，那是我早已注意到的，羅蒙諾向降落傘看了一眼，道：「那樣，你可以生還。」

我向機門下面指一指，道：「下面是沙漠，我們沒有食水，沒有糧食，生還的機會，只有百分之五十。」

羅蒙諾陰森地道：「但你還是有生還的機會！」

我攤了攤手，道：「不錯，我們如今可以說是在進行一樁買賣，我以百分之五十生還的機會，換取你不用放槍，這對你來說是佔便宜的，就算我們生還，你也已經得到了你所要的東西了！」

羅蒙諾給我說動了，的確，當我們在沙漠中掙扎出來時，他還能不得到他所要得的東西？他面上浮起了一個令人看到了毛髮直豎的獰笑，道：「好，你們兩人，使用降落傘跳下去！」

王俊道：「不，衛斯理，我們沒有機會生還的。」

我沈聲道：「王俊，你看不出如果我們不跳下去，他會放槍的！」

王俊道：「如果他放槍，便會驚動機師。」我道：「他會連機師一起殺掉，然後自己駕駛飛機，你以為他會在乎多殺兩個人麼？」

王俊道：「你怎知他會駕駛飛機？」我嘆了一口氣，道：「你不明白他是何等樣人，但是我明白，像他這樣的人，會駕駛飛機，就象普通人駕駛汽車一樣，我甚至可以說，他會駕駛潛艇！」

王俊向下望去，下面是一片黃沙，他的面色蒼白得可憐，而我已取過了降落傘，拋了一具給他，道：「快背上，試試自己的運氣吧！」

然後，我一面背上降落傘，一面向依格道：「依格，好朋友，我會記得你的，你高貴的品德，証明了你的確不愧是一個民族的領袖，希望我們以後還能夠會面！」

依格面上的肌肉抽動著，眼中含著淚水。

這是我的最後一著棋了，我是希望依格會不帶羅蒙諾到大廟的秘密祭室中去！而王俊是去過那七間秘密祭室的，如果我和他兩人在沙漠中脫身的話，我們仍可以在羅蒙諾未到秘密祭室之前，先他一步而發現我所要發現的東西！

看依格激動的情形，我的話已起了相當的作用。但是依格會不會在羅蒙諾的威脅之下屈服，那就只有天知道了！

王俊這時，他已將降落傘裝束定當，羅蒙諾大聲道：「快跳下去！」

王俊的面色變白，回頭向我望來。我以冷峻的語調對他道：「不要看我，看看你降落傘的掣，是不是靈活，跳出之後，見到我張開了傘，你才好拉掣！」

王俊苦笑著點了點頭，我的背後，已感到了羅蒙諾手中手槍在頂著，我一伸手，幾乎是將王俊推了出去一樣，然後，我自己也湧身向機外跳去。

我似乎還聽得機門關上的「砰」地一聲，我心中在暗自好笑，我被人從飛機中趕了出來，生死難料，看來並沒有什麼可笑，但是因爲羅蒙諾教授也上了我的當，我的笑，可以說是阿Q式的。

我和王俊兩人，從機艙中跳了出來，除非在駕駛室中的正、副駕駛員全是瞎子，否則，是萬無看不到我們之理的。

駕駛室的機師，一看到有人從飛機艙中跳了下去，當然會出來看個究竟的。

那麼，機師還可以看到昏迷過去的埃及官員，和握著軍用手槍，凶神惡煞也似的羅蒙諾教授！

當然，在手槍的指逼下，機師會繼續工作，但著陸之後，羅蒙諾如何善後呢？這可以說是我手中的第一張「王牌」。

而我手中的第二張「王牌」，則是依格可能根本不肯爲稱他作「驢子」的人帶路！

我手中有著兩張「王牌」，然而必須我能夠生還才有用，所以我立即收起了胡思亂想，凝神向下面看去，我跳傘的經驗並不多，每一次跳傘，我都有這樣的感覺：事實上是我的身子在迅速地下降，但是卻像是整幅大地，旋轉著、彎曲著，向我迎了上來一樣！

我估計著我離開沙漠的高度，六百呎、五百呎、到達四百呎的高度時，我拉動了降落傘的掣，謝天謝地，降落傘張了開來。

我立即向前看去，王俊的降落傘，也順利地張了開來，我又抬頭向半空中看去，只見那架飛機在作十分危險的傾側，但立即恢復了平穩，繼續向前飛去。這証明我的料斷不錯，機師已經發現了羅蒙諾的本來面目，但他已屈服在那枝德國製的軍用手槍之下了！

降落傘一張開來，剛才那種天旋地轉的感覺，便立即消失了，那天並沒有風，那是從高空降落的最好天氣，使人有騰雲駕霧的感覺。

在半空中飄蕩了約莫十來分鐘，我和王俊兩人，相繼地在沙漠之中，落了下來，我們在沙上打了幾個滾，站了起來，扯脫了降落傘的綁帶，王俊向我奔了過來，哭喪著臉：「你看，我們離沙漠的邊緣，可能有好幾百里遠！」

我搖了搖頭，道：「沒有的，你不要灰心，只要我們不被毒蠍咬死的話，我們可以有充份的機會，離開沙漠，到達你工作地點。」

王俊叫道：「我要先回到開羅去！」

我冷冷地望著他，道：「在大酒店中，躺在柔軟的床上，手中握著冰凍的威士忌，耳中聽著悅耳的音樂，一個舒服的熱水澡等等，是不是？」

王俊點頭不已，道：「是的，是的。」

我兩手沈重地放在他的肩上：「聽著，王俊，在沙漠中，你最好別想這些，如果你只管想那些的話，將使你失去步出沙漠的力量，你將會死在沙漠之中，變爲一堆白骨！」

因爲我的話，王俊吃驚地睜大了眼睛。

我放開了手：「你看看，從開羅到工地，大約有九百公里，飛機是採取直飛途徑的，我們飛了大約六百公里，若是回開羅，要多走很多路程。」我一面說，一面在沙上畫出簡單地圖來：「如果我們向前去，到工地，只要走三百公里就夠了！」

王俊呻吟了一聲：「三百公里！」

我鼓勵他，道：「或許不到三百公里。」

王俊苦笑道：「江陵去揚州，三千三百三，已行三十裏，仍有三千在！」他唸完這首古詩，便怔怔地望著我。

我給他弄得啼笑皆非，王俊念這四句古詩，當然是在諷刺我，他以為多幾里少幾里差不多的，那自然是他的錯誤。

在沙漠中，兩百里就是兩百里，和一百九十九里半都不同，你可以支撐了一百九十九里半，但是到最後半里時，你會以為自己仍在沙漠的中心，而喪失了繼續堅持下去的意志，而倒斃在沙漠的邊緣上。任何曾在大沙漠中旅行過、歷過險的人都可以証明這一點的。

這時候，我當然不及去向王俊解釋這些，因為我根本不想多開口。在接下來的兩三天中，我們可能一滴水也得不到，多講話有什麼用處？

我們開始行走，向著工地的方向，也就是我要去的大廟的方向。

開始的時候，王俊還十分多話，他不斷地埋怨，不斷地詢問羅蒙諾教授究竟是怎樣的一個人，但是我全不回答他，只是叫他住口。

天色黑了下來，我無法計算我們究竟走了多遠，我所唯一知道的，便是方向不錯，只要向前走去，我們可以在後天，便到達工地了。而在這兩天中，我們還有其他的希望，我們有希望被飛機發現，有希望遇上運輸車隊，有希望被騎駱駝的阿拉伯人發現。

至少，我們還可以有希望發現一小片綠洲，那就是大不相同了。

王俊早就要休息了，是我拖著他，一直步行到半夜，才停了下來。到了晚上，沙漠的夜晚冷得令人發抖，我們又找不到東西來生火，王俊的臉色灰白得簡直已經和死人差不多了。

我坐著，也是一籌莫展的。周圍的死寂，王俊和我是毫無辦法的等著天明。

等到第二天早晨，太陽又從東方昇起，好像是一張溫暖的被子，將我們全身包住，使人在生命活力喪失中，又有了一些活力，王俊動了一動，也坐了起來。

我望著初昇起的太陽，知道再有幾小時，那使我們又生出一些活力來的太陽，就要變成燒烤我們的火爐，我不禁苦笑了一下，用乾澀到了不能再乾澀的嘴唇道：

「走吧！」

我和王俊兩人，已經有一夜和小半天未曾講話了，口一直閉著，這時，我突然開口講話，上唇突然拆裂了開來，鮮血流進我的口中，我伸舌舔了一舔，更使拆裂的上唇感到一陣奇痛。

王俊伸手向我一指，道：「看你！」

他只講了兩個字，便立即像我一樣，口唇上也布滿了血痕。

我連忙向之搖了搖手，挽著他，一起向前走去。

這一天，一開始，王俊便已跌跌撞撞，顯得難以支持，等到太陽越昇越高的時候，簡直每走一步路，都是我在拖著他了。

我顧不得口唇的疼痛，大聲呼喝：「王俊，你要提起氣力來，一定要，你看，前面有煙，可能有汽車在……」

每當我這樣說的時候，王俊總是抬頭向我看上一眼，我看出他的眼中，浮著一陣死氣，我不禁暗嘆了一口氣，他在沙漠中，掙扎了不到一天一夜，便難以再支持得下去了。這是人類的悲劇，科學越是發達，物質文明越是昌盛，人類便越是孱弱。

人類一面在追求物質發明，以為這是享受，但是卻是在毀滅自己。看看王俊，他是一個城市人，一個專家，一個高級知識分子。平時連小半里路，也要借力於各種舒適方便的交通工具。如今，到了他要爲自己的生命而掙扎的時候，他脆弱得像一塊玻璃！

我不斷地用各種各樣的話在鼓勵王俊，但是王俊的反應，卻越來越是冷淡。

我心中感到極度的焦急，我絕不能使王俊死在沙漠中，那絕不是王俊若是死了，我便沒有人帶我到那大廟的七間密室中去之故，而是若是王俊死了，我心中將感到無比的內咎，這一切，可以說，都是因爲我招惹出來的。

我停了下來，將王俊的身負在我的身上，他軟綿綿地垂了下來。

我背上增加了一百多磅，當然更疲倦了，但是我卻咬緊牙關，一步一步地向前捱著，希望有奇蹟出現，我心中不住地在詛咒，詛咒希望是最大的騙子，他使你的心中，充滿了美好的憧憬，但是卻一無所獲。

我以爲已過了許多時間，但是酷熱的太陽，卻老是停留在頭頂不去，我向肩頭上的王俊看去，他的眼睛，似開非開，似閉非閉，面上的神情，也是十分古怪，十分難以形容。

我吸了一口乾燥的空氣，喉頭立時感到像是吸進了一口烈火。

我停了下來，雖然我在不斷詛咒著希望，但這時，我抬頭向天，卻希望老天爺下一場大雨！

但是，當我抬頭向上看去的時候，我卻看到了一個飛動的黑影，那不是兀鷹，因爲它有著「軋軋」的引擎聲音。

那是一架直昇機！

真的，那是一架直昇機！

我拍著王俊的頭，叫他抬頭向天空看去，那時，直昇機已經來到我們的頭頂了，王俊的口角，居然露出了一絲笑容來。

「直昇機！」他微弱地叫著，身子突然掙扎起來，我也因爲他的掙扎，而倒在沙上。

直昇機盤旋著，漸漸下降。

我首先看出，直昇機是特別設計的，專爲在沙漠上降落之用的。我想躍起來歡呼，但是我又看到，在直昇機上，沒有漆著任何標誌。

雖然這時，一架自空而降的直昇機，對我來說，比自空而降的上帝還要可愛，但是我的警覺心，卻並不因此而稍減！

一架沒有任何標誌的飛機，這便是一件十分令人可疑的事情。

我連忙不動，吩咐王俊道：「不可出聲，那直昇機可能不是來救我們的。」

事實上，我吩咐王俊也是多餘的，他想出聲，也沒有氣力了。

我繼續不動，七分鐘後，直昇機在十五公尺外停下。

由於機翼轉動而生的旋風，捲起了黃沙，將我和王俊兩人的身子，變成了純黃色。王俊雖然沒有出聲，但是卻想跳了起來，我的手壓住了他的背脊，使他不能夠亂動。如果那輛直昇機是來救我們的，既然已經發現了我們，我們當然會得救，但如果不是的，那我們靜止不動，便會得到極大的好處。

直昇機停下之後，我偷眼看去，只見機中只有兩個人，一個是駕駛員，另外一個則是身形瘦長的三角臉阿拉伯人。那阿拉伯人跨下機來，手中握著手槍。

我暗暗地慶幸，剛才不曾太莽動！

而這時，王俊顯然也看出了情形不對頭，他也靜止下來，不想再躍起來了。

那阿拉伯人一步一步地向前走著，在離我們三四步處，他停了一停，我聽得手槍保險掣被扳開時，所發出的「格」地一聲。

在那片刻間，我身中的血液，都似乎凝結了。

那阿拉伯人如果不理會我們是死是生，便向我們開槍的話，我們還有生還的機會？我已準備不顧一切地向前飛撲過去。

但是，那阿拉伯人，卻繼續向前走來，走到了我的身旁，踢了我一腳，轉過身去，大聲叫道：「死了，老闆可以放心——」

他才講到這裏，我已經拉住了他的小腿，猛地向後一扯！那傢伙，話講了一半，便再也講不出來，我在他身子向後跌倒之際，身子一挺，一伸手，已經將他的手槍，奪了過來。

我以膝蓋壓住了那人的背，使他的整個臉，埋入黃沙之中，然後，我舉槍向直昇機中的駕駛員發射。一下槍聲，和一下金屬相碰之聲，我知道大功告成了。

駕駛員高舉雙手，他的右手，鮮血泉湧，我剛才的一槍，正射中他的右手，使他已握在手中的手槍，落到了機艙中。

我站了起來，一把拉起了王俊，揮著槍，喝道：「下來，下來！」

那駕駛員竟是一個白種人，他猶豫了一下，終於也跨出了直昇機，那阿拉伯人也已站了起來，目露凶光地看著我。

我們已有生機，口渴也似乎不如剛才之甚了。我向著他們兩人，冷笑了一下，道：「你們的老闆，一定是羅蒙諾了？」

阿拉伯人的英語說得很流利，他狠狠地說：「我不明白你說什麼？」

我冷笑了一聲，道：「你不必明白我所說的，你只要明白你將和沙漠作鬥爭，那就好了。」

那白種人尖聲叫道：「你不能將我們留在沙漠上，我受了傷。」我冷笑一聲，道：「你向你們的老闆求救好了。」那傢伙叫道：「我們怎樣求救？難道要我大聲呼叫？」

我道：「你告訴我，是誰主使你們來的。我或者可以代你們求救。」

那白種人一張口，像是要將主使他們來此的人講出來，可是那阿拉伯人卻出其不意地一個轉身，一拳擊中了他的下頦！

在我看到，那阿拉伯人的中指之上，帶著一隻血也似紅色的紅寶石戒指，而那隻紅寶石戒指，在那白種人的左頰中劃出了一道血痕之際，我毫不考慮地扳動了槍機，子彈射中了那阿拉伯人的右腿。

眞空密室之謎

第十三部：滿是咒語的走廊

那阿拉伯人哼了一聲倒在地上，我立即衝到那已跌倒在地的白種人的面前，一把將他提了起來，道：「快說，是誰主使你們來的，羅蒙諾是哪一方面的人？」

那傢伙的口張得老大，抖動著，喉間像是發出了一些什麼聲音，但那聲音卻是一點意義也沒有的，接著，他雙眼凸得老出，已經中毒而死了。

那阿拉伯人手中的戒指，紅得如此異樣，使我一看便知這是有劇毒的殺人武器！

我手一鬆，那白種人倒在沙漠之中。

那阿拉伯人冷笑了一聲：「他不能回答你的問題了，先生！」

我勃然大怒，轉身向他：「不錯，他不能回答了，但是你能的。」

那阿拉伯人一聲怪笑，道：「我也不能了！」

我來不及跳向前去，他已經將他手中的戒指，在他自己的手腕上，輕輕地劃了一下，手腕上出現了一道血痕，他望著我的眼珠，越來越向外突出，至多不過三十秒鐘，他面肉扭屈著，也已死了！

兩個人死了，前後的經過，還不到三分鐘。

王俊在一旁，看得呆了，他只是呆呆地站著，不斷地問道：「他們是什麼人？他們是什麼人？」

我給他的回答，十分簡單，道：「特務！」

我俯身在這兩人的身上搜了一搜，他們身上，什麼証件也沒有，他們死在沙漠上，根本沒有人可以知道他們的真正身分。

他們是死於中毒的，沙漠上的毒蠍太多了，誰會疑心其他呢？

我略站了一會，便一揮手道：「我們走吧！」

我和王俊，一起上了直昇機，我還希望可以在直昇機上找到那些人的來歷，但是整架直昇機，只是一架直昇機，一點其他附屬的東西部沒有。這樣的一架直昇機，可以附屬任何人，任何集團。

我檢查了一下，直昇機中有足夠的燃料，我吩咐王俊綁好了安全帶，我發動引擎，一陣強烈的旋風過處，直昇機開始上升。

旋風捲起黃沙，將那兩個人的屍體，齊皆蓋住，根本一點痕跡也沒有留下。

直昇機向工地的方向飛著，一小時後，我們就見到了運輸工程物資的龐大車隊。在沙漠中，還有臨時的建築，供應車隊隊員的休息。

我將直昇機在臨時建築的附近停了下來，衝進了一間簡陋得不成話的酒吧，我和王俊兩人，貪婪地牛飲著冰凍啤酒，覺得世上再也沒有比這美味的東西了。

在十五分鐘之內，我的體力已完全恢復過來了，王俊找到了運輸隊長，向他借用一輛小吉普車，運輸隊長本是認識王俊的，自然一口答應。

我提了清水，和王俊上了吉普車。

天色黃昏時分，我們已駛出了沙漠，開始看到了青草，平時最提不起人注意力的青草，這時看來，居然如此親切！

車子再向前去，已經可以看到肥沃的土地，在天色越來越黑之際，我看到了那座大廟。

我們離開那座大廟，還相當遠，而且是在暮色之中，但是那座大廟看來，還是那樣地雄偉，巨大的石柱，一列列地排列著，像是無數巨人列隊一樣。

大廟離工地不十分遠，我們可以聽到工地上各種機器工作的聲音，和看到工地上連串的燈光。依照整個工程的計劃，在工程完成之日，這裏一帶，將成為一個龐大的人工湖。

而通過一系列的水閘以及灌溉渠，剛才幾乎致我們於死地的那一大片沙漠，便可以逐漸改變為良好的耕地。

整個工程都十分美妙，所遺憾的便是這座已有幾千年歷史的古廟，將要在工程完成之日，被埋在四十公尺深的水底！

王俊將車子直駛到大廟前，停了下來。

廟中的人，早已離開了，在白天，埃及政府設有嚮導員，領導遊客觀覽這座即將成為歷史陳跡的古廟。但這時，已是黑夜了，大廟中透出一種致命的寂靜來。

我跳下了車，奔上了石級，到了那五十多根一人合抱粗細的石柱前，廟門有五個，當中一個是正門，旁邊四個是偏門。

這時，廟中可以搬動的東西，都已經被搬走了，因為這座古廟中的一切，全是古代的遺物，一件最粗糙的祭品，放在古董市場上，便有出人意料的價值。這時，連門也已運走了。那五個門口，就像是五張怪獸的大口一樣，黑沈沈地，充滿了神秘和恐怖。

王俊跟著我上了石級，他拿著運輸隊長給他的強力手電筒，道：「走，我們一齊去。」

我將手電筒從他的手中，接了過來：「我一個人去，你將索帕族那七間秘密祭室的所在處講給我聽就可以了。」

王俊搖頭道：「為什麼？我和你在沙漠中，已經經過了那麼艱難的時刻，為什麼你如今不要我了？」我笑了一笑：「你趕快回工地去，若是天明之前，還未曾見我來找你的話，那麼你就立即通知保安機構來尋找我的下落，這本是一件十分有趣的事，但如今已有國際特務組織滲雜在內，我不想你淌渾水。」王俊還想說什麼，我已經拍了拍他的肩頭：「去吧，你看，這座古廟，就像是五隻頭的妖怪一樣，張大著口，在擇人而噬，如果我和你一起進去，我還要照顧你，那就更使我麻煩了！」

我的話顯然傷了王俊的自尊心，他一言不發，轉身便走。我忙道：「喂，如何到那七間密室去，你還未曾告訴我呢！」

王俊停了下來：「你走進去，穿過大殿，向左面的那條走廊走，你照著牆上，看到牆上有紅色的石塊的，你便轉彎，會將你帶到一個院落中，那裏有兩口井，一口井上有井架，一口沒有，你向那口沒有井架的井口爬下去，到了井底之後，再經過一條長長的走廊，就可以到了。」

王俊說得十分詳細，我已轉身向前走去。

但是王俊卻又將我叫住：「在那條走廊中，有著各式各樣的咒語，依格說，走在這條走廊中，絕不能回顧，更不能四面張望，否則，必有奇禍！」

我笑著答應一聲，看著王俊馳著吉普車向工地方向而去，才又轉身過來。

只剩下我一個人了！

我的心中不禁起了一陣寒意，奇怪的是，這時我什麼都不想、只是在想：那條走廊上的咒語，究竟會使經過走廊的人，遭到什麼可怕的結果呢？

這似乎是十分可笑的事，一個現代人，居然會害怕起古代的咒語來了！但是在如今的情景下，卻不能不令人感到古代咒語加於人精神上的那種強大的壓力。

我跨進了古廟，才走進幾步，工地上的聲音，便聽不到了。

四周圍是如此之靜，靜到了使人感到自己也不存在於這個世上！

古埃及的建築師，是世界上最傑出的建築師，這座廟自然經過精心的設計，它不但可以隔絕外界的聲音，而且能夠吸收產生在廟中的聲音，使廟中保持極端的沈靜。

我開亮了電筒，四面照射了一下。

到處都是空蕩蕩的，除了石柱之外，什麼都沒有，連鋪在地上的石板，都被撬去了一部份。我向前走著，奇怪的是，我有意加重腳步，但是卻聽不到自己的腳步聲。聲音在奇妙的建築中消失了！

我走了十來步，突然想到：如果有人跟在我的後面，我怎能察覺呢？

我連忙轉了過來，用強光電筒的光芒掃射了一周，卻並沒有發現什麼。我熄了電筒，這座古廟，充滿了神秘的氣氛，再加上我知道，羅蒙諾既然有可能派出直昇機來追查我們的下落，那麼他當然也沒有在著陸之後引起什麼特別的麻煩。

他是一定會來這裏的，或許已經來過了，或許還沒有來，更有可能這時他也在古廟中！

我熄了電筒之後，在黑暗中站了很久，一點有人的跡象都沒有，我繼續開亮了電筒向前走去，心頭不由自主，劇烈地跳動著。

我穿出了大殿，果然看到前面有三條岔道，我依著王俊的話，向最左的那條走去。

我在踏前了兩步，忽然聽到在中間的那條甬道中，傳來了一下金屬的撞擊之聲。我已經說過，這座大廟的特殊建築，使得在廟中發出的聲音，發生一種十分奇怪的消失現象。而這時，我所聽到的這下金屬撞擊之聲，也是十分悶啞。

但是我居然能聽到了這一下撞擊之聲，可知在實際上，這一定是一下十分響亮的聲音。那使我立即靠住石壁站住。

但是在那一下響之後，四周圍又回復了一片死寂，任何聲音都沒有了。

我等了五分鐘，在考慮著是不是應該走過去看看究竟。但是在那五分鐘後，我卻決定不去，因爲可能是古物偷盜者弄出來的聲音，我是不必去節外生枝的。

我將手電筒放在衣袋中，向前射去，光芒便暗了許多，不致於使我的目標，太過暴露。向前走出了七八公尺，便又出現了岔道，但是在其中的一條岔道口子上，整齊的灰色石塊中，有一塊是赭紅色的。

我將電筒向上移了移，看到那塊赭紅色的大石上，刻著兩個奇怪的文字。我不認得那是什麼文字，而且，由於年代實在太久遠的關係，那兩個字，也已經剝蝕得模糊不清了。

我轉過了彎，繼續向前走著。

那時，我等於是在死的境地中行走一樣。人一生只能死一次，已死的人，不能再活過來向活人敘述死的境界，所以世上沒有人知道死的境界是怎樣的。

但這時，我卻想到了死的味道。黑、靜，整個世界都像是離開了你，你像是在一個無際無邊的空地之中，雖則你觸手可及石壁。我繼續向前走著，遇到前面有幾條去路時，我就開亮電筒。在幾條去路中，總有一條，是嵌著一塊赭紅色的石塊的，而石塊上，也照例有著那兩個古怪的文字。到了裏面，大概是因爲很少有人到的關係，紅石上的文字，看來還十分完整。

那無異地是兩個象形文字，我相信除了專家之外，普通人是絕弄不懂這種古老象形文字的涵義的。

整座大廟，幾乎都是以方形的大石砌起來的。這些紅色石塊，當然沒有可能是後來加上去的。

也就是說，指路的紅石，和這座大廟同時出現，我的進一步的推論是：整座大廟，可能就是因爲要掩護那七間秘密的祭室而建立的！

那麼，索帕族究竟是什麼來歷的民族呢？何以埃及人要在這裏，造起那樣宏偉的一座古廟，只爲了掩護那七間秘密的祭室呢？

我強迫自己想著，那樣，在這種死一樣的境地中，我才不會感到難以忍受的壓迫感。

曲曲折折的通道，好像永遠沒有盡頭一樣。

好不容易，我眼前一亮，看到了有光，我已到了一個四四方方的院落之中。那院落的三面，俱是石塊砌出的高牆，牆上連一個小窗戶都沒有。只有我走來的那一面，有一扇門可通。

那扇門是鐵門，半開著，沒有被拆走，可能根本沒有人能走到過這裏，所以這扇鐵門，便被保存了下來。

我之所以這樣說法，是因爲我看到，鐵門上有著花紋，毫無疑問，是十分有價值的古物。

我跨出了鐵門，再回頭看了一眼。

月光之下，我看得十分清楚，鐵門上的浮雕畫，是和那隻黃銅箱子一樣的：一塊發光的石，旁邊圍著幾副人的骸骨，和獸的骸骨。

這扇門，使我知道我並沒有找錯地方。

那院落並不十分大，有著兩口並列著的井，一口井上，豎著井架，井架已東倒西歪了，另一個則沒有。

我走到了那口沒有井架的井旁，開亮了電筒，向下照了一照。

我除了看到，在井壁上，有著可以沿著它爬下井底的石塊缺口之外，什麼也看不到。而那口井，像是極深，因為我手中的電筒，光線相當強烈，但是卻看不到井底的情形。

我在井邊呆了一分鐘，想起那黑洞洞的深井，和到了井底之後，還要通過一條滿是古怪咒語的長廊，我也不禁為之毛髮悚然。

我深深地吸了一口氣，竭力摒除神神怪怪的念頭，跨下了井中。我一跨過了井欄，置身在井中之際，耳際便響起了一陣嗡嗡之聲，像是將耳朵湊在一隻大口瓶中一樣，那當然是由於這口井，又深又不透風，根本和一隻瓶差不多之故。

我小心地順著石級，向下落去，立即發現，那些在井上的石塊缺口，是專爲人下去踏腳而設的，我要到達井底，當然不是什麼困難的事。

我算著每一步的距離，和我向下去的步數，到了已經下了十步左右的時候，我便停了下來，準備打開電筒，向下看個究竟。

可是，就在這時候，我又聽到了，在井上面，傳來了一陣金屬的碰擊聲。

一入井中，耳際便嗡嗡作響，而越到井底，那種聲響便越大，就像置身在斗室之中，而斗室中開著四五台甏腳冷氣機一樣，所以那幾下聲音，聽來也並不十分真切。但是我卻可以肯定，這樣的聲響，一定是人弄出來，而不是自然發生的！

我不再著亮電筒，只是身子緊貼著井壁站著，一動也不動。

我抬頭向上看去，只看到黑沈沈的一片，但是卻看不到任何人，我等著，等那種聲音再度傳入我的耳中，以判斷那究竟是甚麼聲音。

不到一分鐘，那種聲音，又傳了過來，在金屬的碰擊聲外，還挾著一下尖銳刺耳，聽來令人毛髮直豎的尖叫聲，那一下尖叫聲，從響起到結束，可能只不過半秒鐘的時間。

但是，這一下尖叫聲，卻使我整整三五分鐘，感到極大的不舒服。

那是人的叫聲，然而又絕難使人想像，人類竟會發出那麼可怕的聲音來。我這樣想法，實在是爲我當時恐怖的心情在作掩飾，因爲當時我一聽得那聲音之際，我有一個直覺的反應，便是：那是鬼叫！

我再留神聽著，但是上面，卻又沒有甚麼特別的聲音再傳了下來。我呆呆地停了好一會，心中決不定是應該上去看個究竟呢，還是繼續向下去。

我考慮的結果是繼續向下去。

我著亮了電筒，已經可以看到井底，井底十分乾淨，有一扇門，通向一條隧道，那扇門，也是半開半掩的。我迅速地到達了井底，來到了那扇門前。

在門縫中，似乎有一陣一陣的陰風，倒捲了過來，更使人感到陣陣寒意。

我用力一推門，門便打了開來。我舉起電筒，向前直射。

那是一條約有二十公尺長的隧道，隧道的盡頭處，是另一扇門。我熄了電筒，向前走去。說出來連我自己也不信，當我走在這條走廊中的時候，我真的不敢回頭後望，也不敢左右張望。

或許我並不是「不敢」，但總之我沒有那樣做就是了，我直來到了門前，才推開了門，跨了進去，門內是漆黑的一片，我知道已經身在那七間秘密祭室的一間之中了。

我慢慢地將門掩上，本來，我是只想將門掩上，使它保持原來的情形的。但是，那扇門卻是十分靈活，我輕輕一掩間，只聽得「卡勒」一聲，門竟像是上了鎖。我連忙轉過身來，打亮了電筒，原來有一個鐵鉤，已將門鉤上了。

我也沒有在意，因爲反正我出去的時候，可以取開鐵鉤，再將門打開的。

我轉過身，用電筒照射了一下，那是一間石室，沒有窗，只有另一扇門，通向另一間石室。而那間石室之中，一無所有，只是在左首的石壁之上，有著一幅神像。

那幅神像，是從石上琢出來的，線條、構圖，和我曾經見過的那隻黃銅箱子，箱面上的浮雕，同出一轍。那神像是牛頭人身像，看來十分猙獰可怖。

我看了一會，看不出什麼特異的情形來，就推開了通向第二間石室的門，兩間石室，一樣大小，也是同樣地什麼也沒有，同樣地在左首牆上，有著一幅在石壁上刻成的神像。

所不同的，第二間石室中的神像，是蛇首人身，而不是牛頭人身。

我的心中，十分失望，因爲如果此間石室，全是那樣子的話，那麼我此行，可以說是一點意義也沒有了。我後悔不曾向王俊問個明白，如果早知是那樣的話，我根本不必來了。

要知道，置身在這樣極度靜寂，又如此神秘的古廟之中，並不是好受的事情。因爲我至少明白，從這裏運出去的一隻箱子之中的一種古怪東西，已使得兩個人成爲透明人，一個人成爲隱身人了。我將會發生什麼變故，也是難以預料。

我繼續向前走去，第三間、第四間、第五間、第六間……每一間石室的情形，都是一樣，所不同的只是壁上的神像。而壁上神像的身子也是一樣的，而它們的頭部，卻全是野獸。

在第六間石室的壁上，那個神像的頭，是一種我從來也未曾見過的怪物，駭人之極。

我爲了要弄清那怪物究竟是甚麼，因此走得近了些，將電筒直接照射在神像的頭部。

在我將電筒的光芒，照向像神的頭部之間，忽然我看到，那像虎頭又不像虎頭的怪物的雙眼之中，竟然射出了一陣奇異的光芒來！

第十四部：祭室喋血

我連忙向後退去，手中的電筒，也幾乎掉在地上。在那一瞬間，我的心中，緊張到了極點。事後回想起來，可笑的竟是，我一看到在那神像的眼中，射出奇異的光芒中，我首先想到的是：莫非我已觸怒了神像，使得古代的咒語顯靈了？

我等著，可是神像的眼中，卻又沒有光芒繼續射出來。我大著膽子，又向前走了幾步，重新又舉起電筒來，向神像的頭部照去。

我已準備著任何可能發生的恐怖事情，但是卻甚麼也沒有發生，只是神像的雙眼，在電筒的照射之下，又發生了刺目的光芒。

然而這次，我卻已然看清，那光芒雖然奪目，但卻是死的，而不是活的。我再湊近些，仔細看去，霎時之間，我不禁深深地吸了一口氣。

我的天！我所看到的是事實麼？

那神像的雙眼，是兩顆只經過粗糙琢磨的金剛鑽，而每一顆，足有雞蛋般大小。它們的體積，絕不在英國國寶——皇冠上的那顆鑽石之下。

鑽石上塗上厚厚的漆，但因為年代久遠，漆已有些剝落，這便是為甚麼當我的手電筒照上去的時候，會有強烈的閃光的原因了。

我伸手挖了挖，那鑽石嵌得十分結實，挖不下來。我想起了另外幾個神像，雙眼都是一樣而向外突出著，難道它們的眼睛，也是這樣的大鑽石？

這十二顆大鑽石的價格，是無可估計的，我想只怕連依格也不知道這樣的一個秘密在，要不然，他只消將這裏神像的「眼睛」，挖下一個來，他這一生，便可以過得和帝王一樣，再也不必將那隻黃銅箱子以六十埃鎊的代價賣給王俊了。

我沒有繼續再挖神像的「眼睛」，因為我還有更重要的事情要做。

當我推開通向第七間石室的門的時候，我心中感到十分安慰，因為我至少不是絕無發現。

我推著第七扇門，發現它十分緊。要用十分大的氣力，才能推得開。

推開門後，我還未曾跨進去，突然，我又聽到了金屬的撞擊聲。

自從我進入了這座古廟以來，這已是第三次聽到那聲音了，直到這一次，我才聽得最清楚，那聲音聽來，像是有人以一根金屬棒，在敲擊著甚麼東西。

我呆了一呆，但是我立即想起，通向第一間石室的門，已經被我在無意之中上了鉤，在外面，要將它打開，是十分費時間的。

這時，我可以肯定，已經有人到了井底下。來到井底下的人，當然不是爲了貪圖井底黑得可愛，他的目的，自然要到這七間石室來。

我不知道那是甚麼人，那可能是羅蒙諾教授，但是我卻比他先走了一步。我決定不理會那種聲音，也不理會那是甚麼人，先決定到第七間石室中，看個究竟再說。所以，我又向前跨出了一步，同時，以背頂住了門，將門關上。

我開著了電筒，向門上一照，門上也有一隻鐵鉤，可以將門鉤住的。

我鉤上了門，轉過身來。

這間石室，和先頭的六間，完全不同！

它有一張石製的祭桌，在祭桌之上，放著七隻十分逼真的面具。那種面具，是連著頭髮的，面具上的面色是紅棕色，使人一看便可以知道，那是印地安人。

奇怪的是，在正中的那個男子的面具，神氣形狀，竟和依格，十分相似。

在祭桌之前，有一個石墩。

那石墩上並沒有東西，但是我猜想，那石墩原來，可能是用來放置那隻黃銅箱子的。

這間石室之中，並沒有神像，但是在一塊石上，幾乎刻滿了文字。

那種古怪的象形文字，我一個也看不懂，當然更沒有法子將它記住，我知道，如果我能夠讀通那些文字的話，我便有可能找到解決問題的關鍵了。

然而，那些文字，卻像是天書一樣，我取出了小記事本，決定將那些古怪的文字，依樣葫蘆地描了下來，去請教識者。

那些文字，扭扭曲曲，十分難描，我足足化了半個小時，描了還不到一半，而這時，已有一陣清晰的腳步聲，在向我傳了過來！

我立即後退了一步，附耳在門上，那腳步聲就在第六間石室之中徘徊，不一會，便到了門前。

那人和我相距，只隔著一道門！

我退開了些，那樣，那人若是打開了門，我便恰好在門的後面。我覺出門搖撼了一下，但因爲我下了鉤，那人自然推不開門。

這時候，我已經熄了電筒，也收起了記事本。一個門鉤，是阻止不了暴徒的，爲了我自己的安全，我自然要早思對策，不能再去描那石塊上的奇怪象形文字。

門不斷震撼著，約莫過了三分鐘，我突然聽到了一連串驚天動地的槍聲，和透門而過的連續火光。緊接著，「砰」地一聲響，門已被推了開來。

我屏住了氣息，躲在門背後，只聽得一個人大踏步地走進了這最後的一間石室，他的手中，似乎還拖著一件甚麼沈重的東西。

我以極輕極輕的步法，才橫跨出了一步。在我探頭出門外，向室內看去時，那走進室內來的人，也恰好開亮了電筒。我一看到他的背影，便知道他正是羅蒙諾教授了。同時，我也知道了我在才一下井時，所聽到的那一下怪叫聲，是怎樣來的了。

羅蒙諾的左手，拖著一個人，那人的面上，皮開肉綻，血肉模糊，顯然是受過極其殘酷的拷打，那人正是依格。

羅蒙諾的電筒，轉了一轉，我連忙將身子一縮，縮入了門中。羅蒙諾顯然未曾料到我已先他而到，所以只是略照了一照，便將電筒光，停在那七隻面具上，他全神貫注地望著那七隻面具，我看出這時是襲擊他的最好機會！

我又悄悄地打橫跨出，然後，我像豹子一樣地向前，疾躍了過去，舉起我的手掌，向羅蒙諾的後腦，直劈了下去！

我這一掌，是如此之出乎意料之外，又是如此之狠、準，羅蒙諾只發出了一下低微的呻吟聲，便向地上，倒了下去。我向他踢了一腳，將他的身子踢得向外滾了幾滾。

我眼看他已昏了過去，連忙俯身去看依格，依格困難地從他血流縱橫的面上，睜著眼看著我，結結巴巴地道：「衛先生……原來是你……來……我來替你……作嚮導，告訴你……這七間祭室的來歷……」

我當然是想聽一聽這七間祭室的來歷的，但是我怎能叫一個咀唇已破碎，每講一個字，都有鮮血淌下來的人來說這些呢！

我托起了依格的頭，放在我的膝上，道：「依格，你受傷了，你先別說話，我來設法為你療傷。」依格困難地搖了搖頭，道：「我……沒有傷……這野驢子，他……他打我……我……」

依格講到這裏，面上現出了一個無可奈何的神色來。我心中忽然一動，道：「依格，那塊石塊上的文字，你可認識？」

依格搖了搖頭，道：「這是我們……族中……古老的文字……我……不懂。」

我扶著依格站了起來，向門口走去，道：「你不懂就算了，我們——」

我本來是準備將依格扶出了這七間秘密的祭室去，再回來對付羅蒙諾的。可是，我卻犯了一個最大的錯誤，這個錯誤，使我直至今日，回想起來，還覺得十分痛心！

我以爲我的一擊，十分沈重，羅蒙諾是絕不會那麼快醒過來的，但是羅蒙諾的體力，卻是十分堅強，就在我剛扶著依格，走出一步之際，我已聽到了羅蒙諾的聲音。

羅蒙諾的聲音，十分乾澀，但是卻也十分驚人，他沈著聲道：「衛斯理，舉起手來！」

我的身子，猛地一震，我想起了剛才羅蒙諾擊開門所放的槍，他如今在我背後，而我將他擊昏之後，又疏忽未曾將他的槍收去！

他的槍是極具威力的，在如今這樣的情形之下，我除了高舉雙手之外，實是別無他法！

本來，我是扶住了依格的，我雙手高舉，依格自己站立不穩，身子一側，便向旁倒去。我正想再去將他扶住時，慘事已發生了。

在我的身後，響起了一連串的槍聲，依格的身子，忽然向上，直跳了起來，向前撲了出去。

依格的身子不是他用力跳起來，而是被射入他體中的子彈的力道，帶得跳起來的，他的身子，跌出了門，伏在地上，我閉上了眼睛，沒有勇氣看依格蜂巢也似的身子。

我預料著我會遭到同樣的結果。

但是羅蒙諾教授卻並沒有再發槍，在槍聲漸漸消失之後，他陰森森地道：「你看到了沒有？」

我沒有出聲，我當然看到了，一個無辜的人死了，死得如此之慘。如果世上真是有一個民族叫作「索帕族」的話，那麼，這個民族的最後一人，也已經死了。

羅蒙諾怪笑著，道：「衛斯理，你已得到了什麼？」

我定了定神，道：「我沒有得到什麼，只不過正在抄描那石碑上的象形文字而已。」

羅蒙諾冷笑道：「真的麼？」

我盡量使自己保持輕鬆，甚至聳了聳肩，但由於我全身的肌肉，都緊張得發硬，我聳肩的動作，看來一定十分滑稽。我道：「你可以搜我的身上，如今你已佔了極度的上風了，是麼？」

羅蒙諾對我，只是報以一連串狰獰的冷笑聲，我聽到腳步聲，顯然他正在查看石室中的一切，而我是背對著他的，我當然是知道，不論他走向何處，他的槍口，總是對準我的。

令我不明白的是：他爲什麼不立即解決我呢？

他不立即下手，是不是意味著我還可以有翻本的機會呢？

我的肌肉，僵硬得可怕，但是我的腦筋，卻還不致於僵得不能思索，只不過在這樣的情形下，我卻也想不出什麼辦法來。

約莫過了五分鐘——那長得如同一世紀的五分鐘——羅蒙諾才又開口，道：「衛斯理，我不相信你的心中仍以爲鬥得過我們。」

我心中奇怪了一下，他說「我們」，那是什麼意思呢？我立即回答：「除非你的子彈，現在就鑽入了我的身體，要不然，在我的腦中，是沒有失敗兩個字的。」

羅蒙諾在向我走來，我聽得出的，突然之間，他伸手在我的肩頭上拍了一拍，我甚至想立即出手按住他拍在我肩頭上的手！

但是羅蒙諾的動作，卻出乎意料之外的靈活，他一拍之後，立即向後退出：「很可愛的性格，我欣賞你，加入我們，如何？」

我吸了一口氣，原來這就是他不殺我的原因！這無疑是給我一個拖延時間的機會，我立即道：「你們是包括些什麼人？」

羅蒙諾發出了一下令人毛髮直豎的笑聲來，道：「我和勃拉克就是兩個人，如果再加上你，我們可以組成一個世界上無敵的三人集團。」

我早已料到，殺人狂勃拉克實際上是和世上任何特務集團都沒有關係的了，這也就是他為什麼始終能保持極端神秘的原因。他們兩個人的行動，便令得世界各地的保安機構，傷透了腦筋，這兩個人無異是傑出的天才人物！

我冷冷地道：「你們真看得起我？你的朋友勃拉克，卻威脅著要殺我哩！」

呢？」

羅蒙諾道：「不會的，他和我談起過你，希望你能加入我們。」

我盡量尋找著可以轉變這個局面的機會，我道：「那麼，我可以得到什麼好處呢？」

羅蒙諾「哈哈」笑了起來，道：「如今，我只是經理勃拉克一個人的工作，每年我們可以獲得三百萬鎊以上，完全不用納稅的進帳。由於人手不足，我們不得不推掉許多生意，如果你加入的話，那麼，我們的進帳，便可以增加一倍了。」

我點頭道：「我明白了，一個冷血的勃拉克，你還嫌不夠，你希望再有一個冷血的衛斯理？」

羅蒙諾道：「可以這樣說，你有這樣的條件。」

我竭力忍住了心中的憤怒，忽然之間，我心中一亮。羅蒙諾無異是一個貪婪之極的人，要不然，何以每年三百萬鎊的進款，他仍然不滿足呢？

對付貪婪的人比對付冷靜的人容易得多了！我冷笑了一聲，道：「你以為一年幾百萬鎊，便能打動我的心了麼？」

羅蒙諾呆了一呆，道：「小伙子，你這是什麼意思？」我反問道：「你以為我到這裏來作什麼？」

羅蒙諾道：「作什麼？不是爲了尋找可以令隱身人恢復原狀的秘方麼？」

我繼續冷笑著，道：「這裏或許有著令人『隱現由心』的方法，但是你只管去找這種方法好了，我卻並不希罕。」

羅蒙諾厲聲道：「你這是什麼意思？」

我閉上了口，不再出聲。

羅蒙諾又追問道：「如果你不說的話，我便不客氣了。」我裝成了無可奈何地嘆了一口氣，道：「好，可是我也要佔一份。」

羅蒙諾冷笑道：「爲什麼不要佔一半？」

我立即回答，道：「一半？那太多了，我只要佔一成，我的財力，便足可以建造另一座金字塔了。」

羅蒙諾驚叫了起來，他猝然而來的驚呼，使我嚇了一大跳。

只聽得他叫道：「衛，你究竟發現了什麼？」

而更令得我奇怪的是，他這一句話，並不是英文，而是德國話！

一個人在心情緊張的時候，是會不由自主地講出他從小慣用的語言來的。原來羅蒙諾是德國人！那麼，勃拉克也是德國人了？

我略想了一想，便道：「你不妨自己去看、我實在感到難以形容，那神像的雙眼，你仔細地去看。」

羅蒙諾已經向門外衝去，他越過了依格的屍體，我立即向前踏出了一步，但是他也立即轉過身來，喝道：「不要妄動，舉著手！」

他按亮了電筒，向神像的雙眼照去，那兩顆大鑽石，發出了耀目的光輝，羅蒙諾臉上的神情，就像是中了邪一樣！

他的雙眼也像神像的眼睛一樣，凸得老出，他口中在低呼著，但是我卻聽不出他在叫些什麼，他的身子，在不由自主地發抖！

我放下了雙手來，他也未曾注意，我想到自己撲過去，但這仍然是太危險的舉動，我只是悄悄地提起依格的屍體來，突然向羅蒙諾拋了過去！

羅蒙諾剛才，是如此出神，但他的反應，也快得驚人！

依格的身子，才一被拋出，他便陡地轉過身來，他手中的手槍，射出了一串火花，而我則早已伏在地上，那一排子彈大約都射中了依格的屍體，然而，我預料中的結果出現了，依格的身子，向羅蒙諾壓去，羅蒙諾一揮手臂間，電筒撞在石壁上，熄滅了。

霎時之間，黑暗統治了一切！

羅蒙諾自然也知道，在黑暗之中，他不是絕對有利了，所以，他也立即靜了下來。

羅蒙諾的手中，還有著手槍，雖然如今一片漆黑，羅蒙諾的絕對優勢，已被打破，但是我也未必便可以佔到他的什麼便宜，我更加一聲不出。

在電筒熄滅之後，我唯一的動作，便是將一柄小刀子取在手中。羅蒙諾若是一暴露目標，那麼，我手中的小刀子，立時可以疾飛過去！

但是羅蒙諾卻無意暴露目標，我極目向前看著，看不到什麼，用心傾聽著，也一點傾聽不到什麼，事實上，在如今這樣靜的境界中，根本用不著用心地傾聽的，只要一有聲音，即使那聲音低到了極點，也是可以立即聽得到的。

我和羅蒙諾之間，展開一場耐力的比賽，誰先出聲，誰就遭殃！

我在一黑下來之際，就伏在地上的，這時，我仍然伏在地上，羅蒙諾在什麼地方我不知道，但是我肯定他絕不在移動。

他可能就在我的身邊！

但是我們兩人之間的距離究竟怎樣，那只有天才知道了。

我不知道過了多久，突然之間，我覺得我的前面，有東西在移動，那簡直可以說是一種直覺。而人的前額，對於這種直覺，特別敏感。你可以試試閉上眼睛，叫另一個人伸出手指，接近你的前額，手指還未曾碰到你，你的前額，便會有一種微癢感覺的。

我那時的感覺，便是這樣，我突然覺得，我的前額在微微發麻，有東西在接近我，而且離得我已經極近！

那不會是羅蒙諾，我心中自己對自己說，因爲羅蒙諾絕不可能在移動之間，絕不出聲的。而且，那也一定不會是龐然大物，因爲龐然大物在接近人時，不會給人以那樣的感覺。

什麼東西是細小而又在行動之間絕無聲息的呢？在這陰暗的地底秘室之中，又最適宜什麼東西生存呢？

我立即有了答案：蛇！

有一條蛇正在接近我！

霎時之間，我只覺得全身發起熱來！我知道這是十分不智的事情，因爲蛇對熱度的感覺，特別靈敏。如果我保持著鎮定，那蛇可能游到我的面上，仍然不對我作攻擊。但這時候，我全身發熱，體溫陡然提高，那無異是叫在我面前的蛇，快來咬我！

我明知這一點，但是卻沒有法子鎮定下來。這裏離沙漠並不遠，沙漠中的毒蛇……唉，我寧願離得我如此之近的是羅蒙諾了！

我額上的汗，不住地流了下來。在毒蛇和羅蒙諾之間，我要作出一個選擇，我只覺得額上那種麻酥酥的感覺，越來越甚，那條蛇，離開我可能只有一兩寸了，我突然之間，失去了鎮定，發出了一聲大叫，向旁滾了開去。

也就在我滾開之際，震耳欲聾的槍聲，連串的火光，向我剛才伏的地方，激射而出，我身上濺到了被子彈射碎的碎磚！

科學家說，人類的眼睛，能保持看到的東西十五分之一秒，所以世上有電影這件東西。羅蒙諾響了六槍，那六槍是在同時間轟出來的，我看到發槍的地方，我立即躍起，發刀。在我發出刀來的時候，最後一槍的槍火，早已熄滅了，但是還有那十五分之一秒！

我刀才一飛出，便聽到了羅蒙諾的怒叫聲，聽到了手槍落地的聲音。

我知道，我那一刀，正中在我要射擊的目標——羅蒙諾的右手——上，我自然不會再給他以拾起手槍的機會，我疾撲而出，身子撞在羅蒙諾的身子上，將羅蒙諾撞了出去。

羅蒙諾的身子，撞在牆上，我聽到了有骨頭斷折的聲音。剛才那一撞，是我的生死關頭，我自然不能不用力，將羅蒙諾的骨頭撞斷，我也不會覺得遺憾。

我立即又趕了過去，將他的身子，提了起來，也不管是什麼部位，狠狠地加了兩拳，直到我覺出我提著的身子，已經軟得一點力道也沒有時，我才將之放了下來，取出了打火機燃著。

我首先拾起了手槍，又拾起了電筒。電筒只不過是跌鬆了，並沒有壞，我略旋了一下，電筒便亮了，於是我又看到了那條蛇！

那是我生平見到的一條最大的眼鏡蛇，這時，它盤著身子，昂著它像鏟子一樣的頭，我吸了一口氣，向它鏟子一樣的頭部，連發了三槍，蛇身「拍拍」地扭曲著，但它已不能再咬人了。

我轉向羅蒙諾看去，不禁呆了一呆，我剛才的三拳，竟是多餘的了！

羅蒙諾的頭蓋骨，已經破裂，雙眼凸出，顯然在一撞之際，他便已死了，我剛才那重重的三拳，是擊在一個死人身上的。我抹了抹額上的汗，又向依格已不成人形的屍體望了一眼，苦笑了一下。我總算替依格報了仇了。

我俯身在羅蒙諾的身上搜索著，我找到了另一柄同樣的槍。

這又使我出了一身冷汗，因爲剛才，若不是羅蒙諾頭部撞在牆上，立時死亡的話，那麼，他一定有時間取出另一柄手槍來結束我的。人的生死之隔，只是一線而已！

我將他的手槍佩在自己腰際，又在他的上裝袋中，搜出了一本記事本，那本記事本很厚，特別配著鱷魚皮的面子，可知一定是一本十分重要的東西了。我略爲翻了一下，看到記事本中，夾著一封信。信是由我來的地方寄出，寄到開羅一家旅館，交羅蒙諾收的。

我一看信封上的字，便可以看出，那正是勃拉克的字跡。

我將記事本和信，都放在我的衣袋中，然後我又回到了那第七間祭室之中，將那塊石壁上的奇怪象形方字，一齊描了下來。

這又化去我不少時間，所以當我出了七間密室，穿過了那條通道，又來到了井底之際，我已經看出，天色已經微明了。

我記得我曾和王俊約好，如果天亮了，仍不見我到工地去找他，他便會來接我的。

我此來，爲的是要求那能發出透明光的物體之謎，以及求取被那種透明光照射過的人，有沒有復原的可能的。我已經到過了我所要到的地方，但是我卻並沒有達到目的。

只不過，也有可能，我所要達到的目的，已經達到了，因爲這時，我還不知道我抄下來的那麼多象形文字，是代表著什麼？

可能在這篇片文字中，詳細地記載著一切，記載著我所要知道的一切。我決定先出去，和王俊會合了再說，而且，事實上，我也需要休息了。

我爬上了井，沿著來時的記號，向廟外走去，不一會，我已來到了廟門之外，我看到王俊正好馳著那輛吉普車，向大廟而來。在他後面，還跟著一輛大卡車，我心中暗想：難道他已報警了？

王俊的車子，先到了石階前，他向我招手，我奔下了石階，等到我奔到了王俊的身邊時，那輛卡車也已經停下來了。我看到卡車上的，全是工程人員，也沒有再加以注意。

我上了車子，道：「我需要好好休息一下了。」

王俊一面開動車子，一面道：「那飛機駕駛員受了收買，羅蒙諾和依格，已經到工地了！」

我嘆了一口氣，道：「我知道，我都見過他們，他們也都已死了。」王俊吃了一驚，車子向外，急速地斜了出去。幸而是在曠野，如果是在都市中的話，這一下也早已闖禍了。

他一面將車子馳入正道，一面問我：「死了？他們是怎麼死的？」

我以手托額，道：「依格是死在羅蒙諾之手，我替依格報了仇。」

王俊嘆了一口氣，道：「衛斯理，你殺了一個數學天才！」我搖了搖頭，道：「不，我殺的是一個最可怕的犯罪天才。」

王俊固執地道：「但是，他也是數學天才！」

我道：「他可能對數學有相當深的認識，但是他真正的數學知識，絕不會在一個普通的大學教授之上！」王俊駁斥我道：「胡說，誰都知道，羅蒙諾是一個最有資格得到諾貝爾獎金的人，只要他的新著作問世就可以了。」

我冷冷地道：「那麼，他的新作，爲什麼還不面世呢？」

王俊道：「一部天才的數學著作，是需要時間的，你當是你麼？一個小時可以寫幾千字。」我心中不禁有氣，道：「王俊，你實行人身攻擊麼？我告訴你，我殺死的不是羅蒙諾教授！」

王俊道：「不，我已經查過了，羅蒙諾教授來埃及訪問，你殺的正是他。」

我聳了聳肩，道：「好，我問你，羅蒙諾教授是什麼地方人？」

王俊道：「他是烏克蘭人，是一九一七年之後，離開俄國，到德國去居住的，第二次世界大戰爆發時，他經過盟軍特工人員的協助，到了英國，第二次大戰結束後，他曾經回到德國，但住了不到半年，便到東方來，一直住了下來。」

我笑道：「你對他的歷史，竟這樣熟悉？」

王俊嘆了一口氣，道：「雖然他害得我幾乎死在沙漠，但是我仍是他的崇拜者。」

我拍了拍他的肩頭，道：「我相信毛病就出在戰後，羅教授又回到德國的那一段時間，有一個一定和羅蒙諾酷肖的德國人——我肯定他一定是德國的特務——冒充了他，到了東方，真正的羅蒙諾早已死了！我殺死的，便是那個德國人！」

王俊的腦中，顯然裝不下這種事實，我一面說，他一面搖頭。

我只好道：「好了，我會通知國際警方調查這件事的，我得了羅蒙諾的一本記事本，你看看，上面寫的，全是德文！」

王俊道：「他在德國居住了許久，自然是寫德文了。」我將記事本取了出來，隨便翻了一頁，看了幾行。我自得到這本記事本之後，還沒有看過，這時，我隨意看上幾行，便令得我目瞪口呆！

那本記事本上所記的，全是日記，但也不是每天都記的，記的只是大事。

第十五部：象形文字之謎

我看到那幾行是：「收到了×××方面交來的百萬美金，殺一個人的代價不算低了，尤其是×××這個臭豬，他的命值那麼多麼？勃拉克會做好這件事的。」

這裏所隱去的前一個名字，那人還在世上，是一個美洲國家的名人，報紙上是時常有他名字的。後一個人，已經死了——當然死了，因爲勃拉克是很少失手的。那人也是一個名人，是前一個人的政敵。這是一樁卑劣的政治暗殺，如果公佈了出來，對那個國家的影響，實是可想而知的。

我知道我握著的這本記事簿中，不知有著多少這樣的記載！

我的手心，不禁在隱隱出汗！

我如今所掌握的，可以說二次世界大戰結束之後，世界各國政治上暗殺的全部紀錄！這樣的一份紀錄，當然會有不少人想得到它的。

如果我是一個依靠勒索爲生的人，那麼我得到了這樣的一本記事簿，無異等於挖到了一座金礦！

但是我卻並不是靠勒索爲生的，那麼這本記事簿，就會替我帶來災害了。

我合上了簿子，好一會不出聲，王俊的駕駛技術不怎麼好，車子反常地顛簸著，而我的思潮，也同樣地不寧。最後，我決定將這本記事簿毀去，甚至不去看它。

因爲這本記事簿中所記載的一切，實在太醜惡了，它絕無保留地暴露出人性最醜惡的一面！一個素有賢名的政治家，他的冠冕堂皇的言論，在全世界的報章上傳播著，他有著崇高的地位，受人所尊敬。但是，這點是表面的情形，背後是什麼呢？他爲了取得他目前的地位，曾經使用過一切卑鄙的手段，包括買凶殺人這樣的事在內！

我沒有心思去注意沿途的景物，因爲我被那些醜惡之極的事情，弄得心中極不舒服。直到我發覺，我已被各種各樣的機器聲所包圍時，我才如夢初醒地打量四周圍的情形。

車子已經駛到工地了，而且已在工地辦公處的簡陋建築前駛過，駛向工程人員的宿舍，那是一種活動房屋，王俊由於職位較高，他自己有著一幢這樣的房屋。房屋的外形不怎樣好看，但是裏面的設備，卻是十分齊備。

王俊領我進去，和我默默相對了片刻，才嘆了一口氣道：「衛斯理，或者我錯了，你知道我十分衝動的，不怪我吧？」

我笑著，在他的肩頭上拍了拍，道：「你去忙你的吧，我要好好地休息一下。」

王俊不好意思地笑了笑，走了出去，我看著他向辦公室走去，便立即取了一隻瓷盤，又找到了汽油，淋在那本記事簿上，點著了火，將記事簿燒成了灰。

然後、我才坐了下來，當然，我沒有將勃拉克的信也燒去，我將他的信抽了出來，只看到一半，我便忍不住哈哈大笑起來！

在我和傑克兩人，一知道冷血的勃拉克已經成爲隱身人之後，連傑克也感到了極度的驚惶，因爲勃拉克本來就是一個危險之極的人物，他變得人們再也看不到他，那豈不是更加危險難防了麼？

可是，事情有時候是不能被人以常理推度的，這時，我看了勃拉克給羅蒙諾的信，才知道我和傑克的驚惶，全是多餘的！

我一面笑，一面將信看完，才知道羅蒙諾到埃及來的目的，和我完全一樣。

我是爲了來尋找使王彥和燕芬兩人復原的方法，羅蒙諾則是來尋找勃拉克復原的方法。或許羅蒙諾比我更具野心，說不定他要尋找一個隱現由心的法子。

羅蒙諾已經死了，他當然沒有法子達到他的目的了，我呢？我是不是能達到目的的呢？這時候，我連自己也不能肯定。

下面是勃拉克的信：

「赫斯：

（勃拉克稱羅蒙諾為「赫斯」，這証明我的推斷沒有錯，赫斯是一個十分普通的德國名字，當然這也不會是他的真名字，但卻已可以肯定，他是一個德國人，而不是真的羅蒙諾教授，）

將×××方面交來的那筆錢退回去吧，我沒有法子幹這件事了。本來，這件事是輕而易舉的，我們的目標竟不顧一切警告而離開了他的國家，可是我竟沒有法子接近他。

你或許在奇怪，我不是成了隱身人了？怎麼反而不能執行任務呢？赫斯，你想想吧，我不能佩槍了！是的，我不能佩槍，我一佩上了槍，人家看得到槍，卻看不到我，這會引起怎樣的後果？而我又不能衝向前去，將我要殺的人扼死，我完了，赫斯，我們的生涯已經結束了！

我到機場去過，離我的目標只有二十尺，但是我沒有下手，我的心中很害怕，我怕被人知道，被人發覺，你要知道，多少年來，槍簡直是我身體的一部份了，和我的一隻手，一隻腳一樣，但是忽然之間，我的身體卻背叛了槍械，我的身體變成透明了，但槍械卻還是槍械，若是連槍也能隱去，那該多好啊！

我甚至沒有法子穿衣服，我知道人家看不到我，但是我——唉，赫斯，我說出來你也不會明白的，在人人都穿著衣服的情形下，你去赤身露體，你可有過這樣的經驗？

（我就是看到了這裏，而忍不住哈哈大笑起來的，可憐的，赤身露體的勃拉克！）

我希望你炔些能得到結果，我要成為一個普通人，人家可以看得見的人，我不要整天閒在屋中，我要到外面去走動，你知道麼，有一次，我去看電影，有一個冒失鬼，竟向我的身上坐了下來，當我將他推開的時候，他面上的神情，我實在是畢生難忘，但是我卻再也不敢去看電影了。

我本來不是這樣囉嗦的人，這封信卻寫得這樣長，赫斯，你要知道，我心中害怕，十分害怕！

勃拉克。」

勃拉克的信中，充分表現出了他心靈上的那種恐懼。

本來，他是一個殺人不眨眼的冷血動物，是一個膽大包天的兇徒，可能他根本不知道什麼叫害怕的，但如今，他卻整天生活在恐懼、絕望之中了！

這是給勃拉克的最適當的懲罰了！看完了信，我在王俊的床上，舒舒服服地睡了一覺。

我並不是自己睡醒，而是被一連串的隆隆爆炸聲，是來自相當遠的地方，而並不是起自附近的工地的。

我向外面看了看，已經是將近黃昏時分了，許多工程人員，正在走回宿舍，他們的神態，都非常平寧，不像是有什麼意外發生，像是他們對那一連串的爆炸聲，根本未曾聽到一樣。

我走出了屋子，看見西北角上，傳來了一片又一片的火和濃煙，那正是我來的方向，我呆立著，正想找人去問一問，那面發生了什麼事情之際，王俊已經來到了我的面前。

我連忙問道：「王俊，什麼事？那面有軍火庫？」王俊聳了聳肩，道：「當然不！」

我道：「那邊是什麼在發生爆炸？」

王俊道：「就是那座大廟！」

我呆了一呆，陡地想起了早上，我離開大廟時所看到的那輛工程車，車上分明有著許多箱烈性炸藥，只不過我不曾在意而已。

我連忙道：「為什麼要將大廟炸了？」

王俊道：「在我們工程完成之後，這座大廟會被埋在水底下，由於廟頂的建築特殊，我們認為它可能使水中產生一股漩渦，不利於蓄水、放水，所以才決定將它炸平，你不是已經進去過了麼，還可惜什麼？」

我想告訴他，在廟底下的暗室中，有著世界上最大的鑽石，這些鑽石如果取了出來，便足夠作為整個水利工程的經費了！

但是我只張了張口，攤了攤手，卻沒有講出聲來，如今告訴他，還有什麼用呢？整座廟都被炸平了，上哪裡去找那些金剛鑽去？只好由那些鑽石，長埋在地底，長埋在水底了。

王俊奇怪地望著我，道：「你究竟在想些什麼？」

我苦笑了一下，道：「沒有什麼，我想回開羅去了。有飛機麼？」

王俊道：「有的，就是我們飛來的那一架。」我吃了一驚：「同樣的駕駛員？」

王俊道：「我已經告訴過你，那兩個駕駛員，被羅蒙諾收買了，他們不知得了多少好處，一到工地，立即辭職了！那架飛機，現在停在臨時機場上，要等開羅來的新駕駛員來了，才能飛行。」

我想了一想，道：「或者我能試試，將這架飛機，飛到開羅去。」

王俊忙道：「如果你能的話，那實在太好了，有兩個高級人員，正因爲回不了開羅，而在急得跳腳哩！」我道：「好，請你去爲我安排這件事。」

王俊走了開去，一小時後，他回來，告訴我一切都已準備好了，他勸我不要夜航，但是我卻心急得不得了，我跟著他到機場，我的兩個乘客，又心急要回開羅，又以懷疑的眼光看著我。

我想起了我來的時候，那個美國機師說的話，便也對這兩個人道：「祈禱吧！」那兩個人面色灰白地上了飛機，一個還在問我：「你沒有副機師麼？」

我不去睬他們，鑽進了駕駛室，那是一架舊式的飛機，我是會操縱的，困難的便是航線不熟，而且又是夜航。

但這個困難，卻可以藉著和開羅方面，不斷的聯絡而克服。

飛機並沒有什麼毛病，當它在開羅機場上停了下來之後，我特地去看那兩位乘客，他們的臉色，仍是白得可怕！

我回到了酒店，休息到天明，所謂「休息」，實際上就是坐著，研究我在那第七間密室的石壁上，描下來的那些象形文字。

可是經過一夜的努力，我卻一無所得。

我看著街道上，天色一亮之後，便已有了匆忙的行人，我和當地的大學聯絡了一下，知道有一位葛地那教授，是研究古代文字的專家，我通過他的秘書，和他定下了約會的時間。

上午十時，我已經在葛地那教授的辦公室中，和他見面了。

葛地那是一個英國人，但是他在埃及居住的時間，比他在英國居住的時間更長，以致他的膚色看來也像是埃及人了。他自認埃及才是他的真正故鄉。

我走進了他的辦公室，他正埋首在一大堆古籍之中，在編撰他的講義，有兩個女秘書在他的身旁速記著他不時發出來的話，那全是專門之極的研究結果。

我約莫等了七八分鐘，葛地那教授才抬起頭來，推了推眼鏡，向我望了一眼：「年輕人，據說你有事要我幫助？」

我忙道：「是的。」葛地那向亂堆在他書桌上的古籍一指：「你也可以看出我很忙，你想要什麼，直截了當地說吧。」

我連忙自袋中取出了那張描有象形文字的紙來，道：「我在一間古廟之中，找到了這些古文字，我相信這些文字，和一件十分玄妙的事情有關，而我看不懂，所以想請你來讀懂它。」

葛地那教授十分感興趣，站起身來，將我手中的紙頭，接了過去。

可是幾乎是立即地，他的面上，現出了怒容，抬起頭來，手揮動著紙頭，大聲道：「年輕人，你這是什麼意思？」

我吃了一驚，還當自己拿錯了別的紙片給他。但是當葛地那教授在揮動著那張紙頭之際，我看得清清楚楚，那紙頭上滿是我從壁上描下來的象形文字，我不知道他爲什麼突然發起怒來。

葛地那教授繼續揮動著紙頭：「你以爲我對於世界任何地方，任何民族古代的象形文字，都是精通的麼？你何不取一些中國古代的甲骨文來給我看。」

我等他發完了脾氣，才指著那張紙：「教授，這上面的文字，的確是我從埃及的一家古廟之中據實描下來的。」

葛地那教授呆了一呆，望了我幾眼，又將那張紙湊到了眼前，看了一會，道：「你可以告訴我，那個古廟是在什麼地方？」

我忙道：「就是在全埃及最大的水利工程的旁邊，我們可以——」

本來我想說「我們可一齊去看」的，但是我話還未曾講完，立即便想到，那座廟已經被炸毀了，我苦笑了一下，道：「可是這座廟已經被炸毀了！」

葛地那教授的面上，更現出了怒容，他一揚手，將那張紙片拋回了給我：「年輕人，你要浪費你自己的時間，我絕不反對，但是你不要來打擾我！」

我連忙道：「你不信我的話麼？」

葛地那教授已坐了下去，道：「我沒有法子相信，那座大廟是埃及最神秘的廟宇之一，在它被毀滅的命運決定之前，我和幾個著名的學者，曾經組織過一個觀察團，我們幾乎將這座大廟的每一個角落，都通過攝影的方法，拍成了照片。你知道，我們沒有法子保存實物，便只好保存軟片了——」

他講到這裏，略頓了一頓，又道：「但是，我們之中，卻沒有一個人發現有這些文字的，年輕人，你的謊話，未免編得太巧妙了。」

我強忍心頭的怒意，因爲我未曾想到他竟是這樣一個固執的人。

我乾咳了兩聲，以掩飾我的尷尬，才道：「那麼，教授，你可曾聽過『索帕族』這個民族？」

教授幾乎是不加思索，便斷然地道：「沒有。埃及古民族，十分複雜，尤其是在沙漠中的民族更多，但我可以肯定，沒有索帕族，或者說，到現在爲止，還未曾發現過有索帕族——」

他講到這裏，面色突然一變，伸手托了托眼鏡，自言自語道：「索帕族？索帕族？」

他喃喃地念了幾遍，立即吩咐女秘書，道：「裘莉，你到圖書館中，將那本『古埃及海外交通資料彙編』給我取來。」

我連忙道：「教授，你發現了什麼？」

葛地那教授又推了推眼鏡，道：「我記起來了，我曾經看到過『索帕族』這個民族的，等這本書來了，我可以給你看書上有關索帕族的記載，但據我的記憶所及，那本書上，似乎只是有提到過一次而已。」

我忙又問道：「教授，你剛才說那座大廟是埃及最神秘的一座大廟，那是什麼意思？」

教授像是已不將我當作一個搗蛋者了，他略想了一想，道：「據我們考証的結果，這座神廟的建立，是在埃及的全盛時代。那時，埃及境內建立了不少神廟，都是規模宏麗之極的，所祭祀的神，也全是當時所信奉的神，但只有一座卻是例外。」

我問道：「那座廟是祭祀什麼神的？」

葛地那搖了搖頭，道：「奇怪得很，這座廟所祭祀的神，叫作『看不見的神』，我們無法在埃及的歷史上，找到有這樣的一個神曾被埃及人所信奉過。但是，卻又的的確確有這樣的一座廟在，而且，那座大廟，絕不是民間自己的力量所能建造得起來的，一定是法老王下令建築的——」

他搔了搔頭皮：「這更令人大惑不解了，埃及的法老王，一直認爲自己就是人民所供奉的神的化身，他是絕不會容許人們去祭拜另外一種神的。但是那法老王，卻建造了這樣的一座大廟！」

我在聽到了「看不見的神」之時，心中便有了一個奇怪的念頭。

所以，當教授講完之後，我便道：「教授，你想，是不是在當時真的有幾個『看不見的神』，降臨埃及境內，所以才使得埃及人爲之建立一座神廟的呢？」

葛地那教授瞪著我，他面上的神氣，分明以爲我是一個瘋子！

但是，我卻知道我所料的不錯，『看不見的神』，事實上是『看不見的人』。

事情的來龍去脈，已經漸漸地有了頭緒了。

印加帝國在覆滅之後，大約還有幾個人，帶著那隻黃銅箱子，箱子中放著那塊能放射出那種奇異光線，使得人變成隱身人的礦物，到世界各地去，尋求復原的方法。

我假定他們，終於來到了埃及，他們的身子是看不見的，那當然震驚了埃及人，於是，便爲他們造起了那一座大廟。我再假定，依格正是他們的子孫，但是何以他們的子孫可以一直流傳到如今呢？當然，他們是在埃及找到了復原的辦法的。

他們找到復原辦法的經過，可能全在我所描下來的那些象形文字之中，但是如今卻連葛地那教授也看不懂那些象形文字！

我吸了一口氣，道：「教授，那麼，你可知道在這座大廟中，另外有七間秘密祭室，專是爲索帕族人所設的麼？」

葛地那教授哈哈地笑了起來：「我聽說過，當然聽說過，一個叫依格的瘋子，逢人便說他的故事，還說有一隻製作精巧的箱子，要以兩百埃鎊的價格，賣給所有願意買的人！」

我聽了葛地那教授的話後，不由自主，嘆了一口氣。

可憐的依格，他的話，竟根本沒有人相信。當然，他是在實在沒有人相信的情形下，才將兩百鎊的索價，減爲六十鎊，這才找到了王俊作爲他的主顧的。

我苦笑著：「那麼，你不信他的話了！」

葛地那教授重覆地道：「瘋子，瘋子！」

我不知道他是在罵我，還是在罵依格。

就在這時，女秘書，已經捧著三冊的書，回到了辦公室中。葛地那教授取過了其中的一本，翻了幾頁，道：「你看，在這裏。」

我湊過身去，只見有一幅圖片，是一塊碎了的石頭，石頭上刻著幾個古埃及文字，我自然看不懂，但在圖片之下，卻已有說明，那幾個字，是「索帕族人帶來了看不見」幾個字。

當然，這不是一句完全的話，因爲這塊石頭，根本不是完整的。

在下面，還有著那塊石頭來歷的註解，說是在一八四三年，有一隊阿拉伯商隊，在穿過大沙漠的時候，發現了一座孤零零的金字塔，一個隨隊的英國人，敲下了這塊石頭來，帶到了開羅。

那個英國人，一到開羅，便發熱病而死，於是人們便認爲他是損及了金字塔，於是便中了古代的咒語而死去了，以後也一直沒有人再提起過這座金字塔。

直到本世紀，考古學家掀起了金字塔狂熱，才有人想起了那座金字塔，但是有人，根據了那英國人的日記中所記載的方位，組隊去尋找，卻並沒有找到，或許那座金字塔，已被黃沙所淹沒了。那本書的附錄中，有著這個英國人的日記，上面將那座金字塔的方位，記得十分詳細。

至於那塊帶回來的石頭，上面的古埃及文字，已被翻譯了出來，是「索帕族人帶來了看不見」幾個字。

由於這本書，是專門研究古埃及和其他民族交往的歷史的，所以便認為，在古代，至少有一個「索帕族」到過埃及。

但是「索帕族」卻是查攷不到，不知是什麼民族，那本書的作者說，希望有人能夠再發現那座金字塔，那麼，對這件事，當可有進一步的了解了。

那三厚冊資料的匯編者，顯然對這件事，也不是怎麼重視，所佔的篇幅也不多。葛地那教授看過之後，居然記得，他的記憶力，的確令人佩服。

我將書合上，道：「好，我已得到了不少我所要得的資料了。」

我又拿起了那張紙：「教授，你認爲這一定不是埃及古代文字？」

葛地那教授斷然道：「不是。」

我存著最後的希望，道：「那麼，你可知道，這是什麼地方的文字？」

葛地那教授瞪著我，道：「你以爲一個研究埃及古代文字的人，便能叫出所有象形古怪的名稱麼？」我又碰了一個釘子，只得苦笑了一下，道：「好，那我告辭了。」

葛地那教授揮了揮手，重又去作他的研究工作去了。

我退出了他的辦公室，在門口站了一會，才低著頭，在走廊中，向前慢慢地走著。

我想不到我來拜訪葛地那教授，也一樣解不開這些象形文字之謎。

但是我卻又有了意外的收獲，因爲我知道，在沙漠之中，有一座金字塔，是和索帕族人有關的。那塊石頭上的字是「索帕族人帶來了看不見」，我相信原來全句文字，一定是「索帕族人帶來了看不見的神」。那更証明我以前的假定不錯了。

但是，那又有什麼用處呢？

已經過去很多天了，在那小孤島上等我的王彥和燕芬兩人，將一切希望寄託在我的身上，然而到如今為止，我得到什麼呢？

我不禁苦笑，直到我走出了走廊，陽光照在我的身上，我才抬起頭來。

下一步，我該怎麼辦呢？

當然，我應該去設法弄懂那些象形文字的意義。然而，誰能夠幫助我呢？

我站在走廊的盡頭，望著在校園中走動著的大學生，我的心中，只感到一片茫然，不禁深深地嘆了一口氣，這幾年來，一切冒險，對我來說，實在太順利了，如今看來我要遭受到一次重大的挫折了！

第十六部：失蹤的金字塔

雖然我已經將那能放出「透明光」的奇異礦物的來龍去脈弄得相當清楚，但是那又有什麼用呢？我的目的並不是在研究古印加帝國何以會突然消失之謎，而是要找出那種「透明光」照射過的人，如何才能復原的辦法。

我的進行，似乎一直都很順利，但是到了要解開那些古象形文字之謎的時候，我觸了礁，擱了淺！

我懷著沈重的腳步，出了大學的校門。

在以後的三天中，我藉著現代交通工具的方便，出入於埃及著名的古老的寺院，尋訪寺院中的僧侶，希望他們之中，有人能認出那些象形文字來。

因爲我知道，在埃及的寺院中，不乏有學問的僧侶，他們對於古埃及文字的研究，成績只怕絕不會在葛地那教授之下的。

在每一間寺院，我都受到僧侶有禮貌的接待，甚至年紀最老的長老，也出來接見我。

但是，我所得到的答案，幾乎是一致的：「我們不認得這是什麼文字，這可以說不是古埃及的文字。」

三天下來，我幾乎是失望了，我整天將自己鎖在房間中，我已經決定，如果我實是找不到解答這些象形文字之謎的話，那麼我便決定離開開羅了。我將自己關在房中，便是想在那些象形文字之中，找出一些頭緒來。

但是我卻越看越是頭痛，當我看得久了時，那些奇形怪狀，扭扭曲曲的怪文字，就像是一個個小魔鬼一樣，在我眼前不斷地跳躍！

我長長地嘆了一口氣，站了起來，才記起我自己一天沒有吃飯了。向窗外看去，暮色使神秘的開羅，更添神秘。

我按鈴召來了侍者，吩咐他為我準備晚餐。侍者退了出去之後不久，又敲門進來。

我懶洋洋地望著他：「我似乎沒有再叫過你！」

侍者滿臉堆下笑來，道：「舍特，先生，叫我舍特。」我十分不耐煩，道：「什麼事？你不妨直說。」舍特仍然笑著，道：「我沒有事，有事的是你，先生。」

我跳了起來，舍特向後退出了一步，道：「先生，你今天一整天未曾出門，那不是說你正有著極大的煩惱？先生，舍特自己雖然不能代人解決煩惱，但是卻會指點人們消除煩惱之路！」

我揮了揮手：「走，走，我不是到開羅來看肚皮舞的。」

舍特仍然不肯走，他雙手捧在胸前，作表情十足之狀：「噢，先生是中國人，中國和埃及是同樣古老的國家；是同樣有著許多神秘的物事的。」

我終於給他的話，打動了我的心，道：「你知道開羅有什麼神秘的物事？」

舍特搓著手，興高采烈地道：「多著啦，多著啦。」我道：「越是古老，越是好。」

舍特點著頭，道：「在一個遊客不經指點，絕對找不到的地方，有著一個能知過去未來的星相家隱居著，他——」

舍特未曾講完，我已經揮手道：「別說下去了，我相信那星相家的住所，本地人是絕不會去的，去的全是遊客！」

舍特的面上，紅了起來，現出了尷尬的神色，他接著又說了幾件所謂「神秘」

的玩意兒，但都不外是騙遊客錢財的把戲。

我不耐煩地趕了他幾次，可是他卻仍然不走。突然，他以手加額，道：「不！你一定不是要追尋那失落的金字塔！」我呆了一呆，道：「失落的金字塔，什麼意思？」

舍特張開了手，道：「一座大廟，整整的一座大金字塔，在沙漠中消失了，整個埃及，只有一個人知道這件事的來龍去脈，你可是要聽聽那神秘的故事？」

我心中陡地一動，道：「在哪裡可以聽到這故事？」

舍特搖頭道：「啊，我不應該提起這件事的，先生，你將它忘記算了吧！」

這是十分拙劣的手法，故作不言，以顯神秘，但目的無非是想要更多些賞錢。

我取出了一張五埃鎊的鈔票，道：「你說吧！」

想不到舍特這個胖子，卻立即脹紅了臉，大聲道：「先生，你以爲我貪什麼？」

我瞪了他一眼，道：「你還不是想得到錢麼？」

舍特現出極度委曲的神情來：「爲什麼每一個人都以爲我要錢，而沒有人知道我是爲了不便外國人感到在我們埃及，枯燥乏味？」

我聽了他的話，不禁肅然起敬，忙道：「舍特，我向你道歉。」

舍特搖著手：「先生，剛才我講的話，你不要記得。我在五年中，已曾先後指引五個百般無聊的遊客，去聽那失蹤金字塔的故事，那些遊客聽了之後，便到沙漠中去了，但是他們卻沒有再回來。據說，那人的故事，有一種神秘的力量，使得聽到的人，會不由自主要到沙漠中去尋找那座失蹤的金字塔，我已發誓不再向人提起的了。」

我在一聽到舍特，提起「沙漠中失蹤的金字塔」之際，我便想到了在葛地那教授讀到的那一段有關「索帕族」的記載來。

那段記載之中，便提到一座金字塔，在沙漠之中，失去了蹤跡。

金字塔的失蹤，自然不是金字塔生腳跑走了，而是大沙漠之中，每一天，每一小時都在發生著的變遷，使得它湮沒了之故。它可能被埋在百丈黃沙之下，也有可能，金字塔的塔尖，離沙面只有幾寸，我知道那座金字塔，是和索帕族有關的。

舍特所說的那座失蹤的金字塔，是不是這一座呢？

我覺得我在絕望之中，又看到了一線光明！

我連忙道：「舍特，那個能講神秘故事的人，在什麼地方，你快告訴我！」

舍特忙道：「先生，我求求你，聽完了之後，你千萬不要與以前那五個人那樣，到沙漠中去，再也不回來了，你先要答應我！」

我拍了拍他的肩頭，道：「舍特，我很抱歉，我沒有法子答應你。如果我所要尋找的東西，和那能說出神秘故事的人所說吻合的話，那麼我就一定要到沙漠中去尋找那座金字塔的！」

舍特嘆了一口氣，自言自語地道：「我真不明白，爲什麼人們總要冒著生命的危險，去追求其他，要知道只有生命才是最寶貴的東西！」

我不去理會他，道：「你快找人帶我去。」

舍特瞪大了眼睛，道：「先生，你剛才吩咐下去的精美的晚餐——」我道：「你將晚餐推來了之後，就在這房中將它吃了吧！」

舍特吞了一口口水，道：「多謝了，多謝了，我們有一句話，道：一大堆黃金，不如一大堆可口的食物，我去找人帶你去！」

他跳著肥胖的身子走了出去，不一會，便帶著一個十分瘦弱的埃及少年來，那埃及少年站在門口，不敢進來。舍特指著他向我道：「這是我的侄子薩利，他會帶你去的。」

我走到門口，在薩利的肩頭上拍了拍，表示友善：「好，我們走吧。」

舍特在我背後道：「先生，你可允許我的妻子，和我一齊來享受你所賜的晚餐麼？」

我笑道：「當然可以，願你們好好地享受！」

舍特笑得雙眼合縫。我和薩利，走出了酒店，薩利十分沈默，一路上一言不發。天色越來越黑，我不知道自己已來到了開羅的哪一角落。只覺得所經過的地方，實是簡陋得可以，那些大酒店，大夜總會，不知跑到甚麼地方去了。我所經過的地方，甚至連街燈也沒有，只是黑沈沈的一片。

薩利十分熟悉道路，在岔路口子上，他毫不猶豫地向應該走的路走去。約莫過了大半個小時，我已經飢腸雷鳴了，恰好經過了幾個熟食檔，我買了兩大捲熟餅，熟餅檔主人在餅上塗抹著一種黑色的醬汁，也不知道是甚麼東西。

我遞了一捲給薩利，薩利也不客氣，和我一面走，一面大嚼起來。那種黑色的醬汁有著一種又鮮又辣的味道，可口到了極點（遺憾的是，到如今為止，我仍不知道這樣可口的東西的名稱和它的成份！）

等到我們兩人吃完了熟餅，薩利向一條暗巷指了一指，我向前看去，那條暗巷的兩旁房屋，高而且舊，而那條巷子極窄，一股陰黴的味道，從那巷子中傳了出來。

我向薩利作了一個手勢，詢問他這裏是不是已經是目的地了，薩利用簡單的英語回答我，道：「是的。」

我跟著薩利，走進了那條巷子，我敢肯定，如果有外國人走進過這條巷子的話，那麼我一定是第六個。

以前的五個人，都已經消失在沙漠之中了，而導致他們消失的開始，就是經過了這條暗巷，這條暗巷，看來倒當真是一頭碩大無朋的怪獸的喉管，可以將人一直送到胃中，將之消化掉，一點痕跡也不留！

我一步一步地數著，數到了四十二步，便到了暗巷的盡頭。

薩利向右轉去，我跟著轉過去。

一轉過去，便可以看到一點微弱的燈光。我看到在前面，有著一間簡陋到難以形容的小屋子。

那小屋子根本沒有窗、門，只是有著一個門形的洞，供人出入。從那個算是門的洞中看過去，我可以看到一個老人，正伏在一張桌子上，在數著一些玻璃瓶、洋鐵罐頭。

這些東西的來源，自然是垃圾桶了。我不禁搖了搖頭，但是薩利已向前走去，我沒有法子，不得不跟在他的後面。

我們兩人先後進了那門形的洞，那老者仍對著油燈在照看著一隻玻璃瓶，像是那瓶中藏有天方夜潭中的妖魔一樣。

薩利上前叫了那老者一聲，那老者才抬頭向我看來，想不到他居然能說英語，道：「先生，你想要什麼？」我趨前一步，站著，我沒法子坐，因爲屋中只有一張斷腿凳子，那老者自己坐著。

我道：「聽說你知道一個金字塔在沙漠之中，神秘失蹤的故事？」

那老者坐直了身子，那張他坐著的斷腿椅子，也因之而搖了一搖，他道：「你想知道麼？」我點頭道：「我就是爲這件事而來找你的。」

那老者滿是皺紋的臉上，現出了一個十分討厭的笑容來，道：「我可以向你索取一些報酬麼，先生？」我道：「可以，你要多少？」

那老人湊過頭來，道：「一鎊怎麼樣，先生？」我幾乎可以聽到那可憐的老者的心跳聲，對他這樣生活的人來說，一鎊的確是十分巨大的數字了。我不願意表示得太痛快，我來回踱了幾步：「我怎樣才能知道你的故事，可以使我滿意呢？」

那老者搓了搓手，道：「先生，你一定會滿意的，因爲每一個人都滿意，我雖然不識英文，也不識那種古怪的文字，但是我知道，先生，你既然是來探索秘密的，你就一定會滿足。」

我想了一想，道：「你的意思是，你所知道的故事，並不是由你講出來，而是你向我出示一種記載來取信於我，是不是？」

那老人連連點頭，道：「不錯，正是那樣。」

我取出了一埃鎊，交到那老者的手中，又取了幾枚輔幣，給了薩利。薩利向我鞠躬而退。那老者將一鎊鈔票就著燈火，翻來覆去地看了好一會，才將之摺成一小塊放好，他退開了一步，道：「先生，你自己看罷，隨便你看多少時候！」

他在叫我看，但是他卻沒有拿出任何東西來。霎時之間，我以爲那是一個低能到了這種程度的騙局！但是我立即看到那老者伸手指著那塊他用來當作桌子的大石，而我也看到，在他指著的這一面上，刻滿了文字！

我心中陡地一動，拿起那盞油燈來，湊近去，只見上面所刻的文字，全是我所看不懂的古埃及象形文字。那塊大石缺了一角，我立即可以斷定那缺了的一角，就是我在那三厚冊巨書中曾看到照片的，上面刻有「索帕族人帶來了看不見」十個字的那一塊。

我的心劇烈地跳動了起來，現在我至少知道了進一步的事實了。當年，在沙漠中發現了那座金字塔的英國人，一定不是只敲下了金字塔上的一塊石角，而是搬來了一大塊石頭。

那一塊大石，就是我眼前的這一塊。不知是爲了什麼原因，這一塊大石竟會湮沒在這樣骯髒的地方！而那塊大石上斷下的一角，卻被當作寶貝，放在博物館中！

我準備將那些象形文字抄下來，去交給葛地那教授翻譯，但是我隨即發現，這是多此一舉，因爲在那些象形文字之下，還刻著有英文。英文字刻得十分淺，可見刻的時候，十分匆忙，大約因為年代久遠，有幾個字已經剝蝕了，要憑藉著猜測，才能知道它們是什麼字眼。

我一口氣將那些刻在石上的英文看完，不禁深深地吸了一口氣，站住了作聲不得。

如今我知道，為甚麼以前五個外國遊客在到了這裏之後，便直赴沙漠了。的確，正如舍特所說，這件事的本身有著一種神秘的力量，使得任何知道這件事的人，都要去進一步探索它，即使明知大沙漠是吃人不吐骨的凶魔，也都要去。

我將那塊大石上的英文譯成中文，那些英文，當然是翻譯了石上的古埃及象形文字的。

「索帕族人帶來了看不見的神，使得宮廷大為震驚，在真神之外還有別的神，法老王下令將這件事保守極端的秘密。索帕族人自稱來自極其遙遠的地方，有一天，自地底射出了無限量的光，使得他們全族，都變成了看不見的神。神的本身並不快樂，他們要尋求凡眼可以看到他們的方法，他們在全世界都找不到，但是在偉大的埃及，他們找到了。他們愉快地在埃及住了下來，神和人本是一體，這証明法老王也是神的化身。索帕族人將可以隱身的方法，陪著他們的首領下葬，他們不要他們的子孫再變為看不見的神。」

我的翻譯或者不怎麼傳神，但是我已盡了最大的能力了，英文原文，更要詰屈聱牙，我相信那是古代文字缺乏的結果。

隱身的方法！在那個金字塔中，藏著隱身的方法！來自南美平原，遭到了透明光的照射，而成爲透明人的索帕族人，在埃及找到了使他們復原的法子。他們並沒有再回南美去，就在埃及住了下來，傳宗接代，直到如今的依格。

無怪那座金字塔不受考古家的注意，在歷史上也根本沒有記載了。因爲它裏面葬的，根本不是埃及的君王，而是遠在數十萬里之外，南美洲古印加帝國的君主——索帕族的首領。

我不能平空想像幾千年之前所發生的事，但我想當時的埃及法老王，一定利用了索帕族人全身透明這一點，來証明過他人神合一的理論，而鞏固過他的統治寶座。我更相信，當時的埃及法老王一定曾因之得過不少好處，所以他才爲索帕族人建了那座大廟，又爲死了的索帕族領袖，建造了金字塔。

由於這一段事，在當時被嚴守著秘密，所以到今日，在歷史上，根本已無可查攷了！

然而那塊大石卻留了下來。它告訴人們，隱身法並不是幻想，不是不可能的事。早在幾千年之前，已經有了隱身人，並且也有了可以使隱身人恢復被凡眼看到的辦法。也就是說：人可以隱現由心——可以成為真正有「隱身法術」的人，只要他能夠找到那座金字塔，並進入那座金字塔的話。

這實在是一個大得無可再大的誘惑，試想，一個人若是掌握了隱身法，他能夠做多少平時不能夠做的事情！就算不為王彥和燕芬，我看到了這塊大石上的文字之後，我也會毫不猶豫地到沙漠中去，去找那座失蹤了的金字塔的！

我更可以想像，當年的那個英國人，在翻譯了石塊上的古埃及象形文字之後，他一定也準備再去那座金字塔的，但是他卻不幸得了熱病死了。

如果不是這個英國人不幸得了熱病死亡的話，那時，那座金字塔還未曾湮沒在黃沙之中，他一定可以輕而易舉地進入那座金字塔，而人類早在兩百年前，便可以知道有隱身法這件事，而不必等到今天了。

我心中忽發奇想：如果隱身法早已成爲普遍的事情，那麼，近兩百年來的歷史，是不是會完全不同了呢？歷史是不是會不同，實是難料，但是不會再有暴君，卻是可以肯定的事。

誰還敢當暴君呢？千百萬人民之中，任何一個都可以借著隱身法的幫助而將暴君除去！當老百姓隨便除去君主的能力之後，所有的君主，一定會竭力討好老百姓，而絕不會再作威作福了！

我呆站在大石前許久，那老者才向我道：「你滿意麼？」我點了點頭，道：「我滿意。」我抬起頭來，看到他面上現著一種將我當作傻瓜似的笑容。

我立即問道：「你是知道那大石上所刻的文字和內容的，是不是？」

那老者道：「我……有人解釋給我聽過的。」

我道：「那麼你信不信？」

老者攤了攤手：「先生，我寧願相信握在自己手中的一分錢，而不相信銀行中的幾萬元。先生，你說這是有可能的麼？」

他聳了聳肩，我也聳了聳肩，我本來想回答他：這是可能的。在世上，有一種神秘的礦物，它所發出的光芒，能使人的身體，在視線中消失而成爲透明人、隱身人。也有著一種不可知的方法，可以使透明人、隱身人又恢復正常。

但是我卻沒有開口。一則，這是一件講起來太長的事情，二則，就算我說了，那老者會相信麼！正如他所說，世上的人，絕大多數是寧願相信自己手中的一分錢，而不願相信銀行中的幾萬元的。

我轉身，從那像門的洞中，走了出去，低著頭，穿出了那條暗巷。

我一出了暗巷，發現薩利還在巷口等著我，他見了我，叫我一聲：「先生。」我作了一個手勢，要他帶我回酒店去。一路上，我只是在沈思，直到薩利再大聲叫，我才知道已經回到了酒店門口。

我看了看酒店大堂中的電鐘，我一來一去，足足化了兩個小時，舍特和他的妻子，大概已經吃完了晚餐了。我直上樓，開門進去。舍特正在抹咀，見了我之後，不知說了多少感激話。

我將他肥胖的身子推出了門，又將門關上。然後我打長途電話。

我先找到了老蔡，老蔡告訴我，他到過那個小島兩次，每次都是放下食物和應用的物品就離去的，並沒有見到任何人。我吩咐他再去時要留下一封信，信中說我已找到了方法，不日可回，叫他們耐心地等下去。

老蔡顯然還想再問些什麼，但是我卻不等他發問，便掛斷了電話。

然後，我在屋中踱來踱去，我要老蔡留信給王彥和燕芬，說我已經找到了使他們復原的辦法，那並不是在安他們的心，而是事實。

因爲我已經離一切都十分接近了，在我看到了那塊大石上的記載文字之後，我在廟中秘密祭室內抄下來的怪文字，便由主要地位而退居次要地位了。

我已經十分明白地知道，使透明人和隱身人復原的方法，是藏在那座金字塔中。

但是，這離成功，仍然十分遙遠！

因爲那座金字塔是湮沒在沙漠中的！而且前後已有五個人因爲找尋這座金字塔而失了蹤！

當晚，我踱到半夜，才勉強睡去。

第二天一早，我到開羅最大的圖書館中，借閱那三冊古埃及對外來往的資料，將附錄中，那英國人所記載的那金字塔的位置，詳細地記了下來。然後，我購置了許多有關沙漠的地圖、書籍，和進入沙漠必須的用具，以及一輛性能極佳，在沙漠中行駛，不必加水的汽車和一輛拖車。

然後，我才登報，徵求一個沙漠旅行的嚮導，我在徵求廣告中說明，我要的嚮導是第一流的，因爲我要在沙漠中找一座失了蹤的金字塔。

再然後，我便等著有人來應徵。一連三天，沒有一個人上門。到第四天黃昏時分，我幾乎已準備一個人出發了。舍特推開門，說有人來應徵。

我連忙跳了起來，道，「快請他進來。」

舍特搖了搖頭，道：「先生——」

這三天來，他一直在勸我不要到沙漠去，所以他一開口，我連忙揮手道：「少廢話，快請應徵的人進來！」舍特鞠了一躬，退了出去。

不一會，他便帶著一個人，站在我的門口。

我向那應徵作我嚮導的人看去，不禁呆了一呆。

在我的想像之中，有勇氣作沙漠旅行嚮導的人，一定是體壯如獅，活力如豹的非凡之人，但如今站在大胖子舍特旁邊的，卻是一個瘦子。

或許是由於站在舍特的旁邊吧，那人瘦得更是十分特出。他身上的衣服也不是十分名貴。我只是留意到那人面上的一股十分堅決的神情。也就是因爲他臉上的那股神情，才使我決意和他談一談，而不是立即揮手令他離去。

在我打量他的時候，那人也同樣地打量著我。

我站了起來，道，「請坐，閣下是來應徵當嚮導的？貴姓名？」

他向前踏來，他身上的衣服雖然不是十分名貴，但是我卻發現他走路的姿勢，十分有教養，而且，我也發現他不像是阿拉伯人。

他走了幾步，挺了挺胸，道：「艾泊。或許你可以稱我爲艾泊子爵，但是我卻不在乎。」

他講的是略帶法國口音的英語。我絕未想到，我登報徵求沙漠中的嚮導，經過了三天之久，前來應徵的，竟會是一個法國人，而且還是法國貴族！

法國人和沙漠，似乎無論如何扯不上關係的。我勉強笑了一笑，道：「艾先生，我想你或者是弄錯了。」艾泊並不多說什麼，看來他並不像是多口的人，他只是從衣袋中摸著一張摺得方方整整的紙來，那紙已發黃了，他問道：「先生，你懂德

第十七部：「沙漠中的一粒沙」

艾泊將那張紙遞了過來：「那麼，先生，請你看這個。」

我不知艾泊的葫蘆中是在賣些什麼藥，但就算他是有詭計的話，一張發黃的紙，似乎也不能害我，所以我便伸手接了過來，將之打開。

我首先看到，紙上印著一張照片，那是一個略見瘦削，精神奕奕的年輕人。

雖然照片上的人，和眼前的艾泊大不相同，但是兩者卻有著一個相同的地方，便是那種現露在面上的堅決的神情，我立即肯定，那張照片上的人，就是艾泊。

那是一張通緝通告，簽署這張通告的，是德軍將領隆美爾。通告中說，德軍中任何人，只要能擒獲在沙漠中活動的盟軍情報工作組的組長，法國人艾泊子爵，便可以獲得巨大的獎賞。通告中並且注明，這個艾泊子爵的別名，是叫著「沙漠中的一粒沙」。

這是一個十分別緻的別名，但由此也可以知道，艾泊是如何能適應沙漠，他就像是沙漠中的一粒沙一樣！隆美爾的別名是「沙漠之狐」，比起艾泊來，當然是不及了。

我一看完了這張通告，便對艾泊肅然起敬，道：「閣下如果能夠使得隆美爾出那麼大的賞格捕捉你的話，那你一定也有資格擔任任何人的沙漠嚮導了。」

艾泊伸出手來：「將這通告還給我。」

我將那張通告還給了他，忍不住問道：「你可允許我問你——」

艾泊揮了揮手：「你是想問：一個如此優秀的情報工作者，何以會淪落到這一地步的，是不是？」

我不好意思地點了點頭。

艾泊冷然道：「抱歉得很，我是來應徵作為沙漠嚮導，並不是來接受人盤問的。」

我聳了聳肩：「不要緊，我所需要的，只是一個好的嚮導，而不是一個喜歡緬懷往事的人。」

艾泊望著我，道：「那麼，我是你的雇員了？」

我點了點頭，道：「每一天十埃鎊，一切設備，由我負責，這個數字，你可滿意？」

他伸出了手來，道：「那比我預期的高得多了，但是我要先支三天報酬。」我絕不猶豫地答應了他。艾泊看來是一個有著絕大苦衷的人，但是無論從哪一個角度來看，他都不是一個騙子。當然，一個騙子是不會在額上寫著字的，但是我卻願意冒這個險。我看出已很久沒有人相信艾泊了，當然更不會有人，將三十埃鎊交到他手上的。

而我願意使他覺得我十分信任他，因爲兩個人在沙漠中，若是相互之間，不是坦誠相見，不是絕無隔膜的話，那實是太可怕了。沙漠是會令人喪失理智的，在那樣的情形下，相互相信，相互依靠，是最重要的事情！

我數足了鈔票，放在他的手上。他緊緊地握住了鈔票，向我望了一會，道：「我在一小時之後，再來見你，來討論我們的工作！」

我點了點頭，絕不露出我在想他可能一去不回的神情來。他匆匆地走了出去。我又坐了下來等著他，舍特來囉嗦了幾次，都給我趕了出去。

不到一小時，艾泊已經回來了。

他比我剛才見他的時候，精神了許多。他一進來，便坐了下來：「好，讓我們看一看，你已經做了一些什麼準備。」

我將我已經買好了的一切用具和食物，顯示給他看，又告訴他，我還買了一輛不必在冷凝器中加水的汽車。我自以為這些裝備，已足以在任何沙漠中旅行的了。怎知艾泊看了，竟哈哈大笑起來。

他大笑著：「不必加水的汽車，罐頭水，罐頭食物，防曬油，哈哈，你以為我們只是穿過沙漠，到拉斯維加斯去嗎？不論你想到沙漠中去幹什麼，但絕不是短短的旅行，是不是？」

我點頭道：「自然，我是要去找尋一座失了蹤的金字塔！」

艾泊聽了，猛地一震，向後退出了一步。

我裝作未曾看到他吃驚的神情，只是繼續道：「這座金字塔，在十八世紀的時候，曾被一個英國人發現過，但是如今卻湮沒在黃沙之下了。」

我講到這裏，才抬起頭來，只見艾泊的面色，蒼白得十分可怕。

我問道：「怎麼，你可是想取消我們之間的合約麼？」艾泊喃喃地道：「五個，已經有五個傑出的沙漠嚮導，因爲這見鬼的金字塔，而消失在沙漠之中了。」

我苦笑了一下：「如果你怕成爲第六個的話，那可以不去的，你已經取去的錢，我也不向你追討了。」他蒼白的臉上，現出了一般高貴的神情來：「沒有什麼，我去。」

我道：「艾泊，我絕不勉強你。」

艾泊道：「沒有什麼人能夠勉強我，先生。」

我伸出手來，我們第一次握手。我說道：「我叫衛斯理，你不必稱我先生。」

艾泊握住了我的手好一會，道：「我聽過你的名字。是你的話，我的勇氣可能會加倍。」我拍了拍他的肩頭，道：「你也給我以異常的勇氣。」

艾泊並不多問我爲什麼要去找那座金字塔，他只是道：「你所準備的東西，幾乎沒有一件可用的。我們得打算在沙漠中渡過二十天，或者更長的時間，我們首先需要二十頭駱駝，而不是一輛汽車。」

我望著他，並不參加意見。他是「沙漠中的一粒沙」，我當然沒有反駁他話的資格。

他繼續道：「誰告訴你該停步了，旋風就在前面，誰告訴你該快些走，前面有綠洲在等著；誰告訴你大群毒蠍伏在你附近處？誰給你在糧食吃盡時可以不必冷藏的糧食？全是駱駝，而不是汽車！」

我已在記事簿中記了下來：二十頭駱駝。

他在室中踱步：「一具礦床探測儀，我可以改裝一下，使這具探測儀對於大量的石英、長石、雲母有特別敏銳的反應。」

我點了點頭，艾泊的出現，是我的幸運，他顯然是一個學識極其豐富的人。他說要改裝探測儀，使之對石英、長石、雲母的反應敏銳，正是尋找那座金字塔的必要步驟。

因爲築成金字塔的花崗石，正是石英裏長石和雲母結晶而成的。

他又踱了幾步，道：「絕不漏水的皮袋十六個，每個要可以儲二十加侖清水。」

我忍不住了，道：「要那麼多水？」

他站住了身子道：「你可能在沙漠中迷路，一口水也能救你的性命！」

我不再出聲，又將他所說的記了下來。

他又道：「厚膠底靴子八對，麵粉四袋，鹽二十斤，酒二十瓶……」

他說一樣，我記一樣，算下來，不下數十件之多，而我本來購買的東西，可以用的，只是極小的一部份而已。我等他說完，道：「還有？」

他搖了搖頭，道：「沒有了！」

我笑著問他，道：「當你在沙漠中做情報工作的時候，也有那麼多配備？」

他瞪了我一眼：「那時是爲了反法西斯，如今是爲了什麼？」

我道：「如今，是爲了我要到那金字塔中，去尋找隱身法。」

艾泊大叫了起來，道：「什麼？」

我重覆了一遍：「隱身法。」

艾泊又呆了片刻：「好，不論你去找什麼，我只是你的嚮導而已。」

我笑了笑，道：「你和我分頭去準備這些東西，大約兩天功夫，可以齊備了？」

艾泊道：「不錯，兩天足夠了。」

我給了艾泊一筆錢，他又離我而去。我一連忙了兩天，買這樣，買那樣，又要將買好的東西，運到出發的地點，負在駱駝的背上。

第三天早上，我和艾泊兩人，騎在駱駝背上，向沙漠出發了。

我們帶著航海用的方向儀，艾泊則從出發之後，一直在研究那英國人記載的方位。

一小時之後，我們已置身在大沙漠之中了，但是還不斷看得到人和高高的金字塔。但是到了下午，沙漠中的生物：看來像是只有我們兩個人，和二十隻駱駝了。

艾泊一直在研究那方位，和側頭沈思著。到黃昏時，他才第一次開口，道：「這個地方，我是到過的。」

我興奮道：「你到過？」

艾泊點點頭道：「是到過的，那是一個十分奇妙的地方，」

我聽了之後，不禁一呆，道：「奇妙！沙漠總是一樣的，有什麼奇妙不奇妙？」

艾泊道：「當然，在你看來，沙漠是一樣的，但對我們久在沙漠中的人來說，就不同了。你分不出細小的沙粒，這一粒和那一粒之間，有什麼不同，也分不出這一堆和那一堆有什麼不同，但是我分得出。」

我道：「那麼，那金字塔的所在處，究竟有什麼奇妙呢？」

艾泊想了一會：「我很難解釋，那地方的沙粒，是與眾不同的——」他講到這裏，忽然歡呼起來，道：「當然，那是旋風的傑作。」

我望著他，艾泊揮舞著手，道：「旋風可以將幾億噸沙，從幾百里外捲過來，使得沙漠的沙層，平空厚上幾十公尺，那地方的沙粒，與眾不同，當然是被旋風捲起來的了。」

我充滿了希望：「如此說來，的確是有一座金字塔被埋在沙下了。」

艾泊點了點頭：「有可能，但是有可能是一回事，要找到它，又是一回事了。」

我沈聲道：「那我就不明白了，何以在我們之前，五次去尋找那金字培的人，會消失在沙漠之中呢？」

艾泊聽了之後，一言不發，只是突然策動他所騎的駱駝，向前奔去。我也策動著駱駝，趕了上去，道：「艾泊，你是知道他們失蹤的原因的，是不是？」

從他的動態中，我可以看出來，他是在避開問題的主要一面。

我又追問道：「你對沙漠如此熟悉，難道也說不出一個所以然來？」

艾泊半晌不語，才道：「我可以告訴你的是，你不要再問我，而在到了我們目的地的附近之後，不論有什麼樣的怪事出現，你都不要大驚小怪。」

艾泊的話，使得我們本已充滿了神秘的旅途，更增加了幾分神秘的色彩。

我忙問道：「我們可能遇到什麼怪事？」

艾泊道：「不要再問我，或許我們會平安到達，那你就不必虛驚了。」

我苦笑了一下，道：「艾泊，你將我當作神經衰弱的病人麼？」

艾泊道：「當然不，但是沙漠是沙漠，和天空、陸地、海洋，完全不同，天空、海洋、陸地是人們所熟悉的三度空間，而沙漠就像是人類未知的第四度空間，在沙漠中，可以發生一切超乎常理之外的怪事！」

艾泊的話，我是同意一部份的，那主要是由於沙漠的單調，空氣的乾燥，都可以使人產生十分如真的錯覺之故，以前我認識一個沙漠旅行家，他就堅持說澳洲之大沙漠中，有著「無頭族」人，是他親眼看到的：每一個人都沒有頭！

我沒有再和他爭辯，我們在寂靜的沙漠中行進，幾乎連話都不想多說。一連幾天，我們向大沙漠的腹地前進。

潮濕的空氣本來是最令人討厭的，但在那時，我卻懷念起江南的「黃梅天」來了。我不斷地用清水從頭上淋下來，使我的頭髮保持濕潤。雖然不到幾分鐘，頭髮又乾得像枯柴一樣，但總比一點水份都沾不到好得多。

在出發的時候，我認爲我們帶得太多水了，這時我才知道並不，在沙漠中，即使有一水塘水，也還是不夠的。人在沙漠中，主要倒不是生理上需要水，而是心理上需要水！

第五天黃昏，根據艾泊的記錄，我們已經來到了那英國人所記載的那個金字塔的附近了。艾泊檢查了蓄電池，開動了那具經過他改裝的探測儀。探測儀發出「嗡嗡」的聲音，開始工作。

探測儀上的一個指針，定在「零」度上不動。艾泊向那枚指針指了一指，道：「如果這根指針移動的話，那我們或者可能發現了一座雲母礦，或者是會發現了那座金字塔。」

我向前望去，沙漠十分平整，夕陽的光輝映在無邊無際的沙漠上，閃起一片真正的金黃色的光芒，如果有一個高起的物事，我想我一定不必用望遠鏡就可以看到了的。

但是沙面之上卻什麼也沒有。

艾泊大聲叱喝了幾聲，駱駝隊停了下來。我奇道：「今天我們就這樣在這裏紮營了麼？」

艾泊點了點頭：「是的，我們準備的武器呢？要取出來了。」

我吃了一驚：「今天晚上可能有意外的變故麼？」

艾泊搖了搖頭，道：「說不定，說不定！」

他要我紮營帳，他自己則調整著探測儀上的一些零件，牽著那正負著探測儀的駱駝，向前走了開去。等我紮好了營帳，弄好了吃的東西，他還沒有回來。

但是我卻並不擔心，因為在暮色中，我還可以看得到他。

他和那頭駱駝，大約在一公里開外處，我想叫他，又怕他聽不到，於是我取起了望遠鏡，想看看他是不是已準備回來。

在望遠鏡中，我看出了一件非常奇怪的事。那隻駱駝停著不動，駱駝的背上，仍然負著那具探測儀，和艾泊將駱駝帶走開去的時候一樣。

但是艾泊本人呢，他卻在離開駱駝不遠處，雙手按在沙上，雙足向上倒立著！

我乍一看到那種怪異的情形，心中不禁猛地嚇了一大跳：難道我的神經竟這樣脆弱，在沙漠五天，已使我的眼前，出現幻覺了麼？因為我實是想不出艾泊為什麼要頭下腳上地倒豎！

我立即放下了望遠鏡，定了定神，再舉起望遠鏡，暮色雖然更濃，但是我還是可以看得清艾泊正以那種怪姿勢倒立著。

我又放下了望遠鏡，天色已更黑了。月亮悄悄地爬上來，使得半小時前還是金黃色的沙漠，已變成一片銀輝，如果不是那麼枯燥、單調的話，沙漠不論日夜，都是很美麗的。

我再度舉起望遠鏡，已看到艾泊牽著駱駝，向營帳走來。我不等他走近，便將望遠鏡收了起來，我不想被他知道我曾經看到過他以這樣的一個怪姿勢，倒立在沙漠之上。

沒有多久，艾泊便已來到了近前，他隔老遠便叫道：「一切都準備好了麼？」他的面上，並沒有什麼異狀，像是他剛才絕未曾有過那麼不正常的舉動一樣。

我的心中充滿了疑惑，但是艾泊如果無意講出來的話，我決定不問。

我們兩人像往常一樣地吃著晚餐，艾泊道：「明天早上，我應該走得更遠些，我們不應該太相信那個第一次發現這座金字塔的英國人，他記載的方位，是可能有錯誤的。」我忙道：「當然，但這座金字塔，總不會離那英國人記載的地方太遠。」

艾泊抹著咀，喝著濃咖啡：「槍枝撿出來了麼？」我回答他：「撿出來了，我們每人可以有一柄手槍，和一枝來福槍。」

艾泊搖頭道：「不，我有兩枝手槍，兩枝來福槍，而你沒有。」

我不禁愕然，抬起頭來看他，他已經打橫跨出了兩步，以極其敏捷的手法，將我撿出來的兩枝來福槍抓在手中。我心中大吃了一驚，但是我卻保持著鎮定，還端起咖啡來，呷了一口：「艾泊，你不給我武器，是什麼主意？」

艾泊將兩枝手槍也掛到了他的身上，道：「吃完晚飯你去睡吧，我來值夜。」

我堅持了一句：「我們兩人輪流值夜。」

但是艾泊的面上神情，像是鐵石一樣：「我來值夜，不是輪流。」

這時候，我實是難以猜測艾泊究竟是在打著什麼主意，我不欲和他爭論，因爲槍枝全在他的身上。如果他的神經，已經開始錯亂的話，那麼我如果與之爭論，只有加速他的發狂！

我只是聳了聳肩，便鑽進了營帳，脫下了沈重的橡膠靴，躺了下來。

我望著外面，可以看到艾泊，他的行動十分緩慢鎮定，不像是一個神經已經錯亂的人。他將火弄熄，將吃剩的東西倒去，將駱駝趕在一堆，然後，靠著一頭駱駝，坐了下來，兩枝來福槍，就倚在他的身旁。

我看了一會，看不出什麼變異來，雖然我還弄不懂何以艾泊不要我值夜，但是我卻也知道艾泊並不是有惡意的。因為他如果要害我的話，早就可以下手，而不必等待什麼的。

我合上了眼睛，開始我只是準備養養神，並不準備睡去的，但是我終於敵不過長途跋涉的勞累，而沈沈地睡去了。

我不知睡了多久，我是被一下清脆的「卡勒」聲突然驚醒的。

那一下「卡勒」聲，分明是來福槍子彈上膛的聲音。我陡地睜開眼來，一個翻身，向外看去。我已經看到艾泊伏在一頭駱駝的背上，來福槍指著前面。

我循著他來福槍所指的地方看去，只見並沒有什麼足以令人驚慌的東西。我站起身來，待向帳篷外走去，但是我才一站起，便看到那在緩緩移動著的小沙丘了。

有三個小沙丘，每一個只不過半尺來高，正在向我們的營帳移動看。

從那小沙丘長長的形狀看來，那分明是有人伏在沙下面，在向前俯伏前進。我不禁大大吃了一驚，那三個伏在沙下面的人，早已在來福槍的射程之內，我不知道艾泊為什麼還不開槍射擊。

我看出事情有著什麼不對頭的地方，因此我決定暫時不出去。我看到艾泊一揚手，拋出了一根紅色的樹枝，那根樹枝，插在沙中，恰好擋住了第一個伏在沙底下的人的去路。

接著，我便看到，像是變魔術一樣，從沙中，站起了三個人來。

那三個人的模樣，一時無法形容，他們的皮膚，又黑又粗糙，上身赤裸著，下半身只圍著一塊破布，算是褲子，他們的手中，持著一種樣子相當奇特的武器，照我的推測，那可能是吹箭器。他們站了起來之後，艾泊手一揚，突然將來福槍拋到了地上！

艾泊的這一個舉動，更是叫我大吃一驚，因為我絕想不到他竟是這樣膽怯的人，敵人才一現身，便自動拋棄了武器。

那三個不速之客，自然是在沙漠中出沒的阿拉伯土著，艾泊爲什麼這樣怕他們？然而，我立即知道，艾泊並不是怕他們！因爲我看到，艾泊張著兩臂，繞過了那頭駱駝，向前走去，而那三個人，也高舉著雙手，向前走了過來，他們的動作一致，表現著一種親善，我看不出其中有什麼火藥味，但是我心中的驚恐，卻更其增加。

因爲照目前的情形看來，艾泊似乎和這三個神秘出現的阿拉伯土著是同路人！在沙漠中的阿拉伯土著，有不少是嗜殺成性，極其凶殘的，而我一時之間，又看不出這三個人究竟是什麼種族。

艾泊背著我和他們交往，他的動作又這樣神秘，這不能不使我吃驚。

我決定不出聲，看他們有什麼動作，只見那三個阿拉伯人，來到了近前，和艾泊作了一個親熱的動作，艾泊開始和他們談話，他講的是我所聽不懂的一種阿拉伯土語。他講了許多，而那三個阿拉伯人則只是靜悄悄地聽著，一聲不出。

艾泊的聲音十分低，他顯然是不想吵醒我。他卻不知道我早已醒了。

他約莫連續講了五分鐘之久，那三個阿拉伯人，才有了反應，他們一齊搖頭。看這情形，像是艾泊向他們在要求些什麼，而他們加以拒絕。

艾泊面上的神色，十分焦急，他忽然指了指我們的駱駝隊，又指了指身後的來福槍，突然以法語道：「給你們，這些都給你們！」

那三個阿拉伯人你望我，我望你，望了片刻，才由正中那個開了口，講的仍是我所聽不懂的那種阿拉伯土語。阿拉伯土語的種類實在太多，每種不同，我甚至於不能猜到他在講些什麼。

艾泊不耐煩地聽著，不住地插言。

突然，那三個阿拉伯人轉過身，向前走去，而艾泊則拾起了來福槍，跟在後面。

他們離去了！

我不知道他們要到什麼地方去，我也不知道艾泊和那三個阿拉伯人打的是什麼交道，我只知道一點：我應該跟上去！

要在沙漠中跟蹤人，這幾乎是沒有可能的事情，因為沙漠上什麼掩飾都沒有，人家只要一回頭，就可以看到你的了。

但是我卻想到了那三個阿拉伯人來時的方式：他們將身子埋在沙下爬了過來，那是不容易被人發覺的。而我比他們更擅於利用這種方式來前進，因爲我受過嚴格的中國武術訓練，我擅於控制自己的呼吸。我立即出了帳幕，將身子伏在地上，向前爬出了幾步。

我才向前爬出了七八步，便發覺我並不需要另外費功夫將身子埋入沙中，因爲我在用力向前爬行之際，身子已自然而然地陷進了沙中，我使我的頭部保持在外，因爲那樣，我可以察知我所跟蹤的人的去向。

那三個阿拉伯人和艾泊，一直向前走著，走出了好遠，才轉向西，我跟著他們爬了那麼長一段距離，身子又埋在沙中，實是苦不堪言。

我明白爲什麼他們在開始時回頭看了幾眼之後，便絕不再回頭，因爲沒有什麼人可以忍受那樣長距離的爬行，而我則忍了下來。

他們轉而向東之後，我向前看去，立即看到前面沙漠之中，兀立著幾座嵯峨的石崖。

雖然隔得還遠，但是已經可以看出，那幾處嵯峨的石崖，險惡之極，崖石在月光下看來，猶如無數柄冰冷的鋒銳的利刃一般。

那三個阿拉伯人和艾泊，繼續向前走著。他們的目的地，顯然是那幾座石崖，我仍然咬緊牙關，爬行著跟在他們的後面，和他們相距，大約十步。

那幾座石崖漸漸地接近了，我的心情，也開始緊張起來，因爲艾泊和那三個阿拉伯人，究竟是在弄什麼花樣，也立即可以揭曉了。

我已經知道了他們的去向，自然不怕失去了跟蹤的目標，所以我不再昂著頭爬行，因爲這樣使我自己易於暴露目標。

那三個阿拉伯人和艾泊的手中，全都有著致命的武器，我不知他們究竟懷著什麼目的之前，是不能讓他們知道我在跟蹤他們的。

所以我低著頭，幾乎將身子全埋入沙中，只是每隔上一分鐘，才抬起頭來向前看上一眼。

每次，當我抬頭向前看去時，艾泊和那三個阿拉伯人，總是仍在前面走著，漸漸接近那越看越是險惡的石崖。

然而，出乎意料之外的怪事終於發生了。

在離開那幾座石崖，只有小半里的時候，我抬起頭來，艾泊和那三個阿拉伯人不見了。

他們四個人真的不見了，我的眼前一個人也沒有，只是一片平坦的沙漠！

我呆了一呆，再向左右方向看去，也是沒有人。艾泊和那三個阿拉伯人，是四個活生生的人，剛才還在我前面十步左右處走著，只不過我低下頭，將頭藏人沙中一分鐘左右，他們便不見了！

離開石崖還有小半里，他們不可能在一分鐘之內，便到達石崖的，也就是說，他們絕無可掩蔽身子的所在，然而，他們卻不見了！

難道他們在剎那之間，都成了隱身人？即使是的話，那麼他們的衣服呢？

我心中在告訴自己：那一定是有原因的，那一定有原因的。

但是另一方面，我卻又自己對自己說：沙漠中的怪現象來了，三個阿拉伯人，艾泊和那一切，可能全是幻像，全是由我自己想像出來，事實上根本不存在的東西！要不然，何以會在突然之間消失呢？

我竭力使我自己的頭腦，保持清醒，我考慮著種種的可能。

我肯定他們四個人的目的地是那幾座石崖，我也假定他們突然消失，是他們也像我一樣，將身子埋到了沙中。然而我卻找不出他們將身子埋在沙中的原因來。難道是他們發現有人跟蹤？

我等了二十分鐘，前面的沙中，一點動靜也沒有，這証明我這個料斷也不正確。

我不禁苦笑了一下，我絕不願意承認我剛才所見到的，我費了那麼大的精力在跟蹤著的，只是四個幻象。但如今看來，我已不得不接受這個事實了。

我站了起來，拍打著身上的沙粒，突然之間，我聽到了幾下極其勁疾的「嗤嗤」之聲，我立刻臥倒在地，打滾，滾出了五六步。

「刷刷刷」幾聲過處，幾株黑色的火箭，深深陷入沙中，那地方就是我剛才站立的地方。

我抬起頭來，向前看去，我看到在山崖之上，有人影在閃動。

還未及等我看清那在山崖上閃動的是什麼人，又有幾枝同樣的箭，向我射了過來。

我又滾著身子，避了開去。那幾枝箭，來自同樣的方向，它們是從石崖上居高臨下射來的。那些箭射下來的勁道是如此之強，準頭又是如此之準，這使我相信，那一定不是用人手拉弓射出的，而是一種古代的武器。

在赤裸裸的沙漠之中，我一點掩蔽也找不到，我不能起身逃走，因爲那些箭的射程，可能極遠，我起身逃走，或不顧一切地逼近去，同樣的危險。我只是在地上滾著，一面用力向下壓著，使我的身子，陷入了沙中。

一枝枝的箭，仍不斷自石崖之上，向下射來。

但是當我的身子，完全陷入沙中之際，石崖上的射手，顯然已失去了他的目標，箭落在我身旁，我一動不動的伏著。

接著，我便聽到石崖上，響起了一股奇異的號角聲。那種號角聲，乍一聽來，像是沙漠中餓得發慌的鬣狗的號叫聲。

我僅僅使我的眼睛露在沙外，盡可能向上看去，我看到石崖上有阿拉伯彎刀閃耀著的晶光，也看到了不少人影在閃動。

那石崖中，可能是一族阿拉伯人的大本營，我心中自己問自己：我是不是應該直闖過去呢？我用什麼法子闖過去呢？

就在我猶豫不決的時候，怪事又發生了。

在我的面前，平靜的沙面，突然高了起來，一個阿拉伯人的身子，突然從沙底下冒了起來。我呆了一呆，身子突然向前撲出，那阿拉伯人揮動著手中的彎刀，正向我砍來。

但是我一撲到他的身前，身子陡地一轉，已轉到了他的背後，手臂伸處，便已將他的頭頸，緊緊地挾住，那阿拉伯人掙扎著，但我將他挾得更緊，令得他不能不手一鬆，將那柄鋒利的彎刀，落在地上。

第十八部：阿拉伯最佳快刀手

我身子一俯，將那柄彎刀拾了起來，同時，我也看到了一個奇蹟：那阿拉伯人冒出來的地方，竟是一條黑沈沈的地道！

在沙漠之中，居然會有地道，這實是令人難以置信的事實，我看了一眼，便將彎刀架在那阿拉伯人的頸上。然而，不待我發問，從地道中又冒起了兩個阿拉伯人來，以他們手中的吹筒對準著我。

接著，從地道中出來的阿拉伯人越來越多，轉眼之間，我已被十幾個阿拉伯人圍住了。

那十幾個阿拉伯人只是圍住我，並沒有動作，但是他們的臉上，卻充滿了敵意。

在那樣的情形之下，我實是不知道該怎樣才好了！我挾住了一個人，我可以立即將他殺死，但是在我還未曾轉過身來的時候，一支毒箭，便可能在我的背心中插進。

如果在我的身邊有著一株大樹，那情形，就不同了，我可能毫不猶豫地便發動進攻。

但是我的身邊卻什麼也沒有，只有敵人，那樣近乎赤裸地面對著敵人，而毫無隱蔽退縮的餘地！

我僵立著不動，那些阿拉伯人也不動，氣氛緊張、難堪，然後，我聽到了艾泊的聲音。

艾泊的身予，還未曾從地道中冒出來，便急不及待地叫道：「衛斯理，別傷害人，快放下刀！」

我還在考慮著是不是應該聽艾泊的話，艾泊已躍了上來，揚著手，大聲地以阿拉伯的土語叫嚷著，圍在我身邊的那十來個阿拉伯人，放下了他們手中的武器。

我也一鬆手，放棄我手中的阿拉伯彎刀。

艾泊的面容，十分驚惶，奔到了我的面前，道：「你怎麼來了？老天，你怎麼來了？」

我冷冷地以同樣的話反問他：「你怎麼來了？」

艾泊還未回答，從地道中，又走出了一個阿拉伯人。

那阿拉伯人才一現身，所有的阿拉伯人，便一齊跪了下去。我也連忙向那阿拉伯人看去，一看便知道，他是這一群阿拉伯人的首領。

因爲大多數阿拉伯人，都赤著上身，只有一小部份是穿著傳統的阿拉伯衣服的。但是這個人卻身上披著一件繡有金線的披風，他的腰際所掛的那口阿拉伯彎刀的刀鞘上，也鑲滿了寶石。

那些阿拉伯人跪在地上，一聲也不出。艾泊也彎腰向那阿拉伯人行著禮，同時對我道：「衛斯理，快鞠躬，他是族長。」

我冷笑了一聲：「我爲什麼要向他鞠躬？」

那被艾泊稱爲族長的阿拉伯人，向我走近了一步，傲然地望著我：「行禮！」

他說的是法文，字正腔圓，顯然他是在法國住過的。我冷冷地道：「禮貌是雙方面的，你不對我行禮，我爲什麼要對你行禮？」

族長手按在刀柄上，面上現出了忿怒之極的神色來。艾泊連忙走了過來，道：「族長閣下，他是我最好的朋友！」族長倖然道：「你最好的朋友，他卻不肯對我行禮！」艾泊望著我，但是我的面上，卻只是帶著冷笑，當然我不會行禮。

族長振臂高叫了幾聲，跪在地上的那些阿拉伯人，一起站了起來，聲勢洶洶地望著我。

我橫刀當胸，凝視著他們。

艾泊大聲道：「衛斯理，你一個人難道敵得過他們這許多麼？」

我冷笑了一聲，道：「艾泊，你不會明白的。」艾泊又轉身向族長叫道：「這太不公平了，太不公平了，阿拉伯人不是最講公平的麼？」

族長的手臂，本來已向上揚了起來，看情形他是準備下令，命眾人向我進攻的。但是艾泊的話叫了出口，卻使他改變了主意，他的手停住不動，不再向上揚起，道：「我可以讓他和尤普多比鬥，來決定他自己的命運。」

艾泊面上變色：「族長閣下，這仍是不公平的，你們是所有阿拉伯民族中，最善於用刀的一族，尤普多又是你們之中最出名的刀手，這不公平。」

艾泊一力為我爭取「公平」的待遇，使我相信他對我並沒有懷著惡意，事情可能是給我自己弄糟了的。

族長搖頭道：「不，絕對公平，一個對一個，絕對公平！」

艾泊攤著手，向我望來，我笑了笑，道：「我想族長是公平的，我也想會一會最善用刀的阿拉伯民族中最著名的刀手。」

族長大笑著，用力拍著艾泊的肩頭：「艾泊朋友，你還說我不公平？」

艾泊無可奈何地嘆著氣，道：「衛斯理，你將一切事情都弄壞了。」

我抱歉地笑了一笑：「艾泊，我如今還有什麼辦法？如今我還能示弱麼？」艾泊叫道：「你不能示弱，但你將和尤普多動手，只是爲了你不肯向族長鞠躬，你可知道尤普多？他出刀如閃電，跳躍如貓鼬，在你還未看清他手腕的動作之前，你已經血染黃沙了！」

我淡然笑著：「艾泊，世上未必沒有比閃電更快速，比貓鼬更靈活的東西。」

艾泊雙手擊著掌：「是你麼？是你麼？尤普多在未曾成爲他們族中的最佳刀手之前，我曾親眼看到過他躍向前去，劈死了兩個德國兵，而那兩個德國兵，則連取槍的機會都沒有！」

我誠懇地道：「謝謝你，艾泊，我仍然願意會一會尤普多，而不願意向族長行禮。」

艾泊嘆了一口氣。族長已昂著首，向那地洞中走去，他的身後跟著七八個人，然後，便是我和艾泊兩個人，當我從地洞中走進去的時候，我已經知道艾泊和那三個阿拉伯人，是如何會突然在沙漠中失蹤的了。他們自然是鑽進了地洞之中！

但是，仍有許多事我是不明白的。

我們在地道中走著，我看出那地道是一大塊一大塊的石塊砌成的，看來這不像是現在的工程，我問道：「艾泊，這條地道通向何處？」

艾泊有氣無力地道：「通向一座古城，早已被歷史遺忘了的古城。」

我呆了一呆，道：「那古城就在這些石崖之中？」

艾泊道：「是的，古城的所有建築物，全是就地取材，用那些岩石造成的，所以即使有飛機飛過上空，也絕不會發現，當年德國人曾出動數十架偵察機，也未能發現我們活動的基地，便是這個原因。」我道：「原來這裏便是你當年活動的基地？」

艾泊長吁了一聲，道：「是的，是我當年在沙漠中活動的基地之一，我曾經在德國兵手中，救過費沙族長的性命，所以他才許我進入那座古城的，除了他們的族人之外，我是唯一能進入那座古城的人。」

我笑道：「如今有兩個了，還有我。」

艾泊苦笑道：「我是說，我是唯一能進這座古城，而又能出來的人。」

我不禁「哈哈」大笑起來，使得走到前面的阿拉伯人都停住了回過頭來看我，連費沙族長也在內。我道：「艾泊，你以爲尤普多一定會殺死我麼？」

艾泊還未回答，費沙族長已大聲道：「沒有什麼人能夠逃生，只要尤普多想殺他。」

我冷笑一聲：「族長閣下，我想你不會吝嗇到不下令叫尤普多殺死我的，除非你怕你的誇口之言，被事實打破，」

艾泊的面色發白，費沙的面上如何，因爲地道中十分黑暗，所以我看不清楚。但是他再向前走去之際，腳步聲突然變得沈重，那使我知道，費沙族長是在大發雷霆之怒了。

我既然存心會一會最佳的阿拉伯刀手，當然希望對方全力以赴，施展他的絕技。當然，這也使我的生命，增加了危險，但還是值得的。

因爲在今日的世界中，新式武器已使得一個手無縛雞之力的人，可以輕而易舉地殺死一個劍道高超的武士。這不免使得像我這樣，受過中國古代武術訓練的人，感到悲哀。

如今，可以和一個阿拉伯高手，大家以古代的兵刃一分高下，我怎肯放過那樣的好機會？

艾泊不住地嘆著氣，我則不斷地發問：「艾泊，那座古城，是什麼時候建造的，你可知道？」

艾泊道：「我不是考古學家，我不知道，但是我卻知道你要找的那座金字塔，一定和那座古城有關。」我大喜道：「何以見得？」

艾泊道：「那座古城之中，有一尊殘毀了大半的神像，叫作『看不見的神』，你不是要到那座金字塔中找什麼隱身法麼？」

我心中更是大喜，因爲那座古城，極可能便是當時的埃及法老王，建造了給來自遙遠的南美的索帕族人居住的。

當然，來自富饒的南美平原的索帕族人，是不會習慣在沙漠中居住的，他們可能立即放棄了這座古城，而搬遷到尼羅河附近去居住，這大概便是這座古城根本未引人注意的原因了。

我埋怨著艾泊：「那麼，你爲甚麼早不和我說呢？」艾泊道：「我不能肯定他們是不是還住在古城中，這些年來，埃及已發生了那麼驚天動地的變化，說來可笑，族長是效忠於埃及廢王的，埃及政府的軍隊，一直在搜捕他們，但是卻一直不知道他們聚居在什麼地方。」

我又道：「那你倒豎在沙漠中，又是爲了什麼？」

艾泊瞪了我一眼：「原來你早在注意我了？你不信任我，是不是？」

我忙道：「艾泊，請不要那麼說，我只是心中感到奇怪而已。」

艾泊聳了聳肩：「這一族阿拉伯人，是沙漠中的天之驕子，他們沒有一個不善於用刀，沒有人不善於射箭，更沒有人不善於在沙中爬行，我知道，如果他們還在這裏的話，那我們的出現，一定會引起他們的注意的，他們一定會派人來窺伺我們。」

我道：「你仍未說到爲什麼要在沙中倒立。」

艾泊道：「你還不明白麼？如果我站著，有人在沙中爬來，我便不易看出來，而如果我倒立著，我的眼睛離地平線近了，地面上有什麼在移動著的沙丘，我便更容易發現了。」

我不禁啞然失笑：「艾泊，那你爲什麼不乾脆伏在地上？」

艾泊道：「我不能隱藏自己，如果我伏在地上，被他們認爲是有意隱藏自己的話，那麼他們便立即當我作敵人了！」

我道：「我明白了，你不要我值夜，便是怕我得罪他們的緣故？」

艾泊道：「你還說，你終於得罪了他們，而且得罪的還是費沙族長！」

我想了一想，道：「艾泊，如果我勝過了尤普多，你說他們會對我怎樣？」艾泊搖頭道：「這是沒有可能的事。」我道：「我說是『如果』，你回答我，」

艾泊道：「不知多少他們的族人，想勝過尤普多，但是卻都死在他的刀下，以致族長已下令禁止再有任何人和尤普多動手，尤普多是這一族的精神上的寄託，如果你勝了尤普多，你在他們眼中的地位如何，你自己難道不能想像？」

我道：「我可以想得到了，說不定費沙族長，反而會向我行禮。」

艾泊道：「可能的，只要你能夠取勝。」

這時候，我們的眼前，陡地一亮，我看到一扇老大的石門，被推了開來。光亮便從那扇門中，射了進來，我們穿過了那扇門，又上了幾十級石級，便到達了一個石廣場之上。

我站在廣場上，四面看去，不禁呆住了作聲不得，在山崖之中，居然會有這樣的一座小古城，那實是難以令人相信的事！

所有的房屋，全是以大石塊砌成的，十分古樸，使人有置身於傳說中的感覺。但是這一族阿拉伯人，顯然十分窮困，他們養的駱駝，瘦而無神，他們的衣服，也是難以蔽體，只不過他們看來，仍然十分精壯而有生氣。

費沙向圍攏來向他行禮的人揚手大叫。

費沙族長叫的是：「這個外來人，將和我們的榮譽——尤普多比較高下！」

費沙族長的話，迅速地傳了開去，我相信不到五分鐘，所有古城中的阿拉伯人都知道這個消息了。費沙又轉過身來，對我道：「每一個和尤普多決鬥的人，都可以享受我的招待，請到我的住所來。」

我笑了一下：「這有點像死囚臨行刑前的一餐，是不是？」

費沙族長狠狠地瞪了我一眼，大踏步地向前走了過去，艾泊嘆了一口氣，碰了我一下，道：「走吧，去享受你行刑前的一餐吧！」

我又笑了一笑，這時候，我的心情，可以說是興奮到了極點。我並不是以為自己一定能夠勝得過尤普多。因為阿拉伯的武術，和中國古代的武術，有許多相近之處，都是十分深奧神秘，阿拉伯人之善於用刀更是世界聞名，但是基於我多少年來未能和人刀對刀地爭鬥，所以我這時覺得十分興奮。

我們跟在費沙族長的身後，向前走著。那座古城全是以大塊大塊的岩石砌成的，而且極具規模，使人好像置身於天方夜譚的境界中一樣。

但如今究竟是現實的境界，因為這古城的真正統治者，似乎是窮困和疾病，而不是費沙族長，那和天方夜譚中遍地珍寶的傳說，更是格格不入。

我們所經過之處，人從街道上湧了過來，這是十分有希望的一個民族，因為他們的精神，並未曾屈服在窮困和疾病之下，他們絕不是懨懨無生氣的，即使是骨瘦如柴的小孩，這時也向我發出了十分難聽的怪叫聲，像是在譏笑我竟敢和尤普多動手。

沒有多久，我們便到了費沙族長的住所，那裏是一座神廟。廟牆上和廟柱上的雕刻，依然完整，我一看便認出，那些浮雕的獸頭人身神像，和那七間秘密祭室中的，完全一樣。

這時，我又不免想起那七間祭室中，神像眼中鑲嵌的金剛鑽來，我如果可以勝過尤普多的話，我一定要將這個秘密告訴費沙族長，勸他向如今的埃及政府奉獻這個秘密，作爲他族人不必再流竄的代價。因爲他的族人雖然強悍，但如果再在這個古城中株守下去的話，那也只有滅亡一途了。

族長的居所就在廟堂上，一條舊得不堪用的軍用毯子，鋪在一塊大石上。但是當費沙族長坐上那塊大石去的時候，他的神氣，就像是坐上了一張鋪著純白虎皮的黃金交椅上。

我四面打量著，費沙族長道：「很簡陋，是不是？」

我聳了聳肩：「我相信你一定可以有法子過著比目前更好的生活的，但你不願意，是不是？」

費沙族長傲然道：「當然，我的族人需要我。」

我道：「但看來你卻並不重視他們！」

費沙族長的臉漲紅了，其餘人的臉色發青了。艾泊叫道：「衛斯理，你出言謹慎些。」

我揚起了雙臂，道：「我已經夠謹慎了，你難道看不到麼？費沙族長使得他的族人，在貧窮困苦中打滾！」

費沙族長發出了一聲怪吼，陡地拔出了他腰際的佩刀，如一頭猛虎也似，向我衝了過來，我後退，再後退，又後退。

費沙族長向我連連發了七八刀，刀光閃耀，刀風如電，但我只是後退。

費沙站住了身子，大聲喝道：「還手，懦夫，還手！」

我冷冷地道：「尤普多呢？我要會見最好的刀手！」

我是故意如此說的，因為我要費沙覺悟到他一點也沒有什麼了不起，時代不同了，他絕不是阿拉伯人在世界上叱吒風雲時的一個族長，而只是縮在一個古城中等死的一個族長，他若是肯拋棄他頑固的想法，那麼他和他的族人，才能有救。

所以我便竭力刺激他，使他覺得他自己，並不偉大。艾泊顯然不知道我的用意，因而他嚇得面上變色。費沙族長的彎刀，劈到了一半，突然停住，道：「你要立即和尤普多會面？」

我笑了一下道：「最後的一餐已被取消了麼，也好，請你宣召尤普多來和我見面吧。」

費沙族長向他身旁的一個阿拉伯人大聲叫嚷了幾句，那阿拉伯人便奔了出去，廟堂中靜了下來，誰也不出聲，只有費沙族長在不斷冷笑。十分鐘後，剛才跑開去的阿拉伯人，首先奔了進來，他的面色，十分興奮。在他的後面，一個人——他是除了費沙族長和女人們之外，唯一穿著上衣的阿拉伯人——大踏步地走了進來。

費沙族長的面上，立刻露出了笑容，張開雙臂，迎了上去，那人也張開了手臂，他們兩人到了近前，相互拍擊著對方的肩頭。

艾泊向我接近了一步：「那就是尤普多了。」

我早也知道，能得到費沙族長這樣隆重歡迎的人，一定就是他們族中最佳的刀手尤普多了。

我保持著鎮定，向尤普多看去，只見他的身子十分高，比我高出大半個頭。他的手臂也十分長，長得看來有些異相。

他腰際懸著一柄彎刀，刀鞘上鑲著寶石，那刀鞘之華貴，和他衣衫之襤褸，絕不相稱。但是他臉上的神情，卻十分自傲，十分高貴，遠在那柄刀鞘之上。他有著鷹一樣的眼和鷹一樣的鼻，我只看了幾眼，便看出他絕不是容易對付的人物！

我在打量他時，費沙族長正在急不及待地對他講著話，講的當然是我，因為尤普多也向我望來。我們兩人對視著，約有半分鐘，他突然繞過了費沙族長，向我一步一步地走了過來。

我挺了挺身子，他逕自來到我的面前，以十分生硬而發音不準的法語道：「你要和我比刀，是不是？」

我點頭道：「不錯。」

尤普多道：「我從來不輕視我的敵手，但是我卻也從來不使敵手認為他輸得不值——」

在我還未曾明白尤普多這樣說法是什麼意思間，尤普多的手臂，陡地一震。唉！

我竟沒有發覺他在講話的時候，手已漸漸地接近刀柄。但是事後我想了一想，就算我發覺他會有所動作，我仍是來不及應付的，因爲他的出刀之快，正如艾泊所說，猶如閃電一樣！

當時，他手臂一震間，我只聽得「鏘」地一聲，眼前突然精光大作，頭頂上陡地涼了一涼，接著，又是「鏘」地一聲響，尤普多已恢復了原來的姿勢，仍然站在我的面前。

這一切，至多只不過是一秒鐘內所發生的事。

艾泊的語音中，竟帶著哭音，他叫道：「衛斯理，噢，衛斯理！」

我不明白究竟發生了什麼事，回過頭去問道：「作什麼？艾泊，你作什麼？」

所有的人都笑了起來，只有兩個人不笑，一個是艾泊，一個是尤普多。

艾泊望著我，悲哀地搖了搖頭，道：「摸摸你自己的頭頂，衛斯理！」

是了，剛才尤普多似乎向我發了一刀，而我的頭頂，也曾經涼了一涼，一定有什麼不妥了。我連忙伸手向頭上摸去。

我的手才摸到我自己的頭頂，便僵在那裏沒有法子再移動了。我的頭頂上，頭髮已不見了一大片，頭髮被削去的地方，簡直和用剃刀剃去，沒有多少分別，摸上去光滑之極。

好一會，我的手才緩緩移動，我才覺出我的頭髮被削去的，不是一片，而是兩指來寬的一條，從左耳到右耳，一根頭髮也不剩。

我相信那時候，我的面色一定難看得很，雖然我眼前沒有鏡子，但是我看到費沙族長笑得前仰後合，幾乎連眼淚部笑了出來。

我這時才知道，艾泊對尤普多的形容，是絕無誇張之處的。他的那柄腰刀，自然是鋒利之極，而他那樣快疾的一刀中，竟然一點不傷及我的頭皮，而只是將我的頭髮剃去，這是何等身手？只要他多用一分力道的話，我兩隻耳朵之中，必有一隻，早已落地了，而他竟能將力道算得絲毫不差，這又是何等神通？

就算我有著手槍的話，當他出其不意地向我一刀砍來之際，我想要拔槍，只怕也是來不及的！

又過了好一會，我的手才放了下來。

尤普多道：「我不以爲你還要和我比刀了！」

他話一說完，便轉身向費沙族長走去。我等他走出了兩步，才叫道：「尤普多，你停一停。」尤普多站定了身子，我才慢慢地道：「你太肯定了，我還沒有回答你的問題。」

尤普多倏地轉過身來，在高聲大笑的阿拉伯人，也張大了口，出不了聲。

艾泊咕嚕著道：「一點也不勇敢，那絕不勇敢。」

我不理會他們，只是向尤普多道：「剛才，我看到了可以說是世界上最快的刀法，但是我卻並不準備打消和你比試的念頭。」

我一面說，一面慷慨地向他走去，我絕不讓他看出我逼近去的目的，所以我將手中的彎刀，放在背後，而且不斷地講話，道：「我十分佩服你出刀之快，但並不是說我已經被你嚇住了！」

我這一句話才講完，手中的彎刀，已經抖起，我手中握的雖是阿拉伯彎刀，但這時我所使的，卻是中國五台刀法中的一式「周而復始」。我手中的彎刀，抖出一個圓圈，刀尖直指尤普多的胸前。

在尤普多還未曾明白發生什麼事情之際，我已經收刀後退了！

這一次，廟堂之中的所有人，都沒有笑出聲來，卻只有尤普多一人，在低頭一看，看到他胸前的衣服，已因爲我這一刀，而被削出了一個徑可尺許的圓洞，那塊圓布片就落在他腳下的時候，他卻哈哈大笑了起來：「你可以和我動手的，不錯，你是可以和我動手的！」

費沙族長以幾乎不能相信的神色望著我，又和尤普多講了幾句話。

艾泊走到我的身邊：「費沙是在問尤普多可有必勝的把握，尤普多說沒有。」

我忙道：「那麼，他們可會另出詭計呢？」

艾泊道：「你只管放心，他們高傲，但是絕不卑劣。」我道：「那就行了。」艾泊望了我一會，但是卻並沒有說什麼。

那時，在古城中，已經響起了一陣陣奇怪的號角之聲，也隱隱地可以聽得喧嘩的人聲。費沙族長的面色，絕不像剛才尤普多削去我頭髮時那樣地得意了。他只是轉過頭來，冷冷地對我道：「比試就要開始了。」我大踏步地向外走去。

我才走出了廟堂，尤普多便趕了過來，和我並肩向前走去。我們兩人並不說話，他連看也不看我，只是嚴肅無比地向前走著。

我向他望了幾眼，面上的神情，也不由自主地嚴肅了起來。那不僅是因爲我將和尤普多作生死爭鬥，而且是因爲沿途所遇到的人，不論是大人小孩，沒有一個不是神情莊嚴地望著我們之故！

我是在向他們民族的榮譽在挑戰！一想到這一點，我想笑也笑不出來了！

我們一直走到那個石坪之上站定，那古怪的號角聲，也驟然停了下來。這時，在空地的四周圍，圍滿了人，我相信這一族中，凡是能夠走動的人，都已經出來觀看我和尤普多的比試了。

但是，人雖然多，卻是靜得出奇。

這時，正是天色微明時分，灰濛濛的天色，照著這個奇異而神秘的古城，強悍而自傲的民族，而我則面臨著嚴重的挑戰。我的心境，十分難以形容。

費沙族長緩緩地向我們兩人走來，他先對我道：「你可以有權選擇一柄好刀的。」

我向我自己手中的彎刀望了一眼：「謝謝你，我覺得這柄就很不錯。」

費沙族長道：「那麼，平舉你的武器。」

我平平地舉起了我的彎刀，尤普多站在我的對面，也將他的彎刀，平平舉起，兩柄彎刀的刀尖湊在一起，使得兩柄刀，成了一個奇異的「S」形狀。

費沙族長向後退了出去，我只當他退出之後，一定要下令比試開始了，所以我的心情，更是緊張。

第十九部：生死決鬥

但是，出乎我意料之外的，費沙族長雖然下令比試，只不過他所說的話，卻令我大為愕然。他十分莊嚴地道：「天色快要亮了，萬能的太陽，將要升起，在第一絲陽光射入古城之際，你們兩人才能開始比試，願真神阿拉護佑你們！」

當第一絲陽光射入古城中才可以動手，我幾乎高聲叫了出來，尤普多是生活在這座古城之中的，他自然更容易知道太陽光在什麼時候，將會照射到那座古城，而我卻只能緊張地等待著。

尤普多的出刀是如此之快，只要給他佔到了半秒鐘的先機，我就危險了！

我略略轉過頭，向艾泊看去，只見艾泊的面色，比月下的石塊還要灰白。我立即又轉過頭來，在那剎間，我已經想好了對策。我雙眼一眨也不眨地望著莊嚴如石像的尤普多，但是我的目光卻不是停在他的面上，而是停在他的胸口。

他胸口的衣服，被我削出了一個圓圈，胸膛可笑地露在外面。

我越向他注視，他便越是顯得不安，這一點，我是可以從他的眼神之中看出來的。

不到十分鐘，他的彎刀刀尖，甚至在作輕微的抖動，看來他更不安了。因爲這時，千百雙眼睛，也可能注視著他可笑的胸膛。

當然，人家同樣可以知道我頭上的頭髮，去了一片，是尤普多的傑作，但人家卻不會笑我，因爲我是一個外來客，而尤普多卻是尤普多。

我抬起頭來，望向尤普多，只見他面肉抖動著，眼中的神色十分憤怒。

他發怒了！這正是我想要達到的目的。

因爲在快速的進攻中，若是憤怒的話，往往會作出最錯誤的決定的。

我等待著尤普多首先向我作進攻。

天色慢慢地亮了起來，太陽可能已經昇起了，只不過它的光線未曾照到這個古城而已，我雖然已使尤普多發怒，但尤普多快刀給我的印象，仍然使我不能十分樂觀。

我幾乎是屏住氣息地等待著。

突然，我看到尤普多的面上，現出了一種久經壓抑，將可獲得發洩的神情。我立即知道，第一絲陽光要射到古城中來了。我立即身形微矮，也就在這時，尤普多的彎刀，迎著第一道射入城中的陽光，像是一道閃電一樣，向我的肩頭劈了下來！

我在身形一矮之際，早已打定了退開的主意，刀光一閃，我已向外掠了出去，但是尤普多的那一刀，仍然使我的衣袖被割裂。

我一後退，尤普多立即跳躍著逼了過來。他的來勢之快，實是大大地出乎我的意料之外，而他的刀法，也絕不是我事先想像的那樣不夠周密的。

在接下來的五分鐘之中，我可以毫不誇張的說，是我一生之中，最接近死亡的時候。

寒森森的刀光，在我的四周圍不斷地閃耀著，呼嘯著，像是上天忽然大發雷霆之怒，感到了不需要我這個人的存在，而發出了無數閃電要將我擊中一樣。

我盡我所能地躲避著，我跳躍，閃動，打滾，翻身，但是在五分鐘後，我的身上，也已多出了許多道血痕，我身上的衣服，已經不成其為衣服了。

然後，我開始反攻了。

彎刀和彎刀的相擊，發出驚心動魄的鏘然之聲，旁觀眾人的氣息屏得更緊，我開始聽到了尤普多的喘息聲，在我開始反攻後的五分鐘，尤普多已經漸漸地失去了優勢，在急於取勝的情形下，他開始犯錯誤了。

他在我一刀橫揮，向他的腰際削出之際，身子陡地一矮，幾乎是蹲在地上。我的那一刀，在他的頭頂「刷」地掠了過去。

如果尤普多不是急於取勝的話，他在避開了我這一刀之後，應該迅速後退，判明情況之後，再作進攻的，或許他根本不應該用這種方法向我進攻，但這時，他才避過了這一刀，手中的彎刀便突然向我的胸口，疾刺了過來！

我無法不承認這是精彩絕倫，大膽之極的一刀，但我等這個機會，也已等了許久了！

就在他一刀由下而上，向我刺來之際，我陡地向上躍起，自他的頭上躍過，到了他的背後。

尤普多一定是想在他的這一刀上，來結束爭鬥的，所以這一刀的力道用得極大，人也站了起來，而當我躍起之後，他那一刀，也已刺空，一時收不住勢子，整個人向前一衝。

我早料到會有這樣情形發生的了，我一躍到了他的背後，手肘一縮，刀柄已經撞在尤普多的背心之上。

尤普多發出了一下猶如野獸嗥叫也似的聲音，身子又向前跌出了一步。

但是他仍然不愧是第一流的刀手，在踉蹌向前跌出之際，竟然疾轉過身來，反手向我發出了一刀！

只不過我又已較他早一步發動，我向他攻出的一刀，已然到達，刀背擊在他的手背之上，令得他五指一鬆，那反手和他的刀只砍到一半，刀便離手了，我連忙手一縮，使我的刀和他的刀相碰，發出「鏘」地一聲響，然而我鬆開手，讓我的刀和他的刀，一齊落到了地上。

我的動作十分快疾，尤普多的動作也不慢，在旁人看來，就像是我們兩人的彎刀相碰，大家的刀一齊震跌在地一樣。

但尤普多卻是知道的，他呆呆地站著，面色難看到了極點。

我連忙叫道：「艾泊，你看，我竟可以和這個阿拉伯一流刀手打成了平手！」

尤普多的身子震動了一下，以不明白的神氣望著我。我向他一笑：「我們兩人同是偉大的刀手，是不是?或許是真神阿拉要兩個偉大的刀手同時存在世上，所以我們的刀相碰，便一齊跌到了地上！」

尤普多張起了手臂，好一會說不出話來，只見他嘴唇抖動著。

我看到他這種情形，便知道他已經明白我的用意了。我微笑地望著他，只見他口唇哆嗦了好一會，才叫出了四個字來：「真神阿拉！」

接著，他向我衝了過來，以他長而有力的手臂抱住了我，我也抱住了他，我們相互拍擊著對方的脊背，四周觀眾這時候突然爆發出了一陣如雷也似的歡呼聲，簡直是驚天動地。我相信，埃及政府如果在三十里之內有巡邏隊的話，那麼他們一定可以發現這個民族的聚居之地了！

我和尤普多兩人分了開來，尤普多拾起了他的彎刀，交到了我的手中，我也拾起了我用的彎刀，交到了他的手中去。

我和尤普多的爭鬥，還不到半小時，但這時陽光已經照射到這座被人遺忘的古城的每一個角落了。

人們像是瘋狂似地跳著、嚷著。然後，費沙族長緩緩向我們走了過來。等到費沙族長來到我和尤普多身前之際，人聲突然又靜了下來。

費沙族長轉向我，呆了一呆，向我作出了一個十分古怪的動作，但是我卻立即體會出，那是費沙族長在向我行禮！

人的情緒是一種十分奇怪的東西。我因為不肯向費沙族長鞠躬，所以才和尤普多比刀，冒了一場大險。但這時，我卻立即向費沙族長鞠下躬去，還了他一禮。

費沙族長在我直起身子之後，將手按在我的肩上，以極低的聲音道：「其實你是可以不必還禮的。」我笑道：「你以為中國人是這樣不講禮貌的麼？」

費沙略呆了一呆：「我在你的身上，認識中國人了。」我道：「我也在你的身上，認識阿拉伯人了。」我相信費沙族長本身，也是一個傑出的刀手，他一定是看出了我和尤普多的比試，並不是平手，而是我已經取勝了的。

所以，他才向我行禮。他是一族之長，所有他治下的人全在這裏，他卻毫不猶豫地向我行禮，這便是一件十分難能可貴的事情。這顯出他們整個民族，是一個十分高貴的民族。

因為如果他的品格卑劣的話，他一定會下令，令刀手向我圍攻，寡不敵眾，若是費沙族長下了這樣命令的話，我是絕難逃生的了。

艾泊衝了過來，我們兩人又擁抱了片刻，費沙族長一手拉著我，一手拉著尤普多，一齊向前走去，所有的人又發出了如雷鳴也似的歡呼聲，我們到了廟堂之後，歡呼聲仍在繼續著。

費沙族長和我們，一齊坐了下來，他的侍者捧上了土製的劣酒，卻是放在最精緻的古埃及酒器之中的。

我大口地喝著那種事實上是難以入口的劣酒，費沙族長問我：「你們到這裏來，當然不是爲了旅行，那是爲了什麼？」

我抹了抹從口角流下來的酒：「我們來尋找一座失了蹤的金字塔。」

費沙族長一聽，手震了一震，捧在手中的酒，甚至濺了出來。

我呆了一呆，道：「怎麼，事情有什麼不對？」

費沙連忙道：「沒有什麼，你所說的……金字塔，是在什麼地方？」

我已經看出，費沙族長的心中，正有什麼事情在瞞著我，我直視著他，道：「就在這裏附近，你可以告訴我，我要找的金字塔是在什麼地方麼？」

他的身子又是一震，酒再度自酒杯中酒了出來。他忽然笑了起來，那種勉強之極的乾笑，當然是爲了掩飾他的窘態而發的。

他笑了好一會，才道：「這倒有趣了，我絕不知道這裏附近，有著什麼金字塔。」

本來，我也不能肯定費沙族長是不是知道我所要我的金字塔的所在地，因爲這座金字塔在地面上消失已有許多年了，它可能被埋在極深的沙下面。

但是聽到了費沙族長那種笨拙的否認之後，我卻感到，他是知道的，至少他是有著概念，而絕不是像他那樣所說，一無所知的。

我逼視著他，他轉過頭去，不敢和我相望。

我正想再說什麼時，艾泊忽然嘆了一口氣：「費沙老友，你變了。」

費沙族長的面上，頓時紅了起來，道：「艾泊，你這話是什麼意思？」

艾泊搖了搖頭，道：「老友，你自己明白。」

費沙面上的神色，十分激動，陡地站了起來：「艾泊，難道我不顧全族人的命運而將我所知的告訴他麼，你說。」

艾泊十分冷靜：「那你可以告訴他，你是不能說，並不是不知道。」

費沙吸了一口氣，轉頭向我望來，道：「好，我告訴你，你要找的那座金字塔在什麼地方，我是知道的，但是我不能告訴你，雖然你是我極其尊敬的人。」

我裝成不在乎地笑了笑，像是我不準備再繼續追問下去一樣，但是我的心中，卻是大爲高興，既已有了線索，我豈肯放棄追尋？我道：「是爲什麼原因，你可以告訴我？」

費沙族長道：「可以的，這座金字塔，保佑著我們全族的平安，絕不能讓外人去侵擾的。」

我幾乎要怒得高跳了起來，原來費沙族長是爲著迷信的原因，這自然是最愚昧的原因，但卻也是個最固執的原因了。

我又裝出微笑，道：「原來如此，你說『不許外人侵擾』，你的意思是說，這座金字塔是在外人可以到達的地方麼！」

費沙族長揚頭道：「我所能夠講的，就是那些，我沒有別的話可說了。」

我也站了起來，道：「看來你們的護佑神並不怎樣照顧你們的民族，因爲你們窮困、貧乏，幾乎是在這古城之中等死！」

費沙族長像是要發怒，但是卻發不出來，因為我所講的是事實，他只是道：「至少，埃及政府的軍隊，未曾發現我們，我們能以生存下去。」

我試探著他，道：「你有沒有想過，你可以和政府講和呢？」

費沙嘆了一口氣。艾泊代他道：「沒有辦法，現政府不知從什麼地方，獲得了一個錯誤的情報，硬說廢王有一批重要的珍寶，落在他的手上。現政府追捕他，倒不是為了政治上的原因，因為誰也知道那個廢王是絕不可能捲土重來的了。」

我聽了之後，心中大是高興，因為這與我原來的計劃，恰好吻合！我忙道：「我倒有一個辦法可以使你滿足埃及政府的要求，那麼你和你的族人，也不必再偏處在這個古城之中了！」

費沙望著我，一聲不出。艾泊搖手道：「衛斯理，你不會有辦法的，埃及政府向他需索的，是一批價值大得驚人的珍寶。」

我點頭道：「我知道，我可以提供一個寶藏的線索，叫費沙族長將這項線索供給埃及政府，來換取他們整個民族的自由。」

費沙仍是望著我，面上露出不可相信的神色來。我續道：「那是十二顆只經過極其粗糙的手工琢磨的鑽石，每一顆約有三百克拉上下。」艾泊身子搖晃著，站了起來：「你在做夢，你在做夢！」費沙道：「你……自己為什麼不去取？」

我聳了聳肩，道：「人沒有不愛金錢的，因為金錢幾乎可以使人得到他所需要的一切。但是，我也總弄不懂，一個人有了一千萬，和一萬萬之間有什麼不同，一個人的享受總是有極限的。我雖然沒有一千萬，但是我的生活過得很好，我想要的東西也都有，那十二顆鑽石，對我來說，只是十二塊可以反光的石頭而已。」

我又道：「當然，還有第二個原因，那便是，如果不是由政府的力量來取的話，我是沒有能力取到那些鑽石的。」

費沙族長喃喃地道：「有了這樣的寶藏，那麼我的民族的確可以自由了。」

我續道：「在最近被炸毀的那一座神廟的廢墟之下，便蘊藏著十二顆鑽石，新的雷達探測器可以確實你的說法，並且可以測知那些鑽石究竟是多少克拉，你只消向埃及政府証明這一點就行了，是不是？」

費沙族長道：「是的，那樣，我們便可以找到一個綠洲，在綠洲旁居住下來，而不是在這裏，從十幾丈深的地底，來汲取泥漿似的井水了。」

我笑了笑，道：「費沙老友，你相信我的話麼？」

費沙笑了起來：「衛斯理老友，我有什麼理由懷疑你這樣的人所說的話呢？等你從那個金字塔回來之後，我和你一齊到開羅去。」

我心中的高興，實是難以形容、但是我卻不使自己的高興太以顯露，因爲那會使我看來，一切全是我自己在爲自己打算。

我只是順口問道：「那金字塔難道並不是被埋在沙下面麼？」

費沙族長道：「當然是埋在沙下面，要不然早已被人發現了，但是，這座古城和那個金字塔，卻像是有關係的，因爲從古城之中，有一條地道是可以通到那座金字塔的內部的。」

我不由自主身子俯前，道：「當真麼？」

費沙點頭道：「我走過那條地道，但是只走到一半，我便不敢再向前走去，但在地道石塊上面所刻的古代文字中，我知道這是通向一個金字塔的。你不要以爲我只是一個落後民族的族長，我還是一個古代埃及歷史研究的權威，和人種學的博士。」

我聳了聳肩，道：「老友，我難道曾經說過你是一個文盲？」

費沙「哈哈」地大笑起來：「上一次我只是一個人進入地道，所以半途而返，這一次我們幾個人去，我想可以直達這座金字培的內部了。」

我道：「進入金字塔的內部，是一件十分危險的事，古代的咒語，可能會令人莫名其妙地喪生，幾千年前被閉塞在塔內的空氣，也可能已成爲最毒的毒氣，費沙，你何必去冒這個險？」

費沙族長道：「好，我可以不去，但是你卻沒有人帶路。」

艾泊高叫道：「啊，你竟撤起賴來了！」

第二十部：金字塔內部探險

這時，我們三個人，已相互以「老友」稱呼，而事實上，我們也完全成為老朋友了。

艾泊站了起來，向費沙族長要了兩個阿拉伯人，去我們的營地，搬運必須的物品。而我則和費沙族長繼續在廟堂中交談。

我聽得費沙族長說他自己是古埃及歷史的權威，我不禁大感興趣，我和他閒談了片刻，便道：「這座古城是什麼時候建造的，你可知道麼？」

費沙道：「據我的考據，這是在亞西利亞帝國滅亡之後不多久的事情。」

我點了點頭，其實我對於費沙所說的時代，也沒有什麼概念，我有興趣的只是那座古城是為什麼而建造的。我將這個問題，向他提了出來。

費沙「哈」地一聲，道：「老友，我對於古埃及的歷史，知道千百萬件事情，我甚至可以背得出安東尼的演詞，但是你為什麼單問一件我所不知道的事呢？」

我苦笑了一下：「那麼，你對於那『看不見的神』，又有什麼意見。」

費沙道：「那不是埃及的神，這正是使我迷惑的地方，你有什麼概念呢？」

我道：「我的意見是，在很古很古的時候，在遙遠遙遠的地方，有一族人，忽然成為隱身人了，那使他們全族趨於毀滅，只有幾個人，堅強得能周遊世界，去尋找使他們復原的辦法……」

費沙以手加額，作出一個無可奈何的神情來。我不理會他諷刺的神清，繼續說下去，道：「他們到了埃及，也達到了他們的目的，而隱身法則藏在我們要去的金字塔中。」

費沙揚手道：「老友，我承認你的想像力十分豐富，鑽石對你的確沒有用處，因為你的想像可以使鑽石的光芒也為之失色。」

我只是笑了笑，並不作答辯。

因為要講起來，那實在是一件太長的事了，又要從那隻黃銅箱子開始講起——我們又談了些別的事，艾泊已經回來了，他取來了電筒，帶有鉤子的繩索，和氧氣筒，這一切，都是必須的用具，還有一套鑿子，是用來弄開鎖住的門的，使我們能在遇到阻礙時繼續通行。

我道：「好，那地道的入口處，是在什麼地方？」

費沙提起了氧氣筒，揹在背上，並且取過了一隻強力的電筒和一具紅外線觀察器，那是萬一在電筒失效的時候，用來在黑暗中分辨物事用的。

艾泊跟在我的後面，我們一齊向廟堂的後面走去，到了一個天井之中，我看到了兩口井，一口井上，有著井架，另一個井則沒有。

我忙道：「不要問我為什麼知道，我可以肯定，地道的入口處，是在左邊的那口井中。」

費沙轉過頭來：「你似乎什麼都知道，不是麼？」

我笑了笑，造這座古城的工程師，和造那座大廟的工程師，顯然是同一個人，地道入口的式樣，也是一樣的。

費沙首先下了井，我也跟著下去，艾泊在最後。

不消多久，我們便到井底，艾泊和我一齊開亮了電筒。費沙道：「一具電筒就夠了，甬道很長，要節省用電。」

我熄了手中的電筒，艾泊越過我，走在我的前面，那條甬道，和通向那座古城的一條一樣，全是用大石塊所砌成的。

古埃及人的工程知識，實是令人吃驚，而埃及人民的耐勞能力，更是令人難以想像。

當然，這條甬道的工程，還絕不能和大金字塔的工程相提並論，但已使人感到，那是一項奇蹟了。

確如費沙族長所言，那條甬道十分長。

我們在甬道中走著，足足有四十分鐘，在電筒的光芒照射下，我們才看到了一扇圓形的門，那扇門是黃金所鑄的，金光燦爛，奪目異常。

那扇門，像是潛艇上的出口處一樣，剛好可供人通行。我一看到了那扇金門，便也將電筒打亮。

費沙回過頭來，道：「在我們打開門之前，最好先戴上氧氣面具。」

我們所準備的氧氣面具，是和潛水用的一樣的，連眼睛的部份，也有掩遮，因爲從金字塔中噴出來的毒氣，可能損及眼睛的。

費沙族長開始用力地去推那扇金鑄的小圓門，艾泊幫著他，由於甬道太狹，我便只能在他們兩人的身後看他們出力。

那扇金鑄的小圓門，慢慢地被推了開來，終於完全打開了。

圓門一打開，我們三人都不禁陡地一怔。

因爲，從圓門的裏面，竟傳來了一陣奇異的聲音，似哭非哭，似笑非笑，聽來令人毛髮直豎，不由自主，出了一身冷汗。

費沙族長並不是沒有知識的人，他剛才還在向我誇耀他是權威、博士。但這時一聽得那一陣淒厲的聲音，他立即後退。貼在甬道壁上，不住發抖。

那種恐怖的聲音，乍一傳入耳中，我也爲之毛髮直豎，那就像是在我們要去的金字塔中，有著千年未腐的木乃伊，這時正以這種可怖的聲音，在歡迎我們前去一樣。

但是，我略想了一想，便明白了那聲音的來源。

這扇圓門，自然是通向金字塔的了，圓門一打開，甬道中的空氣，和金字塔中停滯了幾千年不動的空氣，發生了對流，所以才產生出那種怪聲來的，那就像是將耳朵對準了一隻空熱水瓶，耳際便會聽到「嗡嗡」的聲音一樣。

我連忙取出了一枝尖筆，在石壁上寫道：「這是空氣對流聲，我們不必驚惶。」

費沙族長呆了片刻，點了點頭，艾泊已打亮了電筒，向圓門之內照去。

只見圓門之內，仍是一條甬道，但見那條甬道，卻只能爬行，而絕無法站立起來。我取出了打火機，沒有法子打得著火。這表示空氣中甚至沒有氧，我們當然不能除去氧氣筒。

艾泊試著先爬了進去，背著氧氣筒，我們幾乎連轉身的可能都沒有，只能慢慢地向前爬著。在爬行了約莫二十公尺之後，前面又是一扇金鑄的小圓門。

在那扇小圓門上，鑄著一個牛首人身的神像，神像雖小，但是形態猛惡，兩隻突出的眼睛，像是正在瞪著我們一樣！

我們都知道，如今我們已經深入到那個被黃沙掩埋住的金字塔的中心了。

在一個失蹤了的金字塔的中心，這件事的本身，便帶有極其詭異恐怖的意味。

艾泊用力將那扇小圓門推了開來，他又向前爬出了兩步，突然，他的身子向下一傾，便跌了下去。費沙族長連忙伸手去拉他，卻已慢了一步。我們兩人，聽到了重物墜地之聲。

根據我的經驗，這重物墜地之聲，是在三尺左右之下傳了上來的，也就是說，艾泊墜下的高度並不很多，費沙回過頭來看我，我焦急得想除下氧氣筒的口塞來，向艾泊大聲喝問，但幾乎是在同時，我們又聽得下面傳來了長短不同的敲打之聲。

艾泊以摩斯電碼在向我們通話，我和費沙兩人，仔細地聽著，只聽得艾泊敲出了如下的字句：「我跌傷了腳踝，但是不要緊，你們下來的時候要小心。」

費沙立即回答他：「我們知道了。」他也是以摩斯電碼回答他的。

在我們口中都塞著氧氣筒的口塞的情形下，這自然是最好的通話方法了。

費沙又慢慢地向前爬去，我看著他的身子，在甬道的盡頭處伸出，然後也跌了下去。我再向前爬出，也同樣地跌了下去。

由於我和費沙兩人，都有了準備，所以盡管我們身上負著沈重的氧氣筒，也未曾受傷。我們先察看艾泊，幸運得很，他的傷勢也不很嚴重，還可以行走。

我將他扶起來，然後以電筒四面掃射，以弄清楚我們究竟置身於何處。

我們看到，如今我們是在一間石室之中，那間石室除了一具石棺之外，別無他物，那具石棺，足有三公尺長。而在石室的另一端，則有一扇石門，可以通往他處。

艾泊轉頭向我望來，手在石棺上敲著：「怎麼樣？」我回答他：「將石棺敲開來，我們要尋找的秘密，可能就在石棺中。」在我們進來的時候，是帶備了必要的工具的，我們有硬度極高的鑿子，也有槌子，我們三個人，沿著石棺的周圍，工作起來。

那石棺的棺蓋，幾乎等於半個石棺一樣，所以我們三人，費了許多功夫，才將棺蓋弄得鬆動，然後才用力將棺蓋推了開來，棺蓋發出隆然巨響，跌在一邊，我們一齊定睛看去，不禁苦笑了起來：在石棺裏面，還有一具銅棺！

我們費了那麼大的功夫，將石棺打開，只當可以看清石棺裏面的東西了。

怎知石棺裏面，竟還有一具銅棺。

我最先俯下身去，去檢查那具銅棺，我立即揚手作歡欣之狀，因爲我發現那具銅棺，是用幾個栓將棺蓋拴住的，只要拔出銅栓，棺蓋便可以打齊了。

我們三人，將栓拔去，又將沈重的銅棺棺蓋，搬了開去。

我們看到了一具木乃伊。

那具木乃伊，和尋常的木乃伊，並沒有不同之處，包紮得十分好。在木乃伊之旁，並沒有別的東西。我攤了攤手，向那扇門指了一指。在這裏既然是一無所獲，我們當然要深入一層了。

艾泊則指著氧氣儲量的指示表，我回頭一看，也不禁呆了一呆，我們的氧氣，已經用去一半了。我向費沙望去，費沙敲出了電碼：「我退出去，帶人運氧氣筒進來，你們繼續前去。」

我點了點頭，費沙退了出去，我和艾泊兩人，到了那扇石門之前，用力推去，那扇門竟能給我們推得開，我們一齊走了進去，那是另一間石室，石室之中，有著一張鐵鑄成的桌子，桌子的形式十分奇特，像是中國人利用天然樹根做成的几一樣。

在那張桌子上面，放著一隻黃銅盒子，除此之外，這間石室中也沒有別的東西了。

我拿起那隻沈甸甸的盒子，搖了搖，盒中有東西在「卜卜」作響。

那隻黃銅盒子，一看便知道和王俊給我的那黃銅箱子，是出於同一個匠人之手的。我心中想，使透明人變為正常人的秘密，是不是就在這盒子中呢？還是在這隻盒子中，所放的是那種會發射出異樣的放射光，可以使人變成透明的怪物的礦物呢？

如果是前者的話，那麼我們到這裏來的目的，已經達到了。

但如果是後者的話，在這間石室中，我們沒有法子避得開透明光的照射，我和艾泊兩人，也無可避免地要成爲透明人了！

我呆立了片刻，艾泊不斷地詢問我：「怎麼樣？」我抬頭看了看，這間石室，別無通道，看來我們在金字塔的中心部份，而整個金字塔，全是石塊，也只有中心部份有這樣兩間石室。

我將事情的經過，用電碼大略地向艾泊解釋了一遍，艾泊到這時，才知道我所說的隱身一事，並不是在開玩笑。

他攤了攤手，敲出了如下的電碼：「如果我們命中注定要變透明人的話，那就做透明人好了，設法將那盒子打開來吧。」

我動用了手中的鑿子和槌子，大力向那隻黃銅盒子的蓋縫鑿去，沒有幾下，盒蓋和盒子連接的絞鏈，便已被我鑿斷了，我將盒子蓋掀了開來，我立即後退了一步，心中狂跳起來。

盒子中放著一塊四隻拳頭大小的一塊礦物——我說不上那是什麼來，所以只能稱之爲「礦物」。那東西發出一道十分奇異的光芒來，但不只是一種，而是有多種的光芒，色彩的絢麗變幻，是我從來也未曾看到過的。

我呆呆地望著那塊礦物，那種奇麗的彩光像是一道被揉碎的虹，而虹的七彩，紅、橙、黃、綠、青、藍、紫，又各自揉合變化，成了幾十種其他的顏色，各自在爭妍競麗，那實是不可思議的一種現象！

我一面在站著發呆，一面心中想著：這一定是透明光了，這一定就是使人變成透明人的光芒，我已經在變了麼？

我連忙向我的身子看去，它們沒有變，我手上的肌肉還在，並沒有消失，我捲起衣袖，臂上的肌肉也還在，未曾從我的視線上消失。

我再向艾泊看去，他顯然也爲那種奪目的光彩而在出神，他也和常人一樣，未曾起變化。

那竟不是透明光麼？還是時間尙短，變化還沒有發生呢？

我那時竟蠢得只知道去尋求這個答案，而不去立時將盒子蓋蓋上。

我足足站了近十分鐘，才突然想起，若是時間還不夠使我變成透明人的話，那我一定要將盒蓋快些蓋上才是。我連忙蓋好了盒蓋，才聽得艾泊打出了電碼：「老天，這是什麼東西啊！」

我回答他：「那就是透明光。」

艾泊不同意：「我們兩人怎麼沒有變成透明人。」

我苦笑著：「我也不明白，我真的不明白，那東西是礦物，所發出的奇異光芒、一定是透明光……等一等……等一等……」

我敲打電碼到了這時，突然想了起來，王彥和燕芬都曾告訴過我，他們所看到的，是一片奪目的白色的光芒，而不是多彩的！

我停了片刻，繼續敲打著，節奏快了許多，那是因爲我心中的興奮：「我記起來了，透明光是一種強烈的白色光芒，並不是多彩的，像我們如今所見到的那樣，我們所找到的，一定是『反透明光』，也就是我們進行的目的達到了。」

艾泊敲道：「那我們快帶著盒子，退出去吧，氧氣快要用完了。」我點頭答應，將那隻黃銅盒子挾在脅下，向外走去，艾泊跟在我的後面。

我們兩人在甬道中爬行著，剛好到了甬道的盡頭，費沙已帶著人來了。我們關上了通向金字塔內部的小圓門，除下了氧氣面罩。

費沙問道：「怎麼退出來了？」

艾泊道：「我們要找的東西，已經找到了。」

費沙道：「不必再到金字塔中去了麼？」

我道：「相信不用去了。」

費沙笑道：「我也有一個好消息要告訴你們，我已經用一具發報機，向我們在開羅的代表聯繫過了，他認爲你的建議，的確是可以使我們這一族恢復自由的，他已經和政府在接頭了。」

我握住了他的手，道：「我要衷心地祝賀你成功。」我們通過甬道，又從那口井中，爬了出來，費沙還要留我們在古城中逗留幾日，但我卻心急著要趕回開羅去，因爲我知道王彥和燕芬兩個，在那孤島之上，一定是等得心神俱焦了。

我們和費沙族長告別，步行回到我們的營地，艾泊在營帳中躺了下來：「衛斯理，當你和尤普多動手的時候，真嚇死我了。」

我笑了一下，道：「別說是你，我也嚇得冷汗直淋。」艾泊望著我，道：「你這個中國人，似乎是無所不能的。」我連忙道：「艾泊，你千萬別那麼說，我其實只是一個浪子，哪裡當得上無所不能這個稱號？」

艾泊道：「你如今已掌握了隱身法，還不算是無所不能麼？」

我道：「我絕不想做隱身人，因為我知道有一個非常能幹的人，在成了隱身人之後，根本已沒有做人的樂趣了！」

艾泊笑了起來，我又道：「我只是想去救兩個已成了透明人的年輕人，我走到他們的面前，將盒蓋一揭開來，盒中礦物所放射出七彩的光線，使他們在霎時間回復正常，我的冒險也有代價了。」

第二十一部：變成了隱身人

我一面說，一面伸手按在那隻盒子的盒蓋上，那盒子就在我的面前，而我是盤腿坐在地上的。當我講完之後，我的手便提了起來。

那隻黃銅盒子，是被我鑿斷絞鏈的，所以盒蓋只是蓋在盒上，而當我手提起來之際，盒蓋震動了一下，向旁移動了寸許，盒蓋和盒子之間，便出現了一道縫。

也就在那道縫中，一道強烈之極的白光，陡地射了出來！

那道白色的光芒，是如此之強烈，像是在刹那之間，有一團灼熱的，白色的火球，跌在我們的帳篷之中一樣，艾泊陡地坐了起來，在刹那之間，由於強光的逼射，我什麼也看不見。

也就在那時候，我的心中，突然生出了一種莫名的恐怖之感，我的身子甚至也在簌簌地抖著，我只聽得艾泊叫道：「天啊！我的手！」

我連忙低頭，向我自己的手看去。我也怪聲叫了起來：「我的手……」

我的手，我放在身前的手，手上的肌肉正在從我視線中消失，那變化是如此之快，令得我心中，甚至還不及去轉什麼念頭，我的兩隻手，便已經成為兩副骨骼。

就在這時候，我陡地聽到了哭泣之聲，我連忙轉過頭去，只見艾泊雙手掩面——不，是兩副手骨，掩住了一個骷髏。

聽聲音，他是正在哭泣，但是我無法肯定他是不是真的在哭泣，因為他頭臉上之肌肉，已完全在視線中消失了，我沒有法子可以看得出他面上的神情來。

我不由自主地向自己的臉上摸去，當然我面上的肌肉還在，但是我卻知道，它們一定已是看不見的了。

在接下來的幾分鐘之中，我的心情慌亂，到了前所未有的境界。

然後，我才勉強恢復了一點神智，撲了過去，將銅盒的盒蓋蓋上。

剛才，由於那礦物放射出來的極亮、極白的光芒，充滿了整個帳篷，這時，銅盒蓋一被蓋上，帳篷之內，頓時成了一片黑暗。

我不斷地喘著氣，雖然我還不至於哭出聲來，但是我的心中，卻真正地想哭。

我像是回到了童年，一個人在黑夜中迷失了路途。又像是處身在一個極度的恐怖的噩夢中，我內心的恐懼，是難以形容的，我想起了那冊「原色熱帶魚圖譜」中對透明魚的註釋：有著自我恐懼感。我如今成了一個透明人，我才知道那種難以控制的恐懼，那種產自心底深處，緊緊地攫住了你體內每一根神經，每一個細胞的恐懼，究竟是怎麼一回事！

那比起一個等候判決的謀殺犯，一個要被人行私刑的無辜者的恐懼心情來，更要令人難以抵受。

我可以自誇地說，我和艾泊兩人，都是極其堅強的人。

但這時，艾泊不斷地哭著，我則只是像離水的魚兒一樣地喘著氣，像是除了這兩個動作之外，我們什麼都不能做一樣。

過了許久，我才漸漸克服了那種致命的恐懼之感，心中覺得略為好過了些。

艾泊在這時候，也止住了哭聲，但是他的聲音仍是十分嗚咽，道：「衛斯理，這……是怎麼一回事？」我深深地吸了一口氣：「我也不知道，但我們已變得透明人了。」

艾泊道：「為什麼變了，你……曾經說那盒中的東西，所放射出來的是『反透明光』，為什麼忽然變了，變成透明光了？」

我苦笑著，捧著頭，搖著，艾泊轉過頭去，不看我。一副頸骨撐住一副頭骨在搖著，這絕不是好看的景象，那是可想而知的事情。

我道：「我不知道爲什麼！」

艾泊道：「衛斯理，我們怎麼辦？」我道：「我只知道，如果我們再繼續受那種光芒照射，我們便可以成爲隱身人，那……或者比現在好些。」

艾泊幾乎毫不考慮，道：「不！」

我也想不到，爲了要使王彥和燕芬兩人，不再繼續做透明人，我來到了埃及，經過了那麼曲折的過程，但結果我自己卻也變成了透明人！

我頹然地坐著，艾泊不斷地道：「衛斯理，想想辦法，想想辦法，我不要變成透明的怪物，我也不要做隱身人，讓我做一個普通人吧，讓我做一個酒鬼，一個微不足道的開羅街頭的流浪者！」

我沒有法子回答艾泊的話。

因爲我也不願做透明人、隱身人，我寧願是一個生滿了疥瘡的乞丐，躺在街頭捉虱子，自己可以看到自己的肌肉，而不是看到自己的骨頭。

好一會，我才道：「你還記得在金字塔中心麼？」艾泊道：「有什麼好記的？」

我道：「同樣的一塊礦物，爲什麼那時放射出來的，是七彩絢麗的光芒，而到了帳篷之中，便成了亮白的透明光了呢？」

艾泊道：「誰知道，或許是有一個巫鬼，喝一聲變，就變成那樣了。」

我又呆了一會，才道：「艾泊，你不要灰心，據我知道，在幾千年前，到達埃及的透明人，的確是在埃及恢復原狀的。在埃及，一定有著一種物事，可以放射出『反透明光』來的。」

艾泊道：「你一度曾經說你已經找到了反透明光！」

我手又按在盒蓋之上，終於，我又揭開了那盒子的盒蓋來。

在耀目的白光之中，艾泊驚叫道：「作什麼？」

我迅速地向盒中看了一眼，又將盒蓋蓋上。盒中所放的只是一塊礦物，大小形狀，都和我第一次看到它的時候一樣。

只不過當我第一次看到它的時候，它放射出來的是七彩絢麗的光芒，而如今，卻是耀目的白光。爲什麼它會變了呢？

我心中一片惘然，一點頭緒也沒有。艾泊將他的身子緊緊地縮在帳篷的一角，我也沒有勇氣向他望去。我們兩人在那樣無可奈何的情形下呆等著，究竟是在等著什麼，連我們自己也不知道。

我的腦中亂到了極點，像是一個滾滾的大漩渦，在濁水之中，什麼都有，但都迅速無比的旋轉著，使人雖以捕捉到一個完整的印象。

我想著印加古帝國的酋長來到了埃及後，是怎樣恢復正常的，又想著何以同一塊礦物，在忽然之間，放射出來的光芒會突然不同。

我想了許久許久，突然我覺得有一點頭緒可以追尋了。

我想到了一點頭緒，在金字塔中，我們是佩著氧氣筒的，我曾經打過打火機，因爲極度的缺氧，打火機無法燃得著。

埃及人爲了更好地保存木乃伊，早已知道用壓縮的方法，將金字塔中的空氣，趕了出來。經過了幾千年之久，金字塔的內部，即使不是真空，也和真空相去不遠。具有放射性的物質，在不同的環境之下，是會放射出不同性質的放射光的。

我想到了這裏，心中陡地一亮。

那塊礦物，和那黃銅箱子中的那一塊，使王彥、燕芬和勃拉克變成透明人的那一塊是一樣的。是印加帝國的流浪團帶來的。那種東西在正常的空氣下暴露，便發出灼白的光芒：透明光！

但是如果在像金字塔內部那種環境中暴露，它所發出來的光芒，是七彩的、絢麗的：反透明光！

我霍地站了起來，我深信我的推斷是不錯的。

因爲我同時也想到了，索帕族的流浪者，爲什麼會在埃及找到了他們復原的方法。

在當時，世界上當然沒有真空的設備，但在埃及是有的。

埃及有的是金字塔，金字塔的內部，便接近像真空的狀態。

我甚至可以肯定，當時他們一定是無意中進入了一座金字塔，又無意中發現在金字塔的內部，那種礦物的光芒不同，而使他們回復了正常。

我大聲叫道：「艾泊，我找到真正的反透明光了！」

艾泊的頭搖了搖，我看到他頸骨的合縫處，不斷地轉動著，如果不是那麼恐怖的話，這倒是一件十分滑稽的事情。他道：「衛斯理，你已經找過一次了。」

我道：「這次是真的，艾泊，我已經發現了其中的真正奧妙。」

艾泊苦笑道：「甚麼奧妙？」

我道：「同樣的礦物，在金字塔內部，放射出七彩絢麗的光彩，但是在帳幕中、卻放射出白色的光芒來，你知道爲什麼？」

艾泊尖叫道：「天才知道爲什麼！」

我道：「不是天知道，是我知道，艾泊，那是因爲金字塔的內部，沒有空氣的緣故，你記得？我無法燃著我的打火機。」

艾泊的語調仍是十分沮喪，道：「那又怎麼樣？」

我已站了起來：「我們再到金字塔內部去！」艾泊突然怪笑起來，他的上顎骨和下顎骨迅速地在掀動著。

我大聲問道：「你笑什麼？」

艾泊道：「我們就這樣子去？還未到古城，就給人當妖怪來斬了！」

其實，看到我們如今這樣情形，而膽敢來斬我們的人，世上可能還不多。

但不要忘了我們如今是透明人，是心理上有著強烈的自我恐懼感的透明人，所以我一聽得艾泊那樣說法，便立即覺得他的講法，大是有理。

我呆了片刻，一拍手：「有了，我們可以索性多受透明光的照射，使我們的骨骼，也在視線中消失，成爲隱身人，那麼，在我們再到金字塔去的途中，就沒有人能發現了。」艾泊指著那隻黃銅盒子，道：「這盒子呢？我們當然要帶去，難道讓人家看到一隻盒子，在淩空飛舞麼？」

我苦笑了一下，道：「艾泊，你不能一點也不肯冒險的！」

艾泊突然大叫起來，道：「我就是跟了你來冒險，才成爲如今這個樣子的！」

他一面叫著，一面突然向我撲了過來！

我絕料不到艾泊好端端地，竟忽然會有這樣瘋狂的行動，給他一撞，我跌倒在地上，他的雙手，竟向我咽喉叉來。我並不準備責怪艾泊，他之所以行動失常，全是因爲他成了透明人的關係，但是我卻必須擺脫他，我掙扎著，突然，我碰到了那隻盒子，盒蓋被開，強烈的白光，再度充滿了帳幕。

艾泊怪叫了一聲，一躍而起，向後退去，我瞪著他，他的頭顱漸漸地淡了，淡了，接著，便像是一個影子也似地消失了！

我再低頭看自己，我的雙手不見了，我捋起了衣袖，我的手臂也不見了，而且，我的視線，立即也開始模糊，我所看到的一切，只是一層白濛濛的影子。

我如今是一個如假包換的隱身人了，但是我一點也沒有神通廣大，來去自如的感覺，我不知該怎麼才好，試想，一個人如果開刀割去了大腿之後，他醒來之後，不見了大腿，該如何地傷心、難過？

而我，則不單是失去了大腿，我什麼都沒有了，我……我還是一個人？

我向艾泊看去，只看到一件衣服，一條褲子，在飛舞著。

由於這時候，光線已可以透過我的眼光之故，我的視力衰退到了幾乎等於零，我像處身在一場最濃最濃的濃霧之中。

我在地上摸索著，蓋上了盒蓋。

光線沒有那麼強烈，我的視覺才恢復了些。但卻也好不了多少，在那樣幾乎是視而不見的情形下，我們是根本不可能進行任何活動的。

這時候，我不禁十分佩服勃拉克來，勃拉克在成了隱身人之後，到我的家中來威脅過我，還曾跟我到過傑克中校的辦公室。而那時，他的視力也是差到了和患兩千度以上的近視一樣，若不是他爲人的極度機警，這當然是沒有可能的事。

艾泊的哭泣聲，又傳入了我的耳中，他嗚咽著：「我在什麼地方？我人是在什麼地方？」

我吸了一口氣，道：「艾泊，你還在，你是一個隱身人了。」

艾泊神經質地叫道：「不，我不是隱身人。我已經死了，我只是靈魂，所以我看不到自己。」

我的心中又好氣又好笑：「如果現在在說話的，只是你的靈魂的話，那麼你應該可以看到你已經死了的屍體，它在哪裡？」

艾泊道：「我看不見，我什麼也看不見。」

我嘆了一口氣，道：「你連一個模糊的影子也看不見麼？」我脫下了上衣，在他面前揮動著。

艾泊道：「影子，我只看到一點模糊的影子，衛斯理，我們將永遠這樣子了麼？」

我道：「當然不，只要我們到了那金字塔的內部，我們立即可以恢復原狀了。」

艾泊的聲音帶著哭音，道：「我們怎麼去？我們什麼也看不見，怎麼去法？」

我呆呆地站著，又來回踱了幾步，我的腳在無意中踢到了一件東西，由於我的視覺已然極壞，所以我根本看不到我所踢到的是什麼東西。

我俯下身來，摸索著，一摸到了那東西，我才知道那是一具小型輕量的紅外線觀察器，我曾經將這具紅外線觀察器帶入金字塔，但並沒有用到它。這種小型的紅外線觀察器，是一種新發明的東西，美國的警察用它來代替電筒巡夜。通過紅外線觀察器，可在夜間看到一切而不被發覺，

我一摸到了這是一具紅外線觀察器之際，心中便陡地一動。

如今我和艾泊的視力幾乎等於零，那是因爲我的眼球也已透明，引不起可見光折射成影的原放。但是紅外線卻是「不可見光」，這具觀察器是不是可以幫助我們，恢復視覺，使我們能夠行動呢？

我連忙將那具形狀有點像八釐米活動電影機的紅外線觀察器拾了起來，湊在眼前。我的眼前立即現出了一片暗紅色，我看到了艾泊！我的意思說，我不但看到了

艾泊的衣服，而且看到了艾泊的人。

我看到艾泊的骨骼，也看到艾泊的骨骼之外，包著淺淺的一層就像是有人以極淡極淡的紅線，在艾泊的骨骼之外，勾出了艾泊的輪廓一樣，那是一種十分奇異的現象。

我移動著觀察器的鏡頭，外面的沙漠，也成了暗紅色，雖然還不能和普通人的視線相比，但我們已可以行動，卻是毫無問題的了。

我連忙道：「艾泊，不必灰心，我又有辦法了，你試試用這具紅外線觀察器看。」

艾泊接過了觀察器，好一會沒聽見他的聲音，約莫過了十分鐘，他才吁了一口氣，道：「奇妙之極，就像是一個從來未曾用過顯微鏡的人，忽然擁有一具顯微鏡一樣，看起來整個世界都不同了！」

我道：「我們可以不被那族阿拉伯人知道，偷進金字塔中去了。」

艾泊道：「可是這具觀察器，和那隻銅盒……」

我道：「若是我們遇到了人，我們可以將觀察器和銅盒，放在地上，我們揀夜間行事，那便可以安全得多了。」艾泊顯得樂觀了許多，道：「還有，我們必須赤條條地行事。」

我道：「當然，唯有赤條條，我們才是一個真正的隱身人。」

艾泊苦笑了一下：「衛斯理，做了隱身人原來那樣不好受，以此類推，什麼『原子飛天俠』、『超人』，也一定不會舒服的，最舒服的還是做一個普通人，和所有人一樣的普通人。」

我笑了一下，道：「你這種說法，已經有一些接近中國人的人生哲學了。」

艾泊苦笑了一下，我們開些罐頭吃了，又煮了一壺咖啡，我不斷地說服艾泊，使艾泊相信，我們只要一回到金字塔中，便可以恢復原狀，所以他也漸漸地開朗了起來。

他向我講述了許多二次世界大戰時的軼事，和流傳在埃及的種種古怪傳說。在我們的身子已經完全隱去的情形下，我們當然全部睡不著。艾泊的故事，使我們消磨了一天的時間。

等到天色又黑下來時，我拿起了那具紅外線觀察器，艾泊小心地挾著那隻銅盒，我們都脫光了衣服，開始向前走去。這時，如果有什麼人遇到我們的話，有關沙漠的種種傳說之中，一定會增加一項最怪誕的了，因爲這時，我們兩個人都看不見，所能看到的，只是一隻黃銅盒子，一具紅外線觀察器，在懸空前進而已。

天色是黑還是亮，對我們來說，全是一樣的，因爲我們總得借助那具紅外線觀察器，才能前進。一小時後，我們來到了那條通向古城的秘密入口處。

那秘密入口是必須由裏面打開的，艾泊在入口處，用力地跳了幾下，發出「蓬蓬」之聲，然後又立即閃開一邊，又將紅外線觀察器和那隻黃銅盒子，用沙掩了起來。

不一會，便有一個阿拉伯人，從那秘密入口處，走了出來。

他四面看著，面上露著奇異的神色，因爲四面並沒有掩蔽物，剛才發出「蓬蓬」聲的人，就算腳步再快，也不可能逃出視線之外。

在他發呆的時候，我已經向前疾撲了過去，一拿劈向那阿拉伯人頸後的軟骨，將那阿拉伯人劈得昏了過去。我相信，當那阿拉伯人醒過來的時候，他一定以爲自己只是做了一場惡夢而已。

我又退了回去，取起了觀察器，抱著那阿拉伯人，進了甬道。

我們將那阿拉伯人留在甬道中，又將秘密入口處關好，迅速地向前走著，不一會，我們便已進入了那座古城之中。

由於是深夜，古城中十分寂靜，我們兩人向前迅速地走著，我找到了那兩口井，未曾被任何人發現，到了井旁，我們卻鬆了一口氣。

因爲只要一下井，便是通向金字塔去的暗道了，在那個暗道中，當然不會遇到什麼人了。也就是說，我們可以順利地到達那金字塔的內部了。

我們先後下了井，在甬道中向前走去，艾泊的心情顯然也輕鬆了許多，我們不怕被人撞倒，恐懼的心理自然也減輕了許多，王彥和燕芬兩人，爲什麼要匿居在荒島之上，而不肯與任何人見面的心情，我在這時，已完全可以瞭解得到了。

不一會，我便已經推開了第一扇圓門，我的頭才一探了進去，便立即縮了回來，同時用力地將圓門關上，我劇烈地嗆咳著，我相信如果我是被人看得到的話，我的面色一定變成十分厲害了。

艾泊叫道：「什麼事？什麼事？」

我咳了好一會，才道：「艾泊，我們忘記了一樣最要緊的東西。」

艾泊幾乎又想哭了出來，道：「我們忘了什麼？」

我向圓門指了指，指了之後，才想起不論我做甚麼動作，都是白做的，因爲艾泊根本看不見我。我道：「那裏面的空氣——」

艾泊道：「不是真空的？我們只消屏住氣息一分鐘就可以了。」

我搖了搖頭——搖到一半，便停了下來，因爲我又想起了艾泊是看不到我的，道：「裏面不是真空的，而是有空氣的，只不過那空氣不知是什麼成份，人絕對沒有法子在那種空氣之中，生存五秒鐘。」

艾泊道：「那我們怎麼辦？我們怎麼辦？」

我看不到他，但卻聽到他在團團亂轉時所發出來的腳步聲。

我連忙道：「艾泊，鎮定些，問題太容易解決了，我們只要回去拿氧氣筒來就行了。」

艾泊幾乎是在呻吟，道：「氧氣筒？我們怎麼能帶進來，被人看到了氧氣筒在凌空飛舞怎麼辦？」

艾泊的精神，幾乎完全崩潰了。我想了一想，道：「你在這裏等我，我去。有可能的話，我帶兩副氧氣筒來，要不然，一副也夠用了。」

艾泊道：「我在這裏等……你可得快些回來。」

我向外走了幾步，回過頭來，道：「艾泊，你千萬不能打開那扇圓門進去，沒有氧氣筒，一進去便會性命難保的。」

艾泊答應了一聲，我提起了那具紅外線觀察器，向外迅速地走去，不一會便出了那口井。

我心中也不願意再去冒一次險，但是我卻沒有法子可想，我四面看了一看，見到沒有人，才盡我所能地向前飛奔而出。

到了那條秘密甬道之中，我看到那個被我擊昏了的阿拉伯人，仍然未醒。

咳，如果我們來時，就已經帶了氧氣筒的話，那麼一切都圓滿了，可是如今，我卻還要再到我們的營地中去跑一次。

在那一個來回中，那阿拉伯人會不會醒來呢？他醒過來了之後，又會發生一些什麼變化呢？我是沒有法子預料的，我所能做的只是，一面心中抱歉，一面又在那人的後腦上，重重地敲擊了一下，使他昏迷的時間，更加長久一些。

我出了甬道，在沙漠中飛奔而出，我相信一頭飛奔的駱駝，也沒有我那麼快疾。謝天謝地，到了營地之後，還沒有人發現我。

我提起了兩筒氧氣，立即又向古城所在的方向疾奔了出去。

我奔得再快，在我將到甬道的入口處時，天已破曉了。

我走進了甬道中，那阿拉伯人還昏迷不醒，但同時，我卻聽到有腳步聲，從甬道之中，傳了過來。

我一聽到了腳步聲，心中便感到了一陣莫名其妙的恐怖，一時之間，竟感到徬惶失措，不知該怎樣才好，足足呆了一兩分鐘，我才想起，我首先該離開那個昏迷的阿拉伯人。

我向前急行了七八步，在紅外線觀察器中，我已看到了前面有兩個人走來，我連忙將手中的氧氣筒和紅外線觀察器放了下來，我人也貼著甬道的石壁站著，老天，這時候我的身子竟在發抖，而我實在是想不出我爲什麼要害怕的理由的。

我只希望那兩個阿拉伯人不要發現我放在地上的東西，那兩個人一面走，一面在交談著，漸漸地接近了我，終於在我的身邊走過。

他們並沒有發現我放在地上的東西，我立即提起了那兩件東西，又向前走了十幾步，回過頭去，只見那兩人正搖動著那個昏迷不醒的人，我不再去理會他們，向前直衝了出去。

不一會，我衝出了地道，到了古城之中。

天色已濛濛亮了，古城用石塊鋪成的街頭上，已經有了行人！

我才一出現，便有一個頂著一隻盤子的老婦人看到了我——她當然不是看到了我，而是看到了一具紅外線觀察器，一副氧氣機筒，正在向她飛了過來。

那老婦人驚駭之極，只是木然而立，既不知逃走，也不知叫喚。

那實是我的幸運，我飛快地在她的身邊經過，可是前面又有幾個人在走過來了，我連忙閃到了牆角停了下來，將東西放在地上。

我心中實是焦急之極，艾泊還在金字塔內部等著我，而我卻在這裏遇到了人，艾泊會不會因爲等不及我，而做出一些傻事來呢。

我只盼那幾個人，快快在我的身邊走過，但是，剛才那老婦人，這時卻飛奔了過來，那幾個男子，大聲地呼叫著。

她在叫些什麼，我聽不懂，但是卻可想而知，她是在向那幾個男子投訴她剛才所見到的怪事。接著，她便看到了我放在地上的氧氣筒，她尖聲怪叫了起來，指著氧氣筒，又講了一大串話。

那幾個男子，就在我面前站了下來，當他們之中的一個，彎身伸指，去敲打氧氣筒的時候，我只消略動一動手，便可以捏住他的鼻尖！

他當然看不到我，他做夢也想不到，就在他的面前，有一個人蹲著——一個隱身人。（我一見到有人，想到自己身上一絲不掛，雖然明知人家絕看不到我，我也立即蹲了下來。這是習慣。）

他彈了彈氧氣筒之後，又提了提那具紅外線觀察器，這時候，我真想出手將他們這幾個人打倒，繼續向前飛奔而出。

然而我卻知道，要打倒這幾個人，是輕而易舉的事，但是這幾個人一倒，知道古城中發生怪事的人更多，我更不容易脫身了！

我強忍著，只聽得那人突然笑了起來，講了幾句話，其餘幾個人也笑著，那老婦則漲紅了臉，也在不斷地說著話。

看這情形，分明是那幾個人不相信老婦人的話，而老婦人正在分辯。

那幾個男人笑了一會，便離了開去，那老婦人遠遠地站著，又看了片刻，才咕嚕地走了。

我鬆了一口氣，連忙又提起那兩件東西來，向前急奔而去。

天色究竟是剛亮，古城中的行人還不多，我得以到了那兩口井旁。

我連忙攀下井去，才一到井底，我便覺出事情不對頭。

我如今的視線，雖然已減退到了幾乎零，但是眼前是極度的黑暗，還是光亮，我卻是可以分得出來的。如今我就覺出，井底並不黑暗，而是有著一種十分明亮的光線，正由甬道的前面射來，像是在甬道的盡頭處，安著一具探照燈一樣！

我呆了一呆，舉起了紅外線觀察器，湊在眼前，眼前的景像更清楚了，在甬道的盡頭，有灼亮的光芒發出，那種白而灼亮的光芒，我一看便可以看得出那是「透明光」！

我向前急奔了幾步，叫道：「艾泊！艾泊！」

除了回聲以外，並沒有回答。

我知道意外已經發生了，我又向前奔著，我開始感到了空氣的混濁，但是我還可以呼吸，不致於要動用氧氣筒來維持。

我奔到了甬道的盡頭，那小圓門之前。

透明光是從小圓門中射出來的，在小圓門中，還有一個人，那正是艾泊，他的上半身在小圓門中，下半身則在小圓門外。

他不再是隱身人，但也不是普通人，他的骨骼，清楚可見，但是肌肉卻還看不到，我連忙將他拖了出來，他一動也不動，我觸手處已只是微溫，而當我去探他的鼻息之際，他已經死了。

我呆呆地蹲在他的身邊，究竟蹲了多久，連我自己也不知道。

我的腦中，只感到一片混亂，極度的混亂。然後，總算有了一點頭緒。

我看到那黃銅盒子在小圓門之內，而那塊發射著「透明光」的礦物，則已跌在盒外。我開始明白，艾泊一定是太急於恢復原狀了，他以爲只要屏住氣息，便可以抵受金字塔中數千年來未曾流通過的惡劣空氣。

所以，他在我走了之後，便立即打開了小圓門，鑽了進去，打開了黃銅盒子。他的心太急了，所以他在未曾全身鑽進去時，便打開了盒子。

在他打開盒子的那一瞬間，那礦物放出的一定是「反透明光」，這使他的骨骼顯露。但由於小圓門還開著，塔內的空氣和外面的空氣發生了對流，空氣的成分起了變化，「反透明光」也立即成了「透明光」，所以艾泊始終未能完全復原。

而這時候，艾泊早已因爲惡劣空氣的衝擊而死去了，艾泊的情形，使我對透明光又多知道了一項事情，那便是：一個人已經死了，那即使接受透明光的照射，他也不會再透明了。

第二十二部：永遠的謎

我將那礦物放回盒中，蓋上了盒蓋，戴上了氧氣筒，將艾泊的屍身，從小圓門中塞了進去，頂著他向前爬行。

艾泊和我相識的時間不長，但對我的幫助卻很大，沒有他，我可能永遠也找不到這座金字塔。他竟這樣地死了，實使我十分痛心。

我相信艾泊心理上一定有著極嚴重的不正常傾向，所以變成透明人之後，他的恐懼、焦急，也遠在一般人之上，至於是什麼使艾泊心理不正常的，我卻是無法知道了。

艾泊至死仍是一個透明人，我不能使他的屍體被人發現，所以我要將他的屍體，弄到那座金字塔的內部去，永不讓人看到。

不一會，我便已頂開了第二扇小圓門，來到了那一間有石棺的石室中。我關好了門，喘了一口氣，將艾泊的屍首，放到了石棺中，合好了棺蓋，這才打開了那隻黃銅盒子。

剛一打開那隻黃銅盒子之際，我的眼前，幾乎是一無所見。

在那不到一秒鐘的時間中，我心中的恐懼，實是前所未有的，因爲我若是見不到七彩的「反透明光」，就是我的理論破產，我也無法回復原狀了！

但幸而那只是極短的幾秒鐘時間，接著，奇幻瑰麗的色彩，便開始出現了。那是突如其來的，前一秒鐘，我還在極度的失望之中，但是後一秒鐘，我卻如同進入了仙境一樣。

在我的眼前，突然充滿了各種色彩的光線之際，我忍不住大叫了起來，我手舞足蹈，我看到了自己的骨骼，首先出現，接著，我的皮肉也出現了，我的心中，突然又充滿了信心，我頓時感到我無事不可爲！

我讓自己充份地接受著絢爛美麗得難以形容的「反透明光」的照射，直到我肯定我的每一部份已經絕不透明之際，我才合上了盒蓋。

盒蓋一經合上，石室之內，頓時一片黑暗，我將黃銅盒子挾在脅下，向外走去。

然而，方走出了一步，我就站住了。

如今外面應該天色大明了，我怎能出去呢？別忘記我是一絲不掛進來的，難道我就這樣走出去？

我忍不住「哈哈」大笑起來，笑聲在金字塔的內部震盪著。我之所以會在這樣的情形之下笑了出來，那當然是心情愉快之極的緣故。因爲我終於已經恢復成爲一個普通人了！

在我根本是一個普通人的時候，我絕不覺得一個普通人有什麼好。我曾許多次夢想過（尤其是在年紀還輕的時候）自己是一個隱身人，在想像中，成爲一個隱身人，該是何等逍遙自在，無拘無束！

但事實和想像卻是大不相同的，往往事實恰好是想像的反面。

我曾經做過隱身人了，那滋味絕不是好受的，以後，不論是什麼代價，我都不肯重做隱身人了。

我當然不能就這樣出去，我必須等到天黑，而氧氣是不夠我用到天黑的，是以我退出了石室，到了石室外的甬道之中，就在那井底下等著。

那一天的時間，似乎在和我作對一樣，在我好不容易看到井上的天色，已經灰濛濛的時候，到天黑還有一大段時間。

終於天黑了，我攀了上去，古城中還可以聽得到人聲，我只得仍等著，一直到了午夜時分，我才爬出了天井，彎著身子，藉著牆角的遮掩，一直向前走去。

幸而一路上沒有遇到什麼人，我一直來到了甬道的出入口處，閃進了甬道，以最輕的步法，向前走去，在甬道的出口處，我打倒了那個守衛。然後在沙漠中，像是土撥鼠一樣地向前跳躍著，奔跑著，回到了營地之中。

一到了營地，第一件事，便是迅速地穿上衣服。等到穿上衣服之後，我才發覺自己的全身，都已被汗水濕透了，而我們所帶的水，是足夠我洗一個澡的，但是我卻不想再脫衣服了。

我在帳幕中躺了下來，想著急不及待，不等氧氣筒到來，便進金字塔內部去遭橫死的艾泊，心中也不禁十分難過。

我躺了一會，又起身將那隻黃銅盒子小心地放入一隻大皮袋中。然後又將那隻大皮袋小心地綁了起來。我實是不能再不小心而使礦物暴露在空氣之中了，我還能再作一次隱身人？只怕我的神經不允許了。

我將不必要的東西，全部棄在沙漠中，只帶了四匹駱駝，開始回開羅去。回去的時候比較簡單得多，路上並沒有遇到什麼意外。而當我又出現在那家酒店中時，那個胖侍者舍特望著我的眼光，就像是他在看一具幽靈一樣。

我在開羅只住了一天，便飛了回來。一下飛機，第一件事我便是和老蔡通電話。老蔡在電話中告訴我，前兩天，他曾到過那個荒島，王彥和燕芬兩人，曾請求他，我一回來，不論帶來的是好消息還是壞消息，立即前去見他們。

王彥和燕芬兩人焦急的心情，我自然是可以理解的，因爲我自己也曾一度成爲隱身人，我知道那種心理上的苦楚。

所以我並不回家，只是先和傑克中校聯絡了一下，告訴他我有一些東西從埃及帶回來，要他通過特殊的關係，不經過檢查便通過海關。那塊礦石如果在海關的檢查處當眾打開，大放透明光的話，那所造成的混亂，實是難以想像了。

傑克中校一口答應了下來，他是秘密工作組的首腦，自然有這種特權的。

然後，我再通知我公司中的一個職員，要他將一艘遊艇停在最近機場的碼頭上。和將我的車停在另一個接近我家的碼頭上。我則在機場附近的地方徘徊了片刻。

等我到那碼頭時，那艘遊艇已經在了。

我上了遊艇，打開了海圖，那個荒島所在的位置，我當然是不會忘記的，我直向那個荒島上駛去。等我上岸時，已經是黃昏時分了。

我大聲叫著王彥和燕芬兩人的名字，向他們紮帳的地方走去。

在我走到營帳前的時候，便聽得王彥的聲音，傳了出來，道：「衛先生，你回來了？」他的聲音在顫抖。由於我自己也曾經成爲一個透明人的關係，我自然可以瞭解王彥和燕芬兩人的心情。

我第一句話並不說「我回來了」，而是說道：「我已經找到使你們兩人復原的方法了。」

帳中靜了幾秒鐘，才聽得王彥和燕芬兩人齊聲道：「真的？你……不是在騙我們吧。」

我道：「當然不是，我自己也曾一度透明、隱身，但我現在，已經完全復原了，你們也可以和我一樣，立即復原的。」

王彥低聲道：「謝天謝地，那請你快來使我們復原。」我忙道：「現在還不能。」

王彥和燕芬兩人焦急地道：「爲什麼又有什麼阻礙？」我安慰他們，道：「一點阻礙也沒有，我已經知道，同一的礦物，暴露在正常的空氣中，發出的是透明光，但如暴露在真空中，發出的便是反透明光。」

王彥道：「那礦物……已不在我們處了啊。」

我道：「不要緊的，我在埃及得了一小塊，你們先跟我回去，在我家中暫住，等我設法佈置好了一間真空的密室之後，你們兩人帶著氧氣筒進去，讓反透明光照射你們的全身，一切事情，便都會成過去了。」

燕芬道：「我們現在就跟你回去？」

我道：「你們穿上衣服，戴上帽子，再在面上包一塊布，我扶你們走，一上岸就有車，直接到我的家中，而我家中又沒有人，你們是不怕被人發現的。」

他們兩人沈默了片刻，才道：「好，請你等一等。」不一會，他們便從帳幕中走了出來。他們都穿著衣服，但是頭上卻未戴帽子和包上布，那種情形，那種情形，看來實是異常怪異。

我竭力使自己覺得滿不在乎，轉過身去：「你們跟我來。」

我們走到了遊艇停泊的地方，下了艇，便駛著快艇回去，等到快艇又靠岸時，已是子夜時分了。王彥和燕芬兩人，戴著帽，又各以一條圍巾包住了頭臉，我扶著他們上了岸，我的車早已停著了。

我將王彥和燕芬兩人，直送進了汽車，駕車回到了我的家中，將他們安排在我的臥房中。我自己則舒舒服服地洗了一個澡，在書房安樂椅中躺了下來。

在這個城市中，要找一間真空的密室，倒也不是容易的事情，我躺在椅上，仔細地想了一想，幾個規模較大的工廠之中，可能會弄得出這樣一間密室來的，我打電話委託一個可靠的朋友進行這件事。

這位朋友被我從好夢中吵醒，但是他卻並不埋怨我，答應盡快給我回音。

我放下了電話，準備假寐片刻，因爲一切事情，看來都快過去了，我緊張的心神，也得要鬆弛一下才行。我合上了眼睛，可是，正當我要朦朧睡去之際，電話鈴忽然響了起來。

我立即驚醒，一面伸手去取話筒，一面心中暗忖，我那位朋友辦事好不快捷。

我拿起了話筒來，「喂」地一聲，道：「已經有了結果了麼？」

可是那面卻沒有人搭腔。

我立即感到事情有些不對頭，我立即問道：「你是誰？」那面仍然沒有聲音，我道：「你要是再不出聲，我要收線了。」

那面還是沒有聲音，我收了線。

才半分鐘，電話鈴又響了起來，我又拿起了話筒，這一次，不等我開口，那面的聲音已傳了過來，道：「是我，剛才也是我！」

那是帶有德國口音的英語，我不禁又好氣又好笑，道：「對不起，你撥錯了號碼了。」

那聲音道：「不，衛斯理，是我！」「你是——」我略為猶豫了一下，便陡地坐直了身子：「你是勃克拉？」

那面像是鬆了一口氣，道：「是的，我是勃拉克。」

我向窗前看去，天色已經微明了，我略帶譏諷地笑道：「早安，勃拉克先生，你有什麼指教？」

勃拉克顯然是喘著氣，這個殺人不眨眼的冷血魔王，如今成了可憐的隱身人，我回想起自己成爲隱身人時的情形，當真要忍不住大笑起來。

勃拉克呆了片刻，道：「你從埃及回來，可曾見到羅蒙諾？」

我絕無意使勃拉克這樣的冷血動物也從隱身人恢復原狀，像他那樣的人，就算是服死刑也是便宜了他，讓他永遠成爲一個隱身人，讓他永遠地去受那種產自心底深處的恐懼和折磨，無疑是最好的懲罰。

所以，我也根本不想去告訴他關於羅蒙諾的死訊，我只是冷然道：「對不起，我未曾見他。」

勃拉克忙道：「衛斯理，我絕不是想來麻煩你，我想問一問，你到埃及的目的是什麼？」

我「哦」地一聲，道：「我是應一個朋友之請，去參觀一項水利工程的，那是一項十分偉大的工程，我的朋友是這項工程的設計人之一。」

勃拉克的聲音之中，充滿了失望：「原來這樣，我……我……」

我故意問他，道：「你有什麼不舒服麼？」

勃拉克遲疑了好一會，才道：「衛斯理，我想和你見見面，可以麼？」

我「哈哈」笑道：「見見面？勃拉克先生，你這話可有語病？你能夠見我，我也未必能夠看得到你啊，是不是？」

勃拉克的聲音，顯得狼狽之極：「別這樣，你對於已經自承失敗的人，不是從不計較的？」

我冷冷地道：「問題就在於：你可是自認失敗了？」

勃拉克嘆了一口氣：「我還有什麼不承認的可能呢？」

我道：「我看不出我們見面有什麼用處？」

勃拉克道：「我……要你的幫助。」

我推搪道：「我又能給你什麼幫助呢？我好幾次幾乎死在你的手下，老實說，你是我的敵人，你如今反而來求我幫助，不是太可恥了麼？」

我好一會聽不到勃拉克的聲音，正當我要掛上電話時，那面突然傳來了一下槍聲。

我不禁愕然，叫道：「勃拉克，勃拉克！」

可是那面已沒有任何回音了。勃拉克已經自殺了，我雖然未曾看到，但是我可以想到這一點的。

我將電話放上，以另一具電話，將我的猜測通知了警方，我並沒有說出我自己的姓名，讓警方去猜測好了。

我看看外面，天色已經大亮了。

我心想，如果我知道勃拉克會自殺的話，我也不會去刺激他了。

我又想，當警方人員趕到的時候，他們不知是不是看得到勃拉克？勃拉克是不是到死仍然是一具隱形屍體？

我不能回答這些問題，但是我想到了艾泊，艾泊至死還是一個透明人，那麼，勃拉克是不是至死還是一個隱身人呢？

這件事情的結果究竟怎樣，我竟沒有法子得知，因爲事後，警方對這件事，諱莫如深，沒有一個人肯透露出一點，甚至沒有一個人肯承認那天清晨曾接到我的電話到某地去發現一個自殺的人那一件事。

那當然是整個事件，有著古怪在內的緣故，但究竟是什麼「古怪」，我卻沒有法子弄得明白了，這件事既被當地警局列爲最高的機密，雖然我在警局中有不少朋友，也沒法子弄明白的。

艾泊死了，勃拉克死了，只有王彥和燕芬兩人還是透明人。

但是那也只不過是時間問題，我想。當那礦物在真空密室中放射出「反透明光」之後，一切便都成爲過去了，世上將沒有人再提及隱身人和透明人了。

那時，我又忽然想起了在勃拉克手中的那一大塊這種奇異的礦物，勃拉克是不是將之毀去了，還是隱藏了起來？

如果他是將之隱藏了起來的話，那麼會不會又有人發現了它而成爲隱身人呢？

我在雜亂的思索之中，沈沈睡去。

雖然我的思緒還亂，但是我的情緒十分安寧，因爲一切將過去了的。

我那時，是絕對想不到在臨結束之際，事情還會有出乎意料之外的變化的，那個變化，實在是太意外了，使我至今仍耿耿於懷，我相信在今後很長的時間中，我仍沒法子不覺得遺憾。如今，還是先敘述當時發生的事情。我一直睡到了下午，才被電話鈴聲吵醒。

我坐了起來，看到王彥和燕芬兩人，正坐在我的書房之中。

他們兩人的裝束，仍像是木乃伊一樣，頭上包裹著圍巾。我拿起了話筒，那是傑克中校打來的。他問我，我的不能經過海關檢查的行李，該如何處置。

我請他派人送到我的住所來，並且又叮囑了他一遍，告訴他絕不可以打開來。

傑克中校答應了，我就在這時和他談及勃拉克的事，他卻像是聽到了神話一樣，表示不信，而且隨即掛上了電話。

我轉過頭來，道：「你們大可不必那樣，我見慣了，已不覺得可怖了。」

王彥發出了苦笑聲，道：「我們還是這樣好些，就算你不害怕，我們心也不安。」

我當然是可以瞭解他們的心情，於是我開始告訴他們，我在埃及的經歷，和我發現「透明光」和「反透明光」原是同一礦物發射出來的經過。王彥和燕芬兩人，在聽了我的敘述之後，惴惴不安的心情，似乎已去了一大半。

而在這時候，我也接到了那個朋友的電話。

「衛斯理，」他在電話中說，「一家大規模的精密儀器製造廠，有一個真空倉。」

我笑道：「那太好了，他們肯借給我一用麼？」

那朋友道：「可是可以的，只不過那個真空倉的體積很小，和你要求的密室，有一大段距離。」

我忙道：「小到什麼程度？」

那朋友道：「三立方公尺。本來這是用來儲放精密儀器的。」

我大喜：「那就夠了，請你準備兩副氧氣筒，在那工廠門前等我，帶我進去。」

那朋友答應了一聲，便掛上了電話。

門鈴聲不久便響了起來，傑克中校已派人將那隻銅盒子拿來了。

我取過了銅盒子，當然不曾打開來檢查一下，因爲若是一打開來，我又要變成透明人了，我帶著那隻銅盒子，和王彥、燕芬兩人，上了車子。

二十分鐘之後，我們已經在那家工廠的大門外了。而我那朋友，和一個工程師模樣的人，已經等在門外。王彥和燕芬兩個人，一見到有別的人，躊躇著不肯下車。我告訴他們道：「沒有人知道你們是透明人，人家至多因爲你們將頭包住，而投以好奇的眼光罷了，你們不下車怎麼行？」

王彥和燕芬兩人嘆著氣，無可奈何地下了車子。我那朋友一見到我，就衝了過來，他的來勢太急，將王彥和燕芬兩人，又嚇得退進了汽車中。

我連忙在他的肩頭上一拍，道：「一切都已準備好了麼？」

我那朋友道：「準備好了——」他將聲音放低，道：「喂，和你同來的兩個是什麼人？是土星人？爲什麼打扮得那麼怪？」

是推了他一下，道：「別胡說，請你告訴工廠方面，我們除了需要人領到那真空倉中去之外，不需要任何招待。」

那朋友笑道：「衛斯理，你自己也快要成爲土星人了。」這個朋友是樂天派，而我自己，這時的心情，也十分輕鬆，所以和他一齊大笑起來。

在我們的笑聲中，王彥和燕芬兩人又出了汽車，我一手握著他們的手臂，向前走去，那朋友向我介紹了張技師，張技師便帶我們進工廠去，那朋友和我約定了見面的日子，自顧自走了。

我們在車間旁邊經過，到了一幢新落成的建築物中，電梯將我們載到三樓，在一個門前站定，張技師拉開了門，裏面是一間十分大的房間。在房間中，有著各種各樣的儀器。

「這是控制室。」張技師介紹著：「由我負責。氧氣筒在這裏，請問是哪兩位要用？」

我向王彥和燕芬兩人指了一指，道：「他們要到真空倉中去，完成一件試驗。」

張技師望了兩人一眼，道：「可以的，真空倉中，足可以容得下兩個人。」

他打開了牆上的一扇門，那扇門乍一看，像是一個極大的保險箱，門打開之後，裏面是一間小房間，那自然便是真空倉了。

我提起了兩副氧氣筒，一個給了王彥，其餘一個就交給了燕芬。

我低聲對王彥和燕芬道：「你們一進去，便戴上氧氣面罩，等到倉中變成真空的時候，我敲門，你們便打開黃銅盒。等你們的身子已經復原之後，你們敲門，我便請張技師將空氣輸入，那時，你們緊記得合上那隻盒子，我將會將那塊礦物毀去，免得它再害別人！」

兩人用心地聽著，點著頭。

我將那隻黃銅盒子交給了燕芬，燕芬接了過來，我看出她的身子在微微地發抖，那當然是過度的喜悅所致的了。我又低聲道：「你們放心，絕不會再有什麼意外發生的了。」

王彥和燕芬兩人，像是對不幸有著預感一樣，竟開聲道：「但願如此！」

我當時便聽出他們並無信心，我想要說服他們幾句，但是我想及他們一進真空倉，便可以恢復原狀，我也懶得再開口了。

他們兩人，相繼進了真空倉，張技師將門關好，到了儀器前面操縱了起來。

他指著一隻表對我說：「當指針指到『零』時，倉內便是真空狀態了。」

我注視著那個儀表，指針在緩慢地移動，約莫五分鐘，指針定在零字上不動了。

我用力在真空倉的銅門上，敲了七八下，我相信他們一定可以聽到我的敲打聲的。

我敲了門之後，便在門旁等著，等著王彥和燕芬兩人的敲門聲，表示他們已經恢復原狀了。

我吸著煙，精神仍是十分輕鬆。

可是等我吸到了第三枝煙，而仍然未曾聽到他們兩人敲門聲的時候，我就不那麼樂觀了。

我向張技師望去，張技師的面上神色，也十分奇怪：「他們的氧，已將用完了。會不會他們發生了什麼意外？」

我的聲音，竟不由自主地在發顫，道：「意外，會有什麼意外？」

張技師道：「我也不知道，他們兩人進真空倉去，究竟是去作什麼的？」

我不禁被張技師問住了。王彥和燕芬兩人進真空倉去做什麼，這豈是我在一時之間，所能夠解釋清楚的事情？我忙道：「如果他們的氧氣，已將用完的話，那麼快設法把倉門打開吧。」

張技師又在儀器之前，操作了起來，過了幾分鐘，他道：「你可以去開門了，向左旋，旋盡爲止再用力拉門。」我走到了門前。

也就在這時，我聽到了門內的敲鑿聲。

我和張技師兩人，都大大地鬆了一口氣，原來他們並沒有發生什麼意外，可不是麼?他們在敲門了。我將門上，如同汽車駕駛盤也似的門柄轉動著，然後，我用力將門一拉。

我大聲道：「兩位，久違了。」

我人隨著拉開的門向後退，所以我看不到真空倉中的情形。但是我卻可以看到正回過頭來，向真空倉望去的張技師。

他面上的神情，就像是在刹那之間中了一槍一樣地驚愕！

我立即知道，事情有什麼不對頭的地方了。

我忙問道：「怎麼了？」

張技師伸出手來，指著真空倉，但是卻張大了口，一句話也講不出來。

我知道不能再遲疑了，立即轉過了那扇門，向真空倉中望去。

一望之下，我也不禁呆了。

在那真空倉中，有著王彥和燕芬兩人的衣服，有著那隻打開了的黃銅盒子，和一塊灰白色的礦物，像是一塊錫，沒有任何光芒發出。

王彥和燕芬卻不在了。

他們兩人的衣服，是整齊地堆在地上的。

在那一刹間，我簡直不知該如何才好，因爲我根本不知究竟發生了什麼事。

而張技師則已怪叫一聲，奪門而出。

我連忙叫道：「張技師，請回來。」

張技師可能因爲太緊張了，才一出門，便在門口，重重地跌了一跤。

他失神地站了起來，回頭望著我，面色蒼白之極。

在那時候，我忽然想起了一件事，連忙道：「關門，將門關上！」

張技師面上那種愕然的情形，使我知道他根本不明白我是在說些什麼！我連忙趕到了門口，「砰」地一聲，將門關上。

但是我立即也覺出我的舉動太失常了，我連忙又拉開了門，張技師仍然站在門口。

我連忙問道：「張先生，你可覺出有人在你的身旁經過？」張技師面上的神情，像是想哭，他並沒有回答我的問題，而只是將我的問題，複述了一遍。

我嘆了一口氣，將他拉進了房間來，將門關上，張技師突然尖叫了起來。

我在他的面上，重重地摑了一掌，喝道：「別叫！」

張技師張大了口喘氣，我和他面對面：「這裏有一些不尋常的事發生了，是不是？」

他喘著氣，道：「太……太……不尋常……了。」

我道：「是什麼不尋常的事，你可能講得出來麼？」

張技師向那真空倉看了一眼，面上恐怖的神情更甚。真空倉的門仍開著，裏面除了兩副氧氣筒，一男一女兩套衣服和那隻盒子，以及盒子中的一塊灰色礦物之外，則無其他別物。

張技師將手放在胸前，斷斷續續地道：「兩……個人……和你……一齊來的兩個人……走進了真空倉……他們不見了。」

我又道：「你將真空倉借給我用，可曾通過廠方？」

張技師失神地道：「沒……沒有。」

我忙道：「那你一定不會喜歡這件事情，被張揚出去的了？」

張技師忙道：「當然不，當然不，但是那怎麼可能呢？兩個人不見了，天啊，他們到哪裡去了？」

他們到哪裡去了？

這也正是我心中拼命問自己的事情。

當然，我不能有答案。

但是我卻可以知道，我犯了一個大到不能再大的大錯誤！

我錯誤地以爲金字塔中是真空的，以此類推，便以爲那奇異的礦物會在真空中發出「反透明光」。但如今事實証明我是錯了。

金字塔內部，可能接近真空，但必然和真空不同。那塊礦物是極其易變的，在普通的空氣中，它放射透明光；在金字塔的空氣中，它放射反透明光，在真空狀態之中，它放射什麼呢？

我沒有法子知道，因爲在真空倉中，只有王彥和燕芬兩人，我並不在其中。

如今，王彥和燕芬兩人，已經不知到什麼地方去了，而那塊礦物，卻像是變了質，因爲在真空倉打開之後，它暴露在普通的空氣之下，但是卻再也沒有透明光發出來。

我的心中亂到了極點，在那樣紊亂的心情下，我甚至沒有可能作出任何推測來。

我只是對著張技師道：「只要你不說，我不說，那麼在這裏發生的事，便沒有人會知道了。」

張技師點了點頭，我向真空倉走去。

當我走到真空倉門口的時候，他忽然道：「衛先生，可以問你一件事麼？」

我停了下來，轉過身，道：「什麼事？」

張技師的聲音在發顫：「他們……哪裡去了？」

我苦笑著，道：「不知道，我不知道。」

我走進了真空倉，俯身去看那塊礦物，那塊礦物看來像是一塊錫一樣，在我湊近去觀看的時候，我突然感到一陣熱氣，自上面發出。

我吃了一驚，連忙後退了一步，卻又沒有異狀，我拿起了一根鐵棒去撥那塊礦物，卻不料我一碰，那塊礦物便散了開來，成了一攤灰。

我又吃了一驚，連忙將那盒子的蓋蓋上，又捲起了王彥和燕芬的衣服，一齊挾在脅下，走出了真空倉。

我向張技師道：「再見，雖然你給我的幫助，出現了意想不到的結果，但是我還是感謝你的。」

張技師木然而立，他顯然是爲在真空倉中所發生的事迷惑了，難以出聲。

我自己一個人，向外走去，到了工廠外，我將王彥和燕芬的衣服，放在車中，我也坐到了駕駛座位上，但是我卻並不開車。

因爲這時候，我的思緒實在太混亂了，如果不整理出一個頭緒來的話，我一定會失事的。

我坐著，手放在駕駛盤上，好一會，我才得出了兩個可能來。

第一個可能是：那塊礦物在真空狀態中，會放出高度熱能（光能和熱能本是孿生兄弟），而那種熱能，對於動物的身體的作用，特別靈敏（我在真空倉中俯身下去的時候，感到一陣灼熱的感覺，但那隻黃銅盒子卻是冷的）。

如果是那樣的話，王彥和燕芬兩人，根本已不在人世了，他們可能在那種熱能下而氣化了，整個身體，都變成了氣體。所以當真空倉被打開之後，裏面便只留下氧氣筒和他們的衣服——至於我聽到的叩門聲，在真空倉的門被打開之後，有一隻氧氣筒正在門旁，那可能是氧氣筒滾到門邊所發出的碰擊的聲音。張技師感到有人衝出來，也可能是一股氣流。

那礦物無論發出光或熱，都是對動物的身體起作用，透明光不能使衣服透明，只能使人體透明，便是一例。當我想到事情可能是這樣時，我實是禁不住冷汗遍體！

因爲若然這個推斷是真的話，那麼王彥和燕芬兩人，簡直等於是給我害死的了。

我連忙拋開這樣的想法，我又想到，那礦物在真空狀態中，所發出來的是強烈的透明光，使得王彥和燕芬兩人，在刹那之間，變成隱身人。

他們是滿懷希望來求恢復原狀的，但是在倏忽之間竟成了隱身人，他們心中的恐懼、徬徨，實是可想而知的事。於是他們便除下了身上的衣服，隔了許久才叩門（也有可能我聽到的真是叩門聲，而不是氧氣筒撞在門上的聲音）。而當門一打開之後，他們就衝了出來，他們身受巨變，對我當然再無信任可言，於是，他們便趁著張技師開門的空檔衝了出去。

我寧願第二個推測是真的事實。

至於究竟哪一個推測才是事實，我至今還沒有法子確定。我一直在等著王彥和燕芬給我電話，那麼，我們可以再尋找落在勃拉克手中的那塊礦物，將王彥和燕芬兩人，帶到金字塔內部去使他們復原。但是他們沒有電話給我。

我一直留意著是不是有怪事出現的消息，如果有的話，我便可以知道那是他們兩人所為的了。

但是，也沒有。

我心頭的重擔一直到如今還沒有法子解除，因為我不知道王彥和燕芬兩人，究竟是根本已不存在於這個世界上了呢，還是成了隱身人，而視我為不可信的、說謊的卑鄙小人，而不肯和我再次聯絡。

至於那一堆灰燼，事後我送去化驗，化驗的結果稱：那不是地球上應有的物質，它可能來自別的星球。

附帶說一句，作出這個結論的，是世界上最著名的一所理工學院的實驗室，我十分相信這個結論，並衷心希望被勃拉克藏起來的那一塊大礦物，永遠也不要再出現！

（完）

倪匡珍藏限量紀念版 9

衛斯理傳奇之透明光

作者：倪匡
發行人：陳曉林
出版所：風雲時代出版股份有限公司
地址：10576台北市民生東路五段178號7樓之3
電話：(02) 2756-0949　　傳真：(02) 2765-3799
執行主編：劉宇青
美術設計：許惠芳
行銷企劃：林安莉
業務總監：張瑋鳳
出版日期：2023年4月倪匡珍藏限量紀念版一刷
版權授權：倪匡
ISBN ：978-626-7153-96-3
風雲書網：http://www.eastbooks.com.tw
官方部落格：http://eastbooks.pixnet.net/blog
Facebook：http://www.facebook.com/h7560949
E-mail：h7560949@ms15.hinet.net
劃撥帳號：12043291
戶名：風雲時代出版股份有限公司

風雲發行所：33373桃園市龜山區公西村2鄰復興街304巷96號
電話：(03) 318-1378
傳真：(03) 318-1378
法律顧問：永然法律事務所 李永然律師
北辰著作權事務所 蕭雄淋律師

行政院新聞局局版台業字第3595號 營利事業統一編號22759935

定價：340元

國家圖書館出版品預行編目資料

衛斯理傳奇之透明光 ／ 倪匡著. -- 三版. --
臺北市：風雲時代出版股份有限公司，2023.03
面；公分　倪匡珍藏限量紀念版

ISBN 978-626-7153-96-3（平裝）

857.83　　112000316